31. 03. 2014

Hanna Hartmann
Tod im Licht der Luminale

Für Brunhild

herzlichst

Hanna Hartmann

Hanna Hartmann

Tod im Licht der Luminale

Ein Frankfurt-Krimi

SOCIETÄTS VERLAG

Satz: Nicole Ehrlich, Societäts-Verlag
Umschlaggestaltung: Nicole Ehrlich, Societäts-Verlag
Druck und Verarbeitung: freiburger graphische betriebe
Printed in Germany 2012

ISBN 978-3-942921-47-3

Danksagung

Mein besonderer Dank gilt Gerhard O. Stief und Ines Martini, den „Machern“ der Frankfurter Explora. Ihre wundervolle Ausstellung hat mich inspiriert, die Geschichte des Glauburgbunkers zu recherchieren und neu zu schreiben. Sie haben die Entwicklung von „Tod im Licht der Luminale“ so umfassend unterstützt, wie man es sich als Autorin nur wünschen kann.

Für Hilfe bei den Korrekturen bin ich meinem Sohn Konstantin, Karin Caetani und meiner „Textperle“, Frau Bärbel Philipp, zu großem Dank verpflichtet. Ich danke meinen Kindern und Freunden, die dieses Buches mit kreativen Anmerkungen und kritischen Kommentaren immer wieder begleitet haben.

Mein Dank gilt Herrn Homrighausen, Herrn Dr. Heinen und meiner Lektorin Frau Schmidt vom Societäts-Verlag für ihre Geduld mit dem Manuskript.

...und ich danke dir, wenn mal wieder Buchstaben gefehlt haben...

„Wann fährt dein Zug nach Berlin?" Stefans Bemerkung klang eher beiläufig, als er von seinem Monitor zu Edith aufschaute. Überrascht zog Silke ihre Augenbrauen hoch.

„Die Chefin macht Urlaub?"

„Korrekt", nickte Edith. „Ich bin dann mal weg."

Zufrieden lächelnd blickte die Kommissarin aus dem Fenster des Polizeipräsidiums auf die Adickesallee.

„Was guckt ihr so komisch? Ich fahr Freunde besuchen. Noch muss ich mir mein Privatleben nicht von der gesamten Abteilung genehmigen lassen, oder?"

Der leicht gereizte Unterton war unüberhörbar. Für einen Moment ärgerte sich Edith über ihren Versuch der Rechtfertigung. Warum tat sie das eigentlich? Da lachte Stefan gönnerhaft.

„Keine Sorge, erhol dich mal ein paar Tage von uns."

„Keine E-Mails, keine Akten, keine vertrockneten Gummibäume…", seufzte die Assistentin augenzwinkernd. „Sie wird uns spätestens am Samstagmorgen vermissen, wetten?"

Die Kommissarin drehte sich abrupt um und stützte ihre Hände auf den Schreibtisch.

„Da wäre ich mir nicht so sicher."

Ein vielsagendes Lächeln umspielte ihre Lippen. Dann schaute sie ungeduldig auf die Uhr. Bis zum Termin beim Friseur war hinreichend Zeit, die Post zu erledigen. Wolfgang hatte zwar immer beteuert, dass es ihm egal sei, wie sie aussehe; ihm käme es nur auf ihre inneren Werte an. Das sahen ihre nussbraunen Locken ähnlich und kringelten sich morgens immer in alle Richtungen um ihr Gesicht. Doch seit einigen Wochen machte sie der morgendliche Blick in den Spiegel unglücklich. Was bist du für ein langweiliges Trudchen, dachte sie. Welcher Mann soll so einen Anblick interessant finden? Aber darum ging es morgen in Berlin nach fast zwanzig Jahren nicht, sondern vielmehr um ein simples Wiedersehen. Oder? Ein kräftiger Windstoß stob durch die grünen Blätter der meterhohen Pappeln vor dem Polizeipräsidium.

„Edith, mach dir meinetwegen keinen großen Kopf. Betrachte es als Veteranentreffen“, hatte Wolfgang gestern noch spöttisch am Telefon gefrotzelt. Gedankenverloren öffnete sie ihre Handtasche und seufzte. Als sie die perlmuttfarbene Dose aufklappte, zerbröselte das Make-up unter der Puderquaste und rieselte in dicken, braunen Flocken auf den Boden.

„Och nee ...“

„Haltbarkeitsdatum abgelaufen?“

Mit kritischem Blick musterte ihre Assistentin die in die Jahre gekommene Dose.

„Ich brauche nur den Spiegel“, rechtfertigte Edith sich unwirsch.

„Wofür?“

Überrascht blickte Stefan von seinem Schreibtisch auf.

„Wofür? Wofür wohl?“, fauchte die Kommissarin zurück und zückte ein Taschentuch.

„Das verstehst du nicht, Stefan“, grinste Silke und zwinkerte ihrem Kollegen vielsagend zu. „Unsere Chefin hat ein Date.“

Edith spürte, wie sie errötete.

„Ihr seid so was von blöd!“, schimpfte sie und drehte sich schmollend zum Fenster. Große, weiße Kumuluswolken segelten gemächlich über einen strahlendblauen Himmel Richtung Osten. Sonnenstrahlen brachen sich wie flirrender Puderstaub ihre Bahn durch die aufgetürmten Wolkengebirge. Ein wunderbarer Frühlingsmorgen. Edith seufzte. Es sah bei Weitem nicht so kalt aus, wie der Wetterdienst in Offenbach die Temperatur für heute vorhergesagt hatte. Bald würde sie auf ihren schweren Wollmantel verzichten können.

„Edith, kommst du mit zum Glauburgbunker? Oder soll ich einen Kollegen bitten? Ich wollte wegen der Drohbriefe noch mal…“

Der Kommissar stockte. Edith wirkte irritiert. Wortlos hielt er ihr eine durchsichtige Hülle mit einem zerknüllten Fetzen Papier hin. Die Kommissarin kniff die Augen zusammen. Wo war nur ihre Brille?

„Alt werden ist nicht schön“, hatte ihr schon ihre Oma immer wieder versichert.

„Ich bin der Geist, der stets verneint!“ Mühsam entzifferte Edith die altmodisch anmutende Schrift. „Und das mit Recht! Denn alles, was entsteht, ist wert, dass es zugrunde geht.“

Skeptisch runzelte sie ihre Stirn.

„Hast du dich als Dichter versucht?“

Ein maliziöses Lächeln umspielte Stefans Lippen.

„Nicht irgendein Dichter. Das ist Goethe!“, klärte er sie sanftmütig auf. „Drum besser wär's, dass nichts entstünde. So ist denn alles, was ihr Sünde, Zerstörung, kurz das Böse nennt, mein eigentliches Element.“

Mit einer huldvollen Handbewegung verbeugte sich der Kommissar in Richtung eines imaginär klatschenden Publikums. Die Assistentin war verblüfft.

„Du darfst ruhig Mephisto zu mir sagen, Silke“, grinste er und verschränkte lässig die Hände hinter seinem Kopf. „Der Teufel hatte ja bekanntlich mit Gott gewettet, dass es ihm gelingen würde, Faust vom rechten Wege abzubringen.“

Erstaunt musterte er die beiden Frauen, die sich verständnislos anblickten.

„Goethe, meine Damen. Ich zitiere gerade einen Klassiker aus eurem Deutschunterricht.“

Edith gähnte herzhaft.

„Oh, da geht's aber direkt vom Winterschlaf in die Frühjahrsmüdigkeit“, bemerkte die Assistentin süffisant. Edith quittierte den Satz mit einer abwertenden Handbewegung.

„Du willst nicht ernsthaft vorschlagen, dass wir Ermittlungen einleiten, weil jemand krude Sätze aus einem Reclam-Heftchen abschreibt, oder?“

Silke lachte kurz auf und griff nach ihrer Kaffeetasse. Nachdenklich musterte der Kommissar das zerknitterte Papier in der Klarsichthülle.

„Vielleicht hast du ja recht, Edith. Aber Frau Stiefenhagen war so verstört...“

„Frau Stiefenhagen?“

Edith schaute Silke fragend an.

„Oh“, die Assistentin winkte genervt ab.

„Das war die wasserstoffblonde Ziege, die heute Morgen eine riesige Welle gemacht hat…“

„Silke!“

Stefan klang vorwurfsvoll.

„Ist doch wahr.“

Ungehalten stellte die Assistentin ihre Porzellantasse vor den Kommissar. Bedrohlich schwappte die braune Flüssigkeit hin und her.

„Wenn die nicht so eine beeindruckende Figur gehabt hätte“, dabei formten ihre Hände die Umrisse eines gut proportionierten Frauenkörpers, „und nicht diese superschicken Klamotten und diese auftoupierte Banane, dann …“

Edith schaute verständnislos auf ihre beiden Kollegen.

„Hab ich was verpasst?“

„Was eine Banane ist? Na, das war diese schreckliche Hochsteckfrisur aus den Sechzigern, die nur mit Tonnen von Haarspray oben gehalten wurde und der Antarktis das Ozonloch beschert hat. Allein die irre teuren Schuhe … die Frau war so overdressed – grauenhaft!“

Stefan lächelte süffisant.

„Hör ich da Neid, Fräulein Müller?“, feixte er. Grinsend griff er nach dem Kugelschreiber und trommelte triumphierend auf seinem Schreibtisch. Dann kreuzte sein jubelnder Blick die hellwachen Augen seiner Chefin und er wurde ernst.

„Edith, dieser Drohbrief ist anders als die anderen. Das hat sie sehr überzeugend…“

„… anders als die anderen?“, unterbrach Edith den Kommissar und musterte ihn mit der ihr eigenen Wachheit.

„Ja, ihr Mann Gerhard Stiefenhagen erhält schon seit geraumer Zeit diese seltsamen Briefe. Seitdem er den Glauburgbunker zur Explora…“

Abwehrend hob Edith die Hand, um Stefans Redefluss zu stoppen.

„Moment mal, Stefan, wir sind nicht zuständig für Drohbriefe…“

„…aber für Morddrohungen!“

„…abgeschrieben aus Reclam-Heftchen, wenn ich das bemerken darf!“

Edith war sauer, doch Stefan wirkte fest entschlossen.

„Wir sollten die Sache ernst nehmen, Edith!“, sagte er mit Nachdruck.

„So ernst wie das Dekolleté der Wasserstoffblondine“, giftete Silke und erhob sich kopfschüttelnd. Stefan winkte lässig ab.

„Edith, Frau Stiefenhagen hat mir hier ein Dutzend dieser seltsamen Briefe vorgelegt. Die sahen alle gleich aus. Immer aus Zeitungsschnipseln zusammengeklebt. Und bis auf den letzten immer der gleiche Wortlaut. Dass das keine Kunst sei, was die Explora zeige. Dass Künstlern, die in der Weimarer Republik so entartetes Zeug geschaffen hätten, im Dritten Reich ein gebührender Platz zugewiesen worden sei.“

Edith schüttelte unwillig ihren Kopf und blickte mit einem tiefen Seufzer den vorbeiziehenden Wolken hinterher.

„Stefan, unser Job sind Leichen. Oder die damit einhergehenden Versuche. Für Kunst, Kultur und Reclam-Hefte sind die Frankfurter Museen oder das Bildungsdezernat zuständig. Damit lass es bitte gut sein.“

Entschlossen klappte sie ihre Puderdose zu.

Langsam bog die S-Bahn-Linie 6 aus der lang gezogenen Kurve von der Galluswarte kommend in das weitverzweigte Gleisvorfeld des Frankfurter Hauptbahnhofs. Rechts und links säumten verwitterte Graffiti die Mauern aus Beton, die von wild wachsenden Brombeerhecken überwuchert wurden. In den Fenstern der Hochhäuser an der Mainzer Landstraße glitzerte die Sonne in den verspiegelten Fenstern wie Facetten eines hochkarätigen Diamanten. Dann versank das beeindruckende Panorama hinter dem unterirdischen Tiefkai des Frankfurter Hauptbahnhofs.

Müde fischte Max die Kopfhörer aus seiner Jacke und suchte „Crazy". Die tiefe, beruhigende Stimme von Seal gefiel ihm für die kurzen Fahrten unter der Stadt. Müde lehnte er seine Stirn an die Tür mit dem warnenden „Defekt"-Aufkleber. Durch das notdürftig mit dicker Folie überklebte Glas zogen sich tiefe Risse kreuz und quer durch die Scheibe. An den hässlichen Vandalismus in Bussen und Bahnen würde er sich niemals gewöhnen, da war sich der 42-Jährige absolut sicher.

„A man decides after seventy years, that what he goes there for, is to unlock the door..." Wer würde wohl den Turm seiner Erinnerungen aufsperren? „...unless we get a little crazy." Vielleicht musste man nur verrückt genug sein, um den stressigen Job Tag für Tag durchzustehen? Wurde nicht der Takt der Anforderungen immer schneller? Oder wurde er einfach nur älter und langsamer? Er hasste es, wenn sein Leben aus dem Takt geriet. Doch mit der Musik im Ohr fühlte er sich irgendwie mit dem Tempo seines Lebens im Einklang.

Wie von unsichtbarer Hand gesteuert glitt die S-Bahn in den von Neonlampen taghell erleuchteten Tiefkai unter die Erde. Ob Daniel diesmal pünktlich war? Der Gedanke verdunkelte schlagartig seine misanthropisch gefärbte Stimmung. Skeptisch musterte er seine von blauen Adern gezeichneten Hände. Seine bisherige Erfahrung mit dem Jungen sprach komplett dagegen, dass es dieses Mal funktionieren würde. Er hatte eigentlich keine Lust, heute Babysitter spielen zu müssen. Dazu kamen die technischen Probleme, die allein die Illumination des Glauburgbunkers für die am Wochenende beginnende Luminale bereitete. Der Probelauf des ambitionierten Projekts mit der Explora war vergangene Nacht völlig aus dem Ruder gelaufen. Nichts habe funktioniert, absolut gar nichts, hatte ihm von Schwanenwede vorhin ins Handy gebrüllt. Erst habe das Windrad keinen Strom für die riesige LED-Wand geliefert, wo nach Einbruch der Dämmerung die Twitter-Botschaften aus der ganzen Welt übertragen werden sollten. Dann sei endlich der Strom geflossen, zumindest der, der über die Sonnenkollektoren gewonnen wurde. Aber die Musik aus den mannshohen Boxen rechts und links neben der Lenin-Büste am Eingang hätte sich einfach nicht mit der Lichtshow auf dem LED koordinieren lassen. Und als die fluoreszierenden Botschaften endlich synchron zur Musik gelaufen wären, habe ein erboster Nachbar die Polizei vorbeigeschickt, um der Generalprobe den Saft abdrehen zu lassen. Die Stimme von Schwanenwede hatte sich in maßloser Wut überschlagen. Jetzt sollte er als „Troubleshooter" einspringen und den Soundcheck wiederholen. Das alles für sich genommen war schon ambitioniert. Dumm war lediglich, dass er Jürgen schon vor Wochen fest versprochen hatte, sich heute um den Jungen seiner Schwester zu kümmern. Das gab seinem Job den zusätzlichen Adrenalin-Kick. Jürgens ältere Schwester Susanne wollte übers Wochenende zu ihrer Freundin nach München und Jürgen hatte unaufschiebbare Termine bei Gericht.

„Nur ein bisschen nach ihm gucken", hatte sein Freund ihn gebeten.

„Daniel braucht nicht den Lover seines Onkels als Babysitter. Daniel braucht eine klare Ansage, wo es in seinem Leben langgeht", hatte Max seinem Partner schon nach dem Eklat im Handyladen unmissverständlich zu verstehen gegeben. Seiner Auffassung nach gehörte Jürgens Neffe dringend in eine Therapie.

„Komasaufen ist keine Lösung", hatte Max seiner Schwägerin versucht klarzumachen. Doch Susanne hatte den Ausraster ihres Sprösslings als „für das Alter normal“ bagatellisiert und die Kosten für den in die Ladenauslage geschleuderten Stuhl ohne mit der Wimper zu zucken beglichen.

„Maxi, reg dich ab. Die Sache ist erledigt“, hatte Jürgen seinen Neffen in Schutz genommen. „Die haben in dem Handyshop ja noch nicht mal Anzeige erstattet – meine Schwester ist halt 'ne gute Kundin. So ein Ausraster, das kann doch jedem mal passieren.“

Max blieb skeptisch.

„Warum zum Teufel willst du nicht wahrhaben, dass dein Neffe auf dem besten Wege ist, Alkoholiker zu werden?“

Doch Jürgen hatte ihm besänftigend auf die Schulter geklopft.

„Ach Max, das ist Unsinn. Die Jungs sind mit siebzehn doch alle mal aus der Spur. Wir waren doch auch so.“

Als er ihn zum Abschied küssen wollte, drehte Max seinen Kopf beleidigt zur Seite.

„Maximilian, bitte!“, schmollte er. „Was ist mein Schatz heute wieder empfindlich.“

Jürgen verdrehte die Augen spöttisch gen Himmel.

„Sorry, aber ich muss jetzt zur Arbeit. Lass uns später telefonieren! Und räum die Spülmaschine aus, bevor du gehst.“

„Licht ist einer der wichtigsten Baustoffe des 21. Jahrhunderts!“, hatte von Schwanenwede morgens in der turbulenten Teambesprechung mit leuchtenden Augen und weit ausgebreiteten Armen missionarisch verkündet. An der Wand in der alten Volta-Halle in Bockenheim glitt der Lichtpointer immer schneller über eine riesige Karte mit unzähligen schwarzen, roten und grünen Punkten. Grün stand für „im Plan“. Rot bedeutete, dass erst heute Nacht der letzte Test geplant war. Und schwarz waren alle Projekte, die Probleme machten.

Immer wenn Max die unter Denkmalschutz stehende Industriehalle betrat, keimte in ihm eine unbändige Freude auf, für die „Biennale des Lichts“ als Fotograf zu arbeiten. Um sich mit den Effekten der einzelnen Objekte vertraut zu machen, hatte er seit nunmehr sechs Wochen viele Techniker und Künstler begleitet.

Max liebte die Nächte in Frankfurt, die in krassem Gegensatz zum Tag standen. Besonders morgens nervte die Stadt gewaltig. Der unbeschreibliche Lärm der Autos, Busse, Lastwagen, Taxis, U- und Straßenbahnen, die sich schonungslos wie eine Springflut ihren Weg durch die viel zu engen Straßen der Mainmetropole bahnten, empfand er als sportliche Herausforderung, die er als Radfahrer mit einer eingeübten Rücksichtslosigkeit gerne annahm. Und so schnell der Verkehr morgens über die Mainzer und die Hanauer Landstraße ins Zentrum der Stadt strömte, genauso schnell ebbte dieser Strom abends wieder ab. Jeden Tag aufs Neue. Frankfurt schien diesen Rhythmus zu atmen. Wie ein Durchlauferhitzer, den man morgens um sieben ein- und abends um sieben wieder ausschaltete. Nachts wirkte das glitzernde Herz des Rhein-Main-Gebietes dann sichtlich erschöpft. Nur hier und da unterbrachen Martinshörner die verwaiste Stille zwischen den Häuserschluchten, wenn die Stadt innehielt, um gierig die frische Luft von den Hängen des Taunus in sich einzusaugen. Bevor am nächsten Morgen der Puls von Deutschlands geschäftigster Wirtschaftsmetropole wieder heftiger zu schlagen begann.

„Wenn ich mich recht erinnere, hat Herr Wiatrowski bereits Erfahrung mit Windkrafträdern!“

Die Blicke des Teams in der überfüllten Volta-Halle hatten sich auf Max gerichtet. Doch der hatte abwehrend die Hände gehoben.

„Tut mir leid, das ist ein Irrtum!“

„Aber Sie haben mir doch die Fotos…“

Hektisch zückte Arthur von Schwanenwede sein klingelndes BlackBerry aus der Innentasche seines Jacketts.

„Jetzt nicht“, fauchte er ungehalten und drückte den Anrufer ungestüm weg. Dann wandte er sich direkt an Max.

„Tut mir leid, Herr Wiatrowski. Ich habe heute Morgen keinen Techniker für die Explora da. Das wird Sie ja wohl nicht überfordern, dieses alberne Windrad mit etwas Musik zu koordinieren, oder?“

Der Lichtpointer fuhr über das Nordend und stoppte abrupt auf einem schwarzen Fleck. Max wollte widersprechen, doch der Projektleiter stoppte seinen Protest mit einer eindeutigen Handbewegung.

„Genug diskutiert. Betrachten Sie es als Mission – Ihre Mission! Der Bunker soll sich symbolisch aus der Vergangenheit lösen und als Leuchtturm weit über die Luminale hinaus erstrahlen. Als grüne Innovation der Biennale! Ein wahres Zukunftsprojekt. In dieser neuen Gesellschaft ist für Zögerer und Zauderer leider kein Platz.“

Für einen Moment zitterte der Lichtpointer.

„Der Bunker ist unser Leuchtturmprojekt für erneuerbare Energien. Und wir werden es allen zeigen!“

Das klang unmissverständlich nach dem Ende der Diskussion.

„Und wenn die Welt Sonntagnacht eine Scheibe ist, werden wir auch die beleuchten“, murmelte Max.

„Bitte, was sagten Sie eben, Herr… äh… Wiatrowski?“

Arthur von Schwanenwede formte mit seiner linken Hand einen Trichter hinter seiner fleischigen Ohrmuschel, aus der ein hässliches, graues Haarbüschel wucherte. Irgendwie ekelhaft, durchfuhr es Max.

Als Fotograf hatte er sich mit stimmungsvollen Fotos des riesigen Windparks zwischen Los Angeles und Palm Springs für die Luminale beworben. Und jetzt sollten die Lichteffekte extrem überzeichneter Bilder von Windkrafträdern in der amerikanischen Wüste als Nachweis für technische Kompetenz ausreichen?

Wie unter Schmirgelpapier hatte sich seine Haut damals angefühlt, als der warme Pazifikwind die heißen Sandstürme in die Schlucht vor Joshua Tree geschoben hatte. Langsam hatten sich die Räder des riesigen Windparks in Bewegung gesetzt. Je weiter der Tag voranschritt, umso heftiger wurde der Wind. Bis er kurz vorm Sonnenuntergang die über viertausend klapprigen Räder wie ein brausendes Orchester dirigierte. Max erinnerte sich, dass die Anlage damals über neunhundert Millionen Kilowattstunden Strom pro Jahr für die Retortenstädte Palm Springs und Palm Desert produziert hatte. Das gigantische Zusammenspiel von Technik und Natur im Licht der untergehenden Wüstensonne hatte ihn tief beeindruckt. Tausende von Windrädern, so weit sein Auge reichte. Riesige Stahlmasten mit langarmigen, blechernen Rotoren, inmitten eines unwirtlichen, steinigen Felsenmeeres, nur von verdorrten Hecken umgeben. Am elektrischen Zaun hatten weiße Schilder der PS Windmill Tours nachdrücklich davor gewarnt, das futuristisch anmutende Gelände zu betreten.

Max hatte das Tosen der Rotoren und den flirrend heißen Staub nie mehr aus seinem Kopf tilgen können. Und ausgerechnet diese Erfahrung und eine Handvoll ausdrucksstarke Fotos sollten jetzt die hinreichende Qualifikation sein, ein kaputtes Windrad auf einem ehemaligen Kriegsbunker im Frankfurter Nordend zum Laufen zu bringen?

Der Fotograf seufzte und schnappte sich seinen Rucksack. Das Tempo des Hamsterrades seines Lebens begann mal wieder schneller Fahrt aufzunehmen, als ihm lieb war.

Hoffentlich wartete Daniel wie abgemacht vor „Conrad Electronic“ an der Konstabler. Susanne hatte es dem Jungen gestern Abend noch wortreich eingebläut. Anders war das Gezeter aus Jürgens Handy nicht zu interpretieren.

Immer zwei Stufen auf einmal nehmend hastete er über die mit Kaugummis verfleckte Steintreppe nach oben. Zwischen Obststand und Blumenladen wankte ein Obdachloser wirr brabbelnd auf ihn zu. Doch Max umschiffte den schwankenden Mann galant. Nur der stechende Geruch von Urin blieb für eine Sekunde in seiner Nase hängen.

An der Haltestelle gegenüber fuhr langsam die Straßenbahnlinie 12 ein. Wo verdammt noch mal war der missratene Zwerg? Suchend schweifte sein Blick über die Konstablerwache. Plötzlich piepste eine SMS.

„Warte auf dich am ‚Feinstaub'.“

Max rollte wütend seine Augen. Dann setzte er zum Sprint über die rote Fußgängerampel an, fest entschlossen, genau diese Straßenbahn zu erreichen. Bremsen quietschten, und ein wild hupender Autofahrer tippte sich schimpfend an die Stirn.

„Sie sinn werklisch kaa Vorbild für klaane Kinner!“, fauchte eine aufgebrachte Mutter mit Buggy und Kleinkind wütend hinter ihm her. Doch Max quittierte ihre Bemerkung mit einer abwertenden Handbewegung. Missbilligend schüttelte der Straßenbahnfahrer seinen Kopf, als Max sich durch die schließenden Türen quetschte. Beginnt ein vielversprechender Tag zu werden, dachte er und ließ sich heftig atmend auf einen freien Platz sinken.

Das „Feinstaub“ an der Friedberger Landstraße zwischen Rohrbachstraße und Nibelungenplatz machte seinem Namen alle Ehre. Seitdem die VGF begonnen hatte, dort die Gleise für die 18 zu verlegen, dominierten Staus und Abgasschwaden die Straße vor dem Musikklub. Schon seit Monaten war der Pendlerverkehr an diesem neuralgischen Punkt in Frankfurt empfindlich gestört. Daniel kauerte mit geschlossenen Augen auf den Stufen der Bar.

„Salut, compadre!“, grinste er, als Max ihn freundlich anstupste, und schwenkte lachend eine halbvolle Flasche Römer Pils. „Nicht anfassen!“, murmelte der Junge und begann ungelenk nach der Hand des Fotografen, der ihn hochziehen wollte, zu schlagen.

„Spinnst du? Dich am helllichten Tag hier so volllaufen zu lassen? Wir haben einen Job zu erledigen, falls du das vergessen hast!“

Es war zum Kotzen. Der Junge war exakt in dem Zustand, den er seinem Freund wie eine unheilvoll quakende Unke vorhergesagt hatte.

„Los, du Vollpfosten. Komm mit!“

Mühsam zog er Daniel von den verdreckten Stufen der Bar hoch. Der getrocknete Schlamm vor der Eingangstür war weit entfernt von dem, was er als Feinstaub bezeichnen würde. Widerstrebend ließ sich der protestierende Teenager um die Sparkasse herum in die Glauburgstraße manövrieren.

„Bist du verrückt geworden! Nicht so schnell, sonst wird mir schlecht!“, protestierte Daniel lallend. Wenn Max seinem Freund gestern Abend nicht fest versprochen hätte, sich heute um den Jungen zu kümmern, hätte er den alkoholisierten Teenager ohne mit der Wimper zu zucken auf den verdreckten Stufen liegen lassen. Der empörte Blick einer Mutter mit topmodischem Kinderwagen, die die beiden missbilligend umkurvte, hatte Max gerade noch gefehlt.

„Was guckst du so blöd?“, giftete Daniel und spuckte auf den Bürgersteig. Rülpsend torkelte er hinter Max her. Als sein

Handy klingelte, stellte er die Bierflasche mitten auf den Bürgersteig und fischte umständlich sein Smartphone aus der Jacke.

„Unsere Sprache heißt Muttersprache, weil die Väter nie zu Wort kommen."

Daniel lachte. Dann hielt er Max grinsend das Display hin.

„Das Häkelschwein ist wirklich schlau", amüsierte er sich. „Twitterst du auch?"

Der Fotograf hob abwehrend die Hände.

„Nein. Ich schenk mir Facebook und Twitter. Ich schick meine Daten lieber direkt an den amerikanischen Geheimdienst."

Daniel war für einen Moment verblüfft. Dann kniff er ein Auge zu und musterte Max mit verächtlichem Blick.

„Du willst mich verarschen!"

„Nein!" Max schüttelte seinen Kopf. „Nur geht deine digitale Bohème spurlos an mir vorbei. Ich brauche nicht noch mehr Zeitfresser. Mein Leben ist eh schon zu kurz. Komm, mach mal hinne – wir haben einen Termin!"

Er packte den Jungen, der mühsam die nächste SMS entzifferte, ungeduldig am Arm.

„Verdammte Scheiße, fass mich nicht an!"

Wütend schlug der Teenager nach der Hand von Max. „Lass mich in Frieden. Ich hab 'ne Mutter. Ich brauch dich nicht!"

Zeternd sank der Junge auf die Holzbank am Eingang zum Glauburgplatz.

„Daniel, so geht das nicht!"

Zornig wollte Max den Jungen hochziehen.

„Du sollst mich nicht anfassen! Elende Schwuchtel!"

Hysterisch schlug der Junge um sich. Dabei entglitt ihm die Flasche. Krachend zersplitterte das Glas auf dem Kies.

„Schau, was du angerichtet hast", keifte der Junge und zeigte vorwurfsvoll auf die Scherben.

Wütend griff Max nach dem kichernden Jungen, der ungelenk versuchte, ihm auszuweichen.

„Willst du mich schlagen? Dann zeig ich dich an!"

Daniel klang drohend. Fassungslos ließ Max seine Hände sinken.

„Ha, ha, ha... schau dich an! Was bist du? Ein Mann? Nein, nur eine elende Schwuchtel aus'm Bahnhofsklo, die sich nix traut!"

Die Häme und die geballte Ladung Zorn des Jungen hatten Max zutiefst verletzt.

„Er ist ein Kind", hämmerte es in seinem Kopf. Trotzdem raste sein Puls. Um sich zu beherrschen, drehte er den Kopf zur Seite. Tief durchatmen. Atem kontrollieren. Das hatte er damals als Auflage für die Bewährungsstrafe immer wieder trainieren müssen. Der Junge will doch nur seine Grenzen ausloten, signalisierte ihm sein Verstand. Um sich emotional zu fangen, begann er innerlich zu zählen. Es war zum Kotzen, dass dieser Teenager, wenn er getrunken hatte, so heftig auf Krawall aus war. Und die nette Familie blendete diesen Teil der Realität immer wieder aus. Es war doch keine Lappalie, dass Daniel auf dem besten Wege war, sich mit seinen Alkoholexzessen und Gewaltausbrüchen um alle Chancen zu bringen!

„Los, du Idiot. Das hier ist ein Kinderspielplatz. Bring das in Ordnung und raff die Scherben auf!"

„Du bist ein echter Komiker", lallte der Junge. Dann zeigte er mit ausgestrecktem Zeigefinger auf die Scherben.

„Du wirst das aufheben!"

Max zögerte.

„Das ist alles deine Schuld!", schimpfte Daniel. Dann schnäuzte er sich die laufende Nase in den Ärmel seiner Jacke. Max wandte sich angeekelt ab. Vorsichtig hob er die zerbrochenen Scherben auf, damit sich die Kinder beim Spielen nicht verletzen würden.

Als er sich suchend nach einem Papierkorb umschaute, traf ihn der neugierige Blick eines alten Mannes auf der Holzbank gegenüber. Offensichtlich hatte er das unwürdige Schauspiel die ganze Zeit aufmerksam verfolgt. Aber auch Daniel hatte den Mann im beigefarbenen Trenchcoat bereits bemerkt.

„Was glotzt du so blöd?“, fuhr er den Alten drohend an. Erschrocken fuhr der Mann zusammen. Um seine Mundwinkel herum begann es zu zucken. Dann senkte er peinlich berührt seinen Kopf und griff mit zitternden Händen nach der sorgfältig gefalteten Zeitung auf der Bank. Umständlich fingerte er aus der Innentasche seines abgetragenen Mantels ein fleckig-braunes Brillenetui. Wie nach einem zerbrechlichen Schatz griff er mit seinen dünnen Fingern nach einer Brille, deren linker Bügel provisorisch mit Heftpflaster umwickelt war. Es dauerte eine geraume Weile, bis er sie aufgesetzt hatte. Als er endlich zu Daniel aufblickte, war Max bereits Richtung Explora entschwunden.

Nach der Teambesprechung hatte Max die Eckdaten des Explora-Projekts im Ausstellerverzeichnis nur flüchtig wahrgenommen. Der Glauburgbunker war bereits 1938 von den Nationalsozialisten als „bombensichere“ Anlage für den Zivilschutz geplant und noch vor den ersten Luftangriffen im Sommer 1942 fertiggestellt worden. Mindestens zwölfhundert Menschen sollten in den fünfzig, als „giftgassicher“ eingestuften Räumen mit je zwölf Quadratmetern Zuflucht finden. Der Luftschutzbunker war einer von insgesamt achtunddreißig Bunkern, den die Stadtverwaltung für die damals knapp 550.000 Einwohner zählende Stadt bauen ließ. 1995 hatte dann die Bundesrepublik Deutschland den Glauburgbunker an einen privaten Investor veräußert, der ihn zu einem experimentellen Museum umgebaut hatte. Heute, fünfundsechzig Jahre nach dem Ende des Zweiten Weltkrieges, triumphierte eine meterhohe Lenin-Büste am Eingang eines Bauwerks, das von Deutschlands dunkelster Vergangenheit zeugte.

Interessiert musterte Max den stoisch anmutenden Torwächter aus Bronze und Edelstahl, der ihn durchdringend mit den rot-grünen Gläsern seiner 3D-Brille fixierte. 1945 hatte hier noch Stemmermann residiert. Was wohl der ehemalige Nazigeneral davon gehalten hätte, wenn er gewusst hätte, dass heute ein Russe die in den Bunker hineinströmenden Menschen begrüßen würde? Ironie der Geschichte? Zeitläufte? Ein Lächeln umspielte die Lippen von Max. Dann riss er mit viel Schwung die schwere Edelstahltür auf.

Du darfst so etwas Schlimmes nicht sagen", murmelte der Alte auf der Holzbank und schlug fahrig den Börsenteil der F.A.Z. auf.

„Homophobie ist einfach wahnsinnig verletzend."

Betreten schaute er zu Boden und nestelte umständlich an seinem abgegriffenen Brillenetui. Daniel musterte den Mann. Suchte er Streit? Konnte er haben, er war gerade richtig gut in Fahrt. Wobei ihm zu dämmern begann, dass ihn der Disput mit Max gerade seinen Hiwi-Job gekostet hatte.

„Gestatten, Schlosser", stellte sich der Alte vor und nickte freundlich mit dem Kopf.

„Stanislaus Schlosser."

Daniel schaute missbilligend auf die ihm hingestreckte Hand und blickte trotzig zur Seite. Mit einem Seufzer ließ der Alte die von Altersflecken gezeichneten Finger langsam sinken.

Durch den Haupteingang strömte mittlerweile eine Gruppe schnatternder Kinder der Arbeiterwohlfahrt mit ihren roten Bollerwagen.

„Gehören Sie auch zu diesen komischen Leuten, die diesen verfluchten Bunker für die Luminale ins rechte Licht rücken wollen?"

Schlosser musterte den Jungen aufmerksam. Daniel nickte.

„Dieser obskure Hokuspokus mit dem furchtbaren Lichtdach über der Innenstadt gehört verboten", brach es urplötzlich aus dem Alten heraus. Seine linke Hand, mit der er in Richtung Bunker deutete, zitterte.

„Leni Riefenstahl wäre stolz auf euch!", nickte er vielsagend.

Dann schob er schwer atmend die langsam von der Nase rutschende Brille wieder nach oben und klopfte sich den Staub vom Ärmel seines verschlissenen Mantels.

Daniel musterte den Alten mit einem skeptischen Blick.

„Das muss ich jetzt nicht verstehen, oder?"

„Verstehen? Was gibt es da nicht zu verstehen?"

Der Alte lachte bitter auf. Erneut hob er die linke Hand und deutete mit den von Gicht gekrümmten Fingern auf den Bunker.

„Hier ist schon viel Unglück passiert, Jüngelchen."

Schlosser senkte verschwörerisch seine Stimme.

„Schon klar", nickte Daniel. „Ohne die Nazis würde es den Bunker ja auch nicht geben. Aber ich will die alten Geschichten nicht hören", winkte er lässig ab und zog sich die gehäkelte Wollmütze von seinen verschwitzten Haaren. Der alte Mann war empört.

„Junge, diese Geschichte wird niemals vergehen!"

Daniel musterte den alten Mann mit skeptischem Blick. Was für ein seltsamer Kerl, dachte er. Meckert hier rum wie Rumpelstilzchen. Aber das war ja nicht ungewöhnlich für Frankfurt. Hier gab es eine Menge Spinner, die nicht nur auf der Zeil Gott und die Welt mit ihren Einsichten beglückten. Jeder hat halt so seine eigene Wahrnehmung. Ein Lächeln huschte über Daniels Gesicht.

„Schon klar, Kollege."

Einfach zustimmen, dachte der Junge, dann würde er ihn in Ruhe lassen.

„Du denkst, ich bin ein Penner, ja? So ein trotteliger Berber, der in die Bahnhofsmission gehört!"

Schlosser musterte den Jungen mit durchdringendem Blick. Dann richtete er sich mühsam auf. Doch der verhärmte Mann wirkte alles andere als bedrohlich. Ächzend fuchtelte er in Richtung Bunker.

„So eine Lichtorgel gebiert nur neues Unglück. Ihr werdet es anziehen wie Motten das Licht. Diese braunen Fackelträger warten doch nur auf so ein Zeichen. Du wirst erleben, dass sie wiederkommen, um ihrem Rassenwahn zu huldigen."

Daniel entrang sich ein gelangweiltes Achselzucken.

„Was haben Sie gegen die Luminale? Das Lichtprojekt ist doch eine tolle Chance für die Stadt. Endlich ist nachts in Frankfurt was los, endlich sind mal Leute unterwegs..."

Der Alte musterte Daniel mit gerunzelter Stirn und zusammengekniffenen Augen. Plötzlich rang er nach Luft. Ein erbarmungsloser Hustenanfall schüttelte ihn. Heftig hob und senkte sich der Brustkorb des Mannes in dem viel zu weiten Trenchcoat. Nach zwei endlos langen Minuten ebbte das Schnaufen und Röcheln ab, und das Atmen des Mannes wurde ruhiger. Erschöpft zog Schlosser ein kariertes Taschentuch aus dem Mantel. Tränen standen in seinen Augen.

„Das ist ja eine gelungene Überraschung! Lange nicht gesehen."

Erstaunt schaute Stiefenhagen auf die sich langsam öffnenden Falttüren des Lastenaufzugs.

„Man sieht sich im Leben immer zweimal", entrang sich Max Wiatrowski unterkühlt.

Er hatte absolut nicht damit gerechnet, dass er ausgerechnet diesen Menschen hier oben wiedertreffen würde. Für einen Moment verspürte er den heftigen Impuls, sich umzudrehen und nach unten zu fahren. Was für ein Zufall, dass er ausgerechnet heute, nach dem Fiasko mit dem Jungen, in diesem alten Kriegsbunker jetzt auch noch mit Stiefenhagen konfrontiert war.

Max ärgerte sich, dass er die Projektbeschreibung so nachlässig überflogen hatte. Der Name wäre ihm hundertprozentig aufgefallen. Nach allem, was damals in Berlin passiert war, hätte es für ihn nie wieder ein Treffen mit diesem Menschen gegeben.

Wie unberechenbar doch das Leben manchmal war. Ausgerechnet hier oben traf er heute auf seinen ärgsten Feind – den Mann, den er für den Rest seines Lebens in die allertiefste Hölle verwünscht hatte. Stiefenhagen schien Gedanken lesen zu können, denn sein Gesicht verzerrte sich für einen Moment zu einer höhnischen Fratze.

„Das ist ja eine hübsche Fußnote unserer gemeinsamen Geschichte", grinste er frech. „So klein ist sie also, die wahnsinnig weite Welt. Hübsch, dass wir uns ausgerechnet heute in meinem Bunker wiedersehen. Das hat doch was. Das müssen selbst Sie zugeben."

Stiefenhagen machte mit seinem rechten Arm eine einladende Bewegung.

„Wir wollen nicht unhöflich sein, oder?"

Ein spöttisches Grinsen huschte über sein Gesicht.

„Was darf ich Ihnen zu trinken anbieten? Oder trinken Sie nicht mehr?"

Max fühlte eine Riesenwut in sich aufsteigen. Dieser widerliche Kotzbrocken war immer noch so arrogant wie damals, als

Oliver sterben musste, und er dieses Schwein dafür verantwortlich gemacht hatte. Wie verzweifelt war er gewesen, als er ihn auf dem Weg vom Gruselkabinett zum Anhalter Bahnhof zur Rede gestellt hatte. Doch Stiefenhagen war ihm verbal überlegen gewesen. Erst als der Mann heftig blutend am Boden gelegen hatte und ihn verfluchte, dass er das bitter bereuen würde, erst da hatte er von ihm abgelassen. Und jetzt stand er diesem grässlichen Menschen zum zweiten Mal in seinem Leben gegenüber. Ein schier unbeschreibliches Gefühl von Machtlosigkeit überwältigte ihn. Was für ein beschissener Tag. Erst der uneinsichtige Projektleiter, dann der betrunkene Teenager und jetzt dieser schreckliche Psychopath. Dieser denkwürdige Tag war wohl nicht mehr zu toppen.

„Das wundert mich, dass Arthur ausgerechnet Sie vorbeischickt. Haben Sie umgeschult? Wenn ich mich recht erinnere, waren Sie damals nicht so ein talentfreier Fotograf gewesen?"

Der Museumsdirektor dehnte das Wort „talentfrei" wie einen ausgelutschten Kaugummi, kurz bevor man ihn ausspuckt. Dann lachte er dröhnend. Am liebsten hätte Max sich die Ohren zugehalten. Musste er sich so demütigen lassen?

„Korrekt", nickte er.

„Was heißt korrekt?", polterte der Mann.

„Korrekt heißt, ich bin immer noch Fotograf", antwortete Max mit gefasster Stimme.

Sein Blick schweifte über das Chaos, das hinter Stiefenhagen den abgedunkelten Raum dominierte.

„Sie haben absolut recht", setzte er nach. „Ich bin schlicht und einfach kein Techniker."

Dann drehte er sich um. Er hatte sich entschlossen, bei diesem unwürdigen Spiel nicht länger mitzuspielen.

„Halt, warten Sie..."

Max war überrascht. Hatte Stiefenhagen sich etwa verändert?

„Lassen wir die Vergangenheit ruhen", schlug der Chef des Museums versöhnlich vor. „Wir müssen das Problem da oben gemeinsam lösen. Hören Sie, die Luminale ist für mich extrem wichtig. Es geht immerhin um die Zukunft der Explora. Das hier ist mein Baby, darin habe ich fast zwei Jahrzehnte lang mein gesamtes Vermögen investiert. Das sollten wir nicht durch unsere Vergangenheit aufs Spiel setzen."

Max zögerte. Das „wir" war falsch. Es war Stiefenhagens Projekt, nicht seins. Quietschend begannen sich die Falttüren zu schließen. Blitzschnell blockierte der Museumschef mit der Stahlkappe seines Cowboystiefels die sich schließende Tür.

„Schauen Sie es sich bitte zumindest einmal an!"

Max war unschlüssig. Stiefenhagens Stimme klang kooperativ. Was sollte er von Schwanenwede sagen, wenn er unverrichteter Dinge zur Voltastraße zurückkehren würde? Mit einem tiefen Seufzer trat er aus dem Aufzug zurück in den Loft.

„Okay. Überredet. Ich schaue mir Ihr Windrad an. Aber dann verschwinde ich."

Stiefenhagen grinste zufrieden.

„Dann gehen wir mal nach oben!"

Lautlos dreht sich das Windrad auf dem Dach des Museums.

„Es ist eine Vertical-Axis-Turbine“, rief Stiefenhagen, dem der Wind durch die grauen Haare stob, und deutete auf den zwei Meter hohen Mast, über den sich die silbernen Rotorblätter lautlos um ihre senkrechte Achse drehten. Interessiert stellte Max den Rucksack mit seiner Kamera ab.

„Das Modell kombiniert zwei Methoden“, erläuterte Stiefenhagen mit sichtlichem Stolz. „Der Savonius-Rotor in der Mitte und die drei Darrieus-Flügel fangen den Wind ein. Das hat den unschlagbaren Vorteil, dass die Anlage nahezu geräuschlos arbeitet. Und die Anwohner nicht durch die wechselnden Reflexionen geblendet werden. Als Segelflieger verstehe ich was von Aerodynamik“, prahlte er und strich sich eine zerzauste Haarsträhne aus dem Gesicht. Max nickte anerkennend.

„Wie viel Watt liefert die Anlage pro Stunde?“

„Fünfhundert.“

„Reicht das für den Betrieb der Twitter-Wall?“

„Problemlos“, nickte Stiefenhagen. „Nur die Einspeisung ins Stromnetz der Mainova gestaltet sich problematisch.“

Max schaute ihn verständnislos an.

„Das Windrad produziert bislang nur Gleichstrom. Aber ins Netz darf nur Wechselstrom eingespeist werden. Das heißt, wir brauchen einen Wechselrichter, der die Gleichspannung in Wechselspannung umwandelt.“

Max fokussierte den Mann nachdenklich. Die raumgreifenden Handbewegungen, das abschätzende Grinsen und das Herrische in seiner Stimme waren nach wie vor da. Lediglich ein paar tiefe Falten um den Mund und die sichtlich ergrauten Haare hatten sich seit Berlin, als sie sich das letzte Mal begegnet waren, verändert.

Menschen ändern sich nicht, war Max überzeugt. Wenn sie klug sind, gelingt es ihnen, sich zu kontrollieren. Aber Raubtiere bleiben ihr Leben lang Raubtiere.

„Das funktioniert jedoch nicht mit einem einzigen Windrad“, fuhr der Museumschef fort und deutete mit seiner Hand auf die gegenüberliegenden Dächer.

„Wir bräuchten viel mehr Windräder hier oben. Eine Art Verbund. So wie es früher überall auf den Dächern hier um die Explora Fernsehantennen gegeben hat. Dann… “

Max stoppte den Redefluss von Stiefenhagen.

„Hab ich das eben richtig verstanden? Das Luminale-Projekt funktioniert mit diesem Windrad überhaupt nicht?“

„Sie stellen die falsche Frage“, belehrte ihn Stiefenhagen ungehalten und schob seine Brille auf den Kopf. „Sie müssen fragen, ob die Twitter-Wall mit erneuerbaren Energien funktioniert. Das ist durch die Fotovoltaikanlage unten am Bunker sichergestellt. Das Windrad ist in seinem jetzigen Zustand tatsächlich nicht mehr als ein Placebo.“

Energisch schob er seine rechte Hand in die Hosentasche seiner ausgebeulten braunen Cordhose und grinste.

„Wer wird denn schon hier aufs Dach steigen, um zu überprüfen, woher die Energie für das Luminale-Projekt de facto stammt? Meinen Sie, dass sich auch nur ein Journalist die nächsten Tage ernsthaft die Mühe machen wird, das herauszufinden? Die sind doch alle froh, dass Frankfurt die nächsten Nächte hübsch illuminiert ist. Solange sich der Rotor für die Fotos dreht, ist alles prima.“

Lachend klopfte er sich auf die Schenkel. Dann zwirbelte er mit einem breiten Grinsen die Spitzen seines üppig wuchernden Kaiser-Wilhelm-Barts nach oben. Er ist immer noch derselbe berechnende Mensch, durchfuhr es Max.

„Okay, ich bin also völlig umsonst hier?“

„Wenn Sie das so sagen…“

Stiefenhagen lachte. Dann schlug er die Hacken seiner Cowboystiefel knallend zusammen.

„Sie dürfen abtreten!“

Grinsend strich er sich die wenigen Haare, die ihm der Frühlingswind in die Stirn geweht hatte, nach hinten. Max ließ seinen Blick über die Frankfurter Skyline schweifen. Das bösartige Grinsen, das über das Gesicht von Stiefenhagen geglitten war, wühlte ihn innerlich auf.

„Ich hab natürlich, als wir mit dem Umbau der Explora begonnen haben, immer alles mit dem Hochbauamt abgestimmt. Das ging hier oben alles seinen sozialistischen Gang."

Der Museumschef lachte.

„Allein die Windkraftanlage hier oben auf dem Dach hat mich dreitausend Euro gekostet. Das wird uns viele neue Besucher in die Explora locken. Die Luminale ist die perfekte Plattform dafür. Und wenn ich mit meinem intelligenten Zukunftsprojekt diese verschnarchte Nachbarschaft in diesem bourgeoisen Nordend an urbanes Großstadtleben gewöhne, umso besser!"

Sein arrogantes Lachen erinnerte Max an das Fiasko, das Stiefenhagens Maßnahmen damals im Leben seines Exfreundes angerichtet hatten.

„Ich weiß nicht, ob Sie das nachvollziehen können", sagte der Museumschef und deutete auf das Haus gegenüber, „aber es macht einfach höllischen Spaß, diesem verklemmten Pressesprecher vom Verband der, der… ach, ist ja auch egal… also dem da drüben immer wieder frisches Futter für neue Anzeigen beim Ordnungsamt zu liefern. Ich liebe diesen kleinen Denunzianten. Wenn ich ihn mit meinem Fernglas von hier oben beobachte, wie er nachts ruhelos um die Aktenberge in seinem Arbeitszimmer wandert. Da freu ich mir tierisch 'nen Wolf."

Sein Lachen klang schadenfroh. Max hasste Menschen, die sich in der Häme, die ihnen ihre destruktiven Aktionen bereiteten, suhlten. Dieses Vergnügen an der reinen Schikane ließ ihn erstarren. Nichts war vergangen. Stiefenhagen hatte sich nicht verändert. Er hatte keine zehn Minuten benötigt, um die Gespenster der Vergangenheit wieder aufleben zu lassen. Plötzlich rissen die Wolkengebirge am Himmel auf, und Sonnenstrahlen fluteten die Dachterrasse. Doch Max' Stimmung blieb düster.

„Die da", Stiefenhagen deutete mit ausgestrecktem Zeigefinger auf den obersten Stock im gegenüberliegenden Eckhaus, „die ist Lehrerin. Aber hier bei uns im Bunker heißt sie nur ‚die Buchhalterin'. Weil sie alles, was hier in der Explora passiert, akribisch notiert und fotografiert. Wirklich alles. Wer, wann, wie lange bei unseren Events hier oben auf dem Dach verweilt. Oder wie lange das Licht bei unseren Partys im Loft brennt. Wirklich ein zähes Luder."

Stiefenhagen zwinkerte verschwörerisch.

„Einmal hat hier sogar der Verkehrsdezernent einen riesen Aufriss gemacht, weil die chilenische Grünwählerin aus dem zweiten Stock darauf bestanden hatte, dass samstags nicht gebaut werden darf. Der Samstag sei schließlich ein Ruhetag!"

Stiefenhagen schüttelte sich vor Lachen.

„Diese Nordendler sind schon ein skurriles Völkchen. Die werden nie verstehen, dass Frankfurt eine pulsierende Großstadt und keine Seniorenwohnanlage ist."

Max schaute flüchtig auf seine Uhr. Er verschwendete hier nur unnötig seine Zeit mit Stiefenhagens Nachbarschaftsterror.

„Gott sei Dank zieht der Psychiater da drüben jetzt aus."

Stiefenhagen deutete über die Brüstung Richtung Schwarzburgstraße.

„Der kocht mit seiner Frau nur nach Ayurveda. Wir sollten alle gemeinsam mit ihm zu einem natürlichen Lebensstil zurückkehren, hat er mir mal geschrieben. Was für ein Spinner. Er kann ja essen, was er will. Aber er soll mich gefälligst mit seinem Gequatsche von Harmonie von Körper und Geist verschonen. Wir hätten seine Wohnung durch unseren Anbau entwertet! Das hat er mir vor einigen Tagen hier quer über die Straße nachgeschrien. Da hab ich ihm ganz ruhig erklärt, dass er schrecklich peinlich sei und sich schämen solle!"

Stiefenhagen wirkte sichtlich amüsiert.

„Hier wohnen wirklich merkwürdige Leute um die Explora. Na ja, soll mir egal sein. Ein Querulant weniger da unten. Das macht richtig Mut, dieses grandiose Projekt weiter voranzutreiben!"

Tief zufrieden klopfte er sich auf die Brust.

„Wissen Sie, es kann diesen Spießern doch egal sein, was ich hier aus diesem alten Nazibunker mache. Das ist mein Reich! Verstehen Sie? Ich habe dieses Haus am 15. Mai 1995 um 15.05 Uhr vom Bundesvermögensamt gekauft. Keine Minute früher und keine Minute später. Miriam hatte den Zeitpunkt genau berechnet. Sie hätten das hier mal vor fünfzehn Jahren sehen müssen. Es war ein Drecksloch, bis unters Dach mit Sperrmüll und Taubenscheiße gefüllt."

Max schaute peinlich berührt zu Boden. Wie sollte er diesem Mann erklären, dass ihn das nicht im Geringsten interessierte.

„Aber nein, jedes Mal, wenn ich den Bunker ein Stück weiterentwickle, mobilisiert diese störrische Nachbarschaft das Ordnungsamt. Oder einer dieser Spießer rennt zum Ortsbeirat und heult sich in der Bürgersprechstunde aus. Und was passiert dann?"

Stiefenhagen stapfte empört auf.

„Dann erklären diese lustigen Stadtteilpolitiker über die Frankfurter Rundschau irgendeinen Unsinn. Aber was soll die Stadt gegen mich machen? Die haben ja weder Geld noch Interesse, sich um diesen verfallenen Bunker zu kümmern!"

Stiefenhagen holte tief Luft und schaute über Max hinweg auf die Skyline.

„In Frankfurt gibt es noch mehr als dreißig Bunker. Und die Stadtverwaltung ist heilfroh, wenn ein privater Investor ohne staatliche Hilfe so ein Projekt stemmt."

Mit weit ausholenden Schritten schritt Stiefenhagen über die großzügig geschnittene Dachterrasse, die einen einzigartigen Blick auf die Frankfurter Wolkenkratzer im Bankenviertel bot. Ein leichter Wind fuhr über die Blätter unzähliger Yuccapalmen, Feigen-, Oliven- und Hibiskusbäume in Terrakottatöpfen. Das Ambiente schien einem glanzvollen Lifestyle-Magazin entsprungen zu sein. Die Sonne spiegelte sich glänzend auf der verzinnten Balustrade. Eine riesige Designercouch mit zahllosen Kissen, zwei teure Teakholztische, etliche bequeme Hocker und Stäbchenparkett aus Naturholz verliehen dem Ort ein unvermutet mediterranes Flair.

Wenn dieser Mann nicht so grausam wäre, dachte Max, wäre das hier oben ein wahres Paradies. Allerdings missfiel ihm, wie abfällig Stiefenhagen über seine Nachbarn redete – als wären sie lästige Schaben. Oder niederes Getier, das keine Existenzberechtigung auf dieser Erde hatte. Zumindest nicht hier oben auf dieser luxuriösen Terrasse hoch über dem Frankfurter Nordend.

„Schlagen Sie sich eigentlich immer noch mit Ihren lausigen Fotografien durchs Leben?", unterbrach Stiefenhagen Max' Gedanken. Für einen Moment war der Fotograf irritiert. Dann spürte er diese unbändige Wut in sich aufsteigen. Unterschwellig hatte er den Angriff längst erwartet. Er sah sich in seiner Vorahnung, dass Stiefenhagen sich treu bleiben würde, bestätigt.

„Das geht Sie leider nichts an!"

Doch sein Gegenüber quittierte seinen Protest nur mit einem breiten Grinsen. Warum hatte dieser Mensch nur so einen immensen Spaß daran, seine Umgebung so ausgiebig zu terrorisieren? Es war wie damals, vor zehn, nein, fünfzehn Jahren in Berlin. Als Oliver immer schweigsamer wurde und alles im Desaster endete. Hatte er sich nicht geschworen, dass diese Geschichte keine Macht mehr über ihn haben würde?

„Lassen Sie es gut sein", winkte Max ab. „Was damals war, ist vorbei."

„Lächerlich", grinste Stiefenhagen. „Schauen Sie sich an. Sie sind immer noch derselbe schwule Looser."

Hämisch kichernd bückte er sich, um ein herabgefallenes Hibiskusblatt vor Max' Füßen vom Boden aufzuheben. Mit zusammengekniffenen Augen taxierte er schweigend das verdorrte Blatt. Max fühlte sich seltsam berührt.

„…und Sie sind immer noch so feige wie damals", vollendete Stiefenhagen kichernd seinen Satz. Dann pustete er das vertrocknete Blatt hämisch grinsend über die Brüstung.

„Sie werden es nie schaffen", lachte er. Dann wandte er Max den Rücken zu und ging kopfschüttelnd zur Treppe.

„Richten Sie Arthur aus, dass die Glauburg wie versprochen das Leuchtturmprojekt der Luminale wird."

„Ich muss um vier beim Friseur sein. Um sechs geht der Sprinter."

Edith schaute genervt auf die Uhr. Sonst flogen die Stunden nur so dahin. Doch heute hatte sich die Zeit gegen sie verschworen. Langsam wie Weinbergschnecken krochen die Zeiger über das Zifferblatt. Als Stefan nach seiner Jacke griff, zuckte sie mit ihren Achseln.

„Na gut, ich komme mit zum Bunker. Auch wenn ich befürchte, dass das alles wenig Sinn macht", seufzte die Kommissarin.

„Du stellst pflichtbewusst ein paar Fragen. Dann gehen wir wieder. Ich muss noch packen."

Stefan nickte.

„Wie lange bleibst du in Berlin?"

„Nur übers Wochenende. Nichts Aufregendes!"

Stefan grinste.

„Hat ‚nichts Aufregendes' auch einen Vornamen?"

„Ich verstehe deine Frage nicht, Stefan!"

Nichts hasste die Kommissarin mehr, als selbst Fragen beantworten zu müssen, besonders zu ihrem Privatleben. Mehr als dass sie Single sei und sich gerne mit ihrer Freundin Sissi in Sachsenhausen träfe, gab sie ungern preis. Wozu auch?

„Dann verpasst du die Eröffnung der Luminale", bemerkte der Kommissar überrascht und öffnete die Tür des Passats.

„Meine Güte, das ist ja schrecklich", Edith gähnte gelangweilt. „Weißt du, was ich in meinem Leben schon alles verpasst habe? Bin ich deshalb unglücklich?"

Stefan musterte die Kommissarin, und ein Lächeln huschte über sein Gesicht.

„Hab ich irgendwas verpasst?"

Edith schaute schweigend aus dem Fenster des Wagens.

„Das Wetter am Wochenende soll schön werden", bemerkte sie kurz angebunden. Stefan seufzte. Dann bog er an der Nationalbibliothek in die Eckenheimer Landstraße ab.

„Vor der Börse hat ‚Blue Mars' mit dem ‚Puls der Stadt' eine fantastische Lichtchoreografie aufgebaut. Da werden die Daten vom Flughafen, von interxion und dem Offenbacher Wetterdienst miteinander verknüpft“, sagte der Kommissar begeistert. Doch Edith schien wenig beeindruckt. Hörte sie ihm überhaupt zu?

„Hinter der Alten Oper sollen 1.600 Lämpchen zu einer Wolke über dem Weiher zusammengeschaltet werden. Das stelle ich mir sehr romantisch vor“, schwärmte Stefan.

„Besonders, wenn 5.000 Leute auf deinen Füßen stehen, um ebenfalls Lampenwölkchen zu gucken“, nickte Edith.

„Mir egal. Ich werde hingehen.“

„Interessierst du dich nicht für die Luminale?“

Stefan schaute Edith erwartungsvoll an.

„Nein. Nicht wirklich. Wenn ich mich für jedes Event, das diese Stadt veranstaltet, interessieren würde, könntest du mich über kurz oder lang in Niederrad bei Heinrich Hoffmann besuchen.“

„Jetzt weiß ich, was ich die nächsten Tage vermissen werde“, seufzte Stefan.

An der Glauburgstraße musste er vor der einfahrenden U5 anhalten.

„Wieso lebst du in dieser faszinierenden Stadt, wenn dich das kulturelle Leben so kalt lässt?“

Aufmerksam musterte Stefan seine Kollegin.

„Habe ich gesagt, dass mich diese Stadt kalt lässt? Ich interessiere mich nur nicht für jeden Pipifax.“

„Aber die Luminale ist doch kein Event wie… wie Frühlingsblumen im Palmengarten…“

„Das würde ich jetzt so nicht unterschreiben. Ich finde Frühlingsblumen im Palmengarten wunderschön.“

Unvermittelt geriet die Kommissarin ins Schwärmen.

„Der Palmengarten ist einfach ein Eldorado für Gartenfreunde und Pflanzenliebhaber. Nirgends in der Stadt bekommst du so viel über traditionelle und moderne Gartenkultur vermittelt.“

Stefan musterte Edith mit einem ironischen Seitenblick.

„Das heißt, es besteht noch Hoffnung für den Gummibaum in unserem Büro?“, frotzelte der Kommissar. Grinsend setzte er den Blinker und bog in die Glauburgstraße ab. Die Kommissarin schmollte.

„Ach komm, Edith, lass uns nicht streiten“, lenkte Stefan gütlich ein. „Lass mir doch die Freude, dass so viele Künstler die Stadt am Wochenende mit ihrer Kreativität verwandeln.“

„Die meisten Kreativen sind unverbesserliche Spinner“, beharrte die Kommissarin.

„Da irrst du. Die Mehrheit der Kreativen zeigt richtig spannende Projekte. Und ich lasse mich gern davon inspirieren.“

Stefan war sichtlich ungehalten.

„Außerdem bringt die ‚Light+Building‘ der Stadt Frankfurt richtig Geld in die Stadtkasse. Beim letzten Mal hat die Messe über 100.000 Besucher gezählt. Wirtschaftlich betrachtet ist die Luminale ein Erfolg.“

„Du erwartest jetzt nicht ernsthaft, dass ich in ‚Ahh‘ und ‚Ohh‘ verfalle, nur weil die Stadt Frankfurt die Lichtgirlanden ihrer Kleingärten einmal rund um die Hauptwache wickelt?“

Edith schaute den Kommissar provozierend an. Doch der hielt seinen Blick konzentriert auf die Straße gerichtet.

Missmutig schaute Daniel über den Spielplatz. Warum dauerte es nur so lange? Er spürte, wie er ohne die entspannende Wirkung des Alkohols nervös wurde. Gestresst kickte er einen großen Kieselstein gegen die Sandkiste. Der Alte auf der Holzbank räusperte sich.

„Wolltest du etwas sagen?", zischte Daniel und zog drohend die Augenbrauen hoch.

„Nein, nein, aber…", stammelte der Alte.

„Du willst mir also doch ein Gespräch aufzwingen!"

Daniel war ungehalten. Wenn er seiner Mutter nicht versprochen hätte, heute bei Max zu bleiben, hätte er sich schon längst aus dem Staub gemacht. Eine SMS piepste. Seine Hand zitterte, als er das Handy aus der Jacke nestelte. Es war Omar.

„Bierchen um drei?", las er im Display.

Daniel zögerte.

„Muss arbeiten", tippte er zurück.

Umgehend kam die nächste SMS.

„Du hast 'nen Job?"

Daniel blickte unschlüssig auf sein Smartphone. Dass er mit dem schwulen Freund seines Onkels auf Tour war, war ihm extrem peinlich. Als er noch über eine harmlos klingende Formulierung grübelte, klingelte es.

„Eh, Kumpel, wo bist du?"

„Arbeiten. Und du?"

Vielleicht konnte er mit der Gegenfrage das Formulierungsproblem umschiffen. Für nichts auf der Welt würde er seinem Freund erzählen, dass er sich gerade mit dem Lebenspartner seines Onkels auf dem Glauburgspielplatz zerstritten hatte.

„Eh, Kollege. Ich hab um drei Feierabend. Wir können uns in der ‚Nunu Bar' zum Chillen treffen."

Daniel zögerte. Seit Omar seine Sozialstunden im Johanna-Kirchner-Altenhilfezentrum am Sommerhoffpark ableistete, war er abends meist zu müde, um sich noch mit der Clique zu treffen. Wobei er ja am derzeitigen Job seines Freundes nicht ganz unschuldig gewesen war. Aber wer konnte ahnen, dass die Videokameras der WISAG alles aufzeichneten, als sie die verrottenden Baracken der „ATE“ mit ihren Graffiti veredelten? Daniel liebte die verwilderte Brache im Gallus hinter den Bahngleisen Richtung Höchst. Bis 1962 hatte die „Alfred Teves GmbH“ an der Rebstöcker Straße Kühlschränke produziert. Doch nachdem die Continental AG das Unternehmen übernommen und das Werk Ende der Neunzigerjahre geschlossen hatte, war das Gelände dem Verfall preisgegeben worden.

In einer der Baracken hatte er im vergangenen Sommer auf der 3-Floors-Party des „Club Kiew“ Omar kennengelernt. Das heißt, er war ihm damals laut fluchend über die meterhohe Betonwand von den Gleisen kommend entgegengeschlittert.

„Was guckst du so?“, hatte ihn der schwarzhaarige Junge angefaucht und drohend eine riesige Spraydose gezückt. Schweigend hatte Daniel über ihn hinweg auf den Stacheldraht und die wild wuchernde Brombeerhecke geblickt.

„Unbefugter Aufstieg verboten!“, stand da in blauer, verwitterter Schrift auf einem verbeulten Emailleschild am Zaun. Offensichtlich hatte sich der Junge verletzt, denn seine aufgeschürften Hände bluteten.

„Da steht nur Aufstieg verboten, Kollege. Oder wolltest du etwas zu meinem Abstieg sagen?“, grinste Omar und wischte sich mit einem gequälten Lächeln die blutenden Finger an seiner fleckigen Jeans ab.

„Wo ist die Party?“

Daniel deutete mit einer lässigen Handbewegung auf den Tunnel hinter ihm. Seit dieser Nacht waren die beiden gemeinsam durchs Gallus gestreunt und hatten ihr Revier mit Tags aus Spraydosen markiert. Oder Graffiti auf die Wände der abbruchreifen Montagehallen der „ATE“ gesprüht. Partnerschaftlich teilten sie sich das weitläufige Gelände mit einem Obdachlosen, der seinem einfältigen Schäferhundmischling immer ein frisch gewaschenes Babylätzchen umgebunden hatte. Der Treffpunkt hinter der Außenstelle der Werkstatt Frankfurt für Hartz IV-

Empfänger neben Burger King war optimal für kreative Streifzüge. Alle fünf bis zehn Minuten hielten hier die 11 und die 21. Und preiswerte flüssige Verpflegung garantierte der Penny auf der anderen Seite direkt neben Kik.

„Ist fast wie zu Hause am Lausitzer Platz“, schwärmte Omar, wenn sie zum Sprayen unterwegs waren. „Aber nur fast.“

Wenn sein Freund schwieg, spürte Daniel, dass Omar seinem alten Leben in der Hauptstadt nachtrauerte.

„Du hättest die Flyer unserer letzten Projektwoche sehen müssen. Wir haben alle Cut-outs im Wrangelkiez dokumentiert. Dagegen sind die Graffiti hier in Frankfurt einfach nur langweiliger Müll.“

Lediglich die Kreativen von „Faites votre jeu!“, die im ehemaligen Polizeigefängnis hinter der Zeil ihr Domizil aufgeschlagen hatten, nötigten Omar Respekt ab.

Das Gebäude mit seinen vergitterten Fenstern in der Klapperfeldgasse war im Prinzip der unwirtlichste Ort, den sich Daniel für Kultur vorstellen konnte. Hatte das Haus im 16. Jahrhundert noch die Frankfurter Pestkranken beherbergt, war der ockerfarbene Bau später zu einem Zuchthaus umgebaut worden. Das dunkelste Kapitel des Hauses hatte allerdings die Gestapo hinter den wuchtigen Mauern geschrieben.

Daniel bewunderte den Jungen aus Berlin für seinen Instinkt, immer neue Orte für ihr kreatives Schaffen aufzutun. Bis Omar eines Tages entschieden hatte, seinen künstlerischen Radius über das Abbruchgelände der „ATE“ auf die sorgfältig getünchten Wände der „Wisag Gebäudereinigung“ auszudehnen. Leider hatten die beiden sprintstarken Objektschützer der WISAG herzlich wenig Verständnis für Omars Kreativität. Die Sprühdose in der Hand und die noch feuchten Farbspuren auf der weißen Fassade waren keine wegzudiskutierenden Fakten.

„Vandalismus, Sachbeschädigung, illegales Eindringen in werkeigenes Gelände“, lautete die Anklage.

„Sprühen ist Subkultur, ist Rebellion!“, verteidigte sich Omar und bot seinen gesamten Berliner Charme vor der Richterin, die ihm lange schweigend zugehört hatte, auf.

„Junger Mann, in Frankfurt gab es im vergangenen Jahr über 2.500 Anzeigen wegen Vandalismus, alle verursacht durch solche Freizeitrebellen wie Sie."

„Sie müssen das verstehen. Ich komme aus Berlin. Dort ist Graffiti Kunst. Sprayen ist kreativer Widerstand", argumentierte Omar mit einem umwerfenden Lächeln.

„In Frankfurt ist Sprayen zwei Wochen Sozialarbeit inklusive Ersttäterbonus und exklusive Kosten für die Schadensbeseitigung", entschied die Richterin lakonisch und klappte den Aktendeckel geräuschvoll zu. Dann beugte sie sich wohlwollend zu dem Teenager.

„Junger Mann. Lassen Sie Ihre gekünstelte Aufregung. Ich kann Ihre… Ihre Kreativität", sie hüstelte, „nach Paragraph 303 Strafgesetzbuch auch deutlich höher bestrafen. Und wenn ich Ihnen einen Rat geben darf: Beseitigen Sie den Schaden – und zwar umgehend. Und, zum Abschied, noch ein letzter Tipp: Sollten wir uns hier wiedersehen, wird's teurer!"

Die Richterin lächelte.

„Die Verhandlung ist geschlossen."

Wütend stapfte Omar aus dem Frankfurter Amtsgericht.

„So eine Kunstbanausin! Die hat null Ahnung von extrem guter Street-Art. Will die das nicht sehen?"

Daniel trottete schweigend neben seinem aufgebrachten Freund Richtung Zeil.

„Die sollte man strafversetzen. Wenn die in Berlin jedem, der nur mal eine Dose in der Hand hält, den Prozess macht, dann müssten die in Moabit aufstocken. In Berlin erstattet niemand wegen so lächerlicher Graffiti Anzeige. Boah! Was hab ich einen Hals. Die würde sogar Banksy Sozialstunden verpassen!"

Zornig trat Omar gegen eine leere Cola-Dose, die am Straßenrand lag. Scheppernd rollte das Blech über die Klapperfeldgasse. Daniel konnte seinen Freund nur zu gut verstehen.

„Frankfurt ist wirklich kulturfeindlich", fluchte der Junge. „Hat nicht mal jemand 'ne Plastikskulptur von einem Städel-

Schüler für Sperrmüll gehalten und das Objekt zur Müllverbrennungsanlage nach Heddernheim abtransportieren lassen? Das ist typisch Frankfurt!", lachte Omar. „Die Story ist fast so gut wie die mit der Badewanne von Beuys, die zwei fleißige Hausfrauen in Leverkusen vor Jahren saubergeschrubbt haben. Da sind vierzigtausend D-Mark einfach durch den Abfluss gerauscht worden. Erste Sahne, sag ich dir."

Daniel war tief beeindruckt. Seit Omars Eltern mit ihm und seiner jüngeren Schwester von Berlin nach Frankfurt gezogen waren, war der Junge zum Star ihrer Clique aufgestiegen. Der Vater des 18-Jährigen managte momentan ein Multimediaprojekt für die Frankfurter Messe und verbrachte immer wieder Tage und Nächte im Ausland. Dann traf sich seine Mutter mit ihrer Cousine und ihrem Freund, der eine Shisha-Bar in Alt-Sachsenhausen betrieb. Entsprechend viel Freizeit blieb Omar zur Pflege seiner Hobbys. Daniel gefiel der Vorschlag, sich mit „Wirtschaft und Politik" nicht nur theoretisch in der Schule auseinanderzusetzen, sondern die Freizeit als Phase kultureller Neuorientierung zu betrachten.

„Abi mit zwanzig reicht immer noch", hatte Omar Daniel vorgerechnet. „Sonst wird die Arbeitszeit, bis du mit 67 in Rente gehst, einfach viel zu lang."

Das klang plausibel. Und da Omars Mutter Libanesin war, sorgte die beiläufige Erwähnung des multinationalen Backgrounds bei der Mehrheit der Alt-68er-Pädagogen für breites Verständnis.

„Migrationshintergrund kann auch Vorteile haben", grinste Omar und boxte Daniel freundlich auf den Arm. Nur diese seltsame Richterin hatte das noch nicht verstanden.

„Eh, Kollege, Banksy soll zur Luminale kommen. Das wäre wirklich krass."

Omar klang aufgeregt. Doch Daniel schwieg. Das unablässig blinkende Akkuzeichen seines Handys signalisierte überdeutlich, dass er sich endlich um ein Ladegerät bemühen sollte.

„Was ist los? Wo bist du?", setzte Omar ungehalten nach.

„Ich muss im Glauburgbunker dem Freund von meinem Onkel helfen“, stotterte er.

„Im Glauburgbunker? Du bist in der Explora? Hängt die Twitter-Wall schon?“

„Was?“

Daniels Reaktionsfähigkeit lahmte.

„Na, die Twitter-Wall, auf die alle Botschaften rund um die Luminale projiziert werden.“

Ein stechender Schmerz ließ Daniel zusammenzucken.

„Weiß nich’…“, antwortete er und griff sich stöhnend an die pochende Schläfe.

„Was ist los mit dir?“

Hartnäckig bohrte Omar weiter.

„Mein Akku ist gleich alle“, sagte Daniel entschuldigend.

Das entsprach durchaus den Fakten. Plötzlich bemerkte er, dass der alte Mann ihn aufmerksam musterte. Wütend drehte er sich zur Seite und schirmte den Lautsprecher ab.

„Ich kann jetzt nicht weiter reden! Lauschalarm, verstehst du?“, flüsterte er. „Ich melde mich später!“

Wütend schaltete er sein Smartphone auf Standby und ließ es in die Hosentasche gleiten. Dann funkelte er den Alten zornig an.

„Schon mal was von Privatsphäre gehört?“, schimpfte er.

Stanislaus Schlosser zuckte zusammen und schaute betreten zur Seite.

„Tut mir leid, aber Sie haben wirklich sehr laut telefoniert“, entschuldigte sich der Mann.

„Und muss man dann auch zuhören?“, giftete Daniel zurück. Unschlüssig wanderte sein Blick über den Luftschutzbunker, dessen graue Silhouette sich bedrohlich vor dem blauen Frühlingshimmel abzeichnete. Nachdenklich blinzelte er in die Sonne. Kein Akku, kein Max, kein Bier. Wobei sich letzteres Problem an der Trinkhalle um die Ecke am schnellsten lösen ließe. Was sprach eigentlich dagegen, die Wartezeit mit einem frischen Römerpils zu überbrücken?

„Guten Tag, Weber. Kripo Frankfurt. Meine Kollegin, Frau Tannhäuser." Stefan hielt der Frau an der Kasse unaufgefordert seinen Ausweis hin.

„Wir möchten gerne Frau Stiefenhagen sprechen."

Die Frau nickte erschrocken und griff zum Telefonhörer.

„Lydia? Hier ist die Polizei. Kommst du bitte mal nach unten", flüsterte sie mit gesenkter Stimme. Edith musterte die verhärmt wirkende Frau in ihrer braunen Strickjacke, deren Blick verunsichert hin und her wanderte. Fahrig schichtete sie auf der bis zum Boden reichenden Edelstahltheke Stapel an Broschüren, Prospekten und Postkarten aufeinander. Im kalten Licht der Neonlampen machte die Frau mit ihrem schütteren Haar irgendwie einen kränklichen Eindruck. Aufmerksam schaute Edith Tannhäuser sich um. Der durch mindestens zwei Meter Stahlbeton gebrochene Eingang hatte ihr Interesse geweckt.

Bunker gab es fünfundsechzig Jahre nach dem Ende des Zweiten Weltkrieges in Frankfurt ja noch reichlich. Hatte nicht erst vor zwei Wochen die Hessenschau berichtet, dass die Bundesregierung jetzt etliche ausmustern und zum Verkauf anbieten würde? Falls man auf der Suche nach einer Immobilie war, um sich gegen Naturkatastrophen und Terroranschläge zu wappnen. Was mussten das für Zeitgenossen sein, die sich einen Luftschutzbunker als Zuhause zulegten? Der Gedanke, in dieser Betonburg leben zu müssen, ließ die Kommissarin frösteln.

In Gedanken versunken drehte sie langsam eine der achteckigen, mit winzigen Zahlen beschrifteten Scheiben, die auf einer Stahlstange an der Wand aufgereiht waren, um.

„Gefällt Ihnen mein Fibonacci?"

Sonor dröhnte eine sehr männliche Stimme durch den Flur. Stefan und Edith schauten einander erstaunt an.

„Gestatten, Stiefenhagen. Gerhard O. Stiefenhagen. Museumschef der Explora", begrüßte sie ein hochgewachsener, stattlicher Mann in Jeans, kariertem Hemd und Cowboystiefeln.

„Weber, Kripo Frankfurt“, antwortete Stefan. „Darf ich vorstellen, Frau Tannhäuser, meine Kollegin.“

Stiefenhagen wirkte überrascht.

„Seit wann interessiert sich die Kriminalpolizei für die Evolution von Kaninchenpopulationen?“

Stefan war verwirrt.

„Ihre Kollegin hat gerade Hand an einen Klassiker der Mathematik gelegt. Darf ich vorstellen, die Fibonacci-Reihe von Leonardo da Pisa.“

Der Mann deutete auf die Stange mit den grauen Oktaedern, an der Edith gedreht hatte.

„Jede Zahl ist die Summe der beiden vorherigen. Pisa hat bereits 1202 mit diesem Modell berechnet, wie viele Kaninchenpaare im Verlauf eines Jahres aus einem einzigen Paar entstehen. Vorausgesetzt, man hält sie in einem geschlossenen Raum, aus dem keines der Tiere entweicht.“

Er lachte fröhlich. Dann machte er grinsend eine eindeutige Handbewegung. Edith registrierte den peinlich berührten Blick der verstörten Frau hinter der Kasse.

„Ich hoffe, dass Sie nicht hier sind, weil Sie Nachhilfe in Mathematik benötigen?“

In Stiefenhagens Stimme schwang ein sarkastischer Unterton mit.

„Ähm, Lydia wollte… sie hat… die Polizei...“

Die verhärmt wirkende Frau stotterte.

„Lydia hat die Polizei bestellt? Ist die jetzt völlig verrückt geworden? Was für ein Unsinn“, entfuhr es dem Museumsdirektor barsch. Dann drehte er sich zu dem Mann, der hinter ihm in den Flur getreten war, um.

„Nochmals vielen Dank, Herr Wiatrowski. Und grüßen Sie Arthur herzlich. Unser Luminale-Projekt steht, er kann absolut beruhigt sein. Auf Wiedersehen!“

Edith musterte den Mann, den Stiefenhagen gerade verabschiedet hatte. Ein sympathischer Kerl, schoss es ihr durch den

Kopf. Groß, dunkle Haare, Dreitage-Bart, Fleecejacke, ein schwarzes T-Shirt, aus dem die Kopfhörer seines iPods baumelten. Offensichtlich schien er sich mit Stiefenhagen handelseinig geworden zu sein.

„Wiedersehen."

Als Max die schwere Eingangstür mit viel Schwung öffnete, fielen helle Sonnenstrahlen auf den dunklen Boden des Bunkers. Staub flirrte durch die Luft, und Edith verspürte einen leichten Luftzug in ihrem Haar. Für einen kurzen Moment wehte unbeschwertes Kinderlachen vom Spielplatz herein. Dann schnappte die mächtige Stahltür ins Schloss. Irgendwie erinnerte Edith das Geräusch an das Verschließen der Gefrierräume im Kalbacher Frischezentrum, um abgehangene Schweinehälften kühl zu halten.

Im Prinzip war sie nicht klaustrophobisch veranlagt, trotzdem spürte sie eine seltsame Beklemmung. Ob es so ruhig wäre, wenn man lebendig begraben würde? Edith musterte skeptisch den meterdicken Stahlsarkophag über ihrem Kopf. Wer hier drin schreit, vergeudet seine Zeit.

„Vielen Dank für Ihren Besuch. Schade, dass Sie völlig umsonst gekommen sind. Aber meine Frau ist manchmal etwas…" Dabei drehte Stiefenhagen mit der linken Hand an einer Art Kurbel am Kopf und reichte Edith seine Rechte.

„Hat mich gefreut. Beehren Sie die Explora bald wieder."

Irgendetwas in seiner Stimme ließ die Kommissarin aufhorchen.

„Oder noch besser. Kommen Sie am Wochenende vorbei. Immer nach Einbruch der Dunkelheit starten wir die Twitter-Wall. Das ist das innovativste Projekt der gesamten Luminale. Das müssen Sie einfach gesehen haben. Okay? Wir sehen uns."

Stiefenhagen ergriff Stefans Hand und schüttelte sie heftig. Diese überfallartige, verbrüdernde Jovialität war der Kommissarin zutiefst suspekt. Irgendetwas war hier faul. Dann hörte sie Absätze auf den grauen Granitplatten klappern. Als sie sich umdrehte, stand eine äußerst elegant gekleidete Frau vor ihnen.

„Lydia, hast du 'nen Knall?" Stiefenhagen war sichtlich erbost. „Warum holst du die Polizei in die Explora?"

Die Frau wandte sich mit einem strahlenden Lächeln an Stefan Weber.

„Danke, dass Sie gekommen sind..." Ihre Stimme vibrierte.

„Hören Sie", unterbrach sie Stiefenhagen ungehalten. „Meine Frau hat schon immer eine sehr eigene Wahrnehmung. Sie wissen ja, wie das mit Frauen so ist. Migräne, Vollmond, sie haben ihre Tage. Irgendetwas ist doch immer."

Edith konnte ihre Empörung nur mühsam verbergen. Es war ein unglaublicher Affront, den sich der Museumschef gerade geleistet hatte. Plötzlich griff Stiefenhagen nach den Händen seiner Frau und drängte sie mit seinem massigen Körper ungestüm hinter die Theke. Die Frau an der Kasse zuckte mit einem spitzen Aufschrei zusammen. Hemmungslos prasselten Vorwürfe und Beschimpfungen auf Lydia nieder, die diese jedoch ungerührt über sich ergehen ließ. Stefan schnappte nach Luft.

„Herr Stiefenhagen, lassen Sie das. Ihre Frau hat uns wegen der Drohbriefe um Hilfe..."

Wütend unterbrach Stiefenhagen den Kommissar.

„Drohbriefe? Dass ich nicht lache. Was ist das für ein Unsinn. Das bildet sie sich in ihrer Langeweile ein. Sie will nur Aufmerksamkeit, das ist alles. Und dafür ist ihr jedes Mittel recht."

Lydia lächelte spöttisch.

„Wissen Sie, meine Frau könnte jederzeit gehen, wenn ihr das hier nicht passen würde. Aber es gefällt ihr so, nicht wahr, mein Schatz?"

Der Museumschef lachte dröhnend.

„Meine Frau hat das mit den Briefen völlig in den falschen Hals bekommen. Das sind nur diese Spinner aus dem komischen Karnevalsverein hier im Nordend. Die haben seit fünfzehn Jahren nicht verwunden, dass mir jetzt der Bunker gehört und ihr Vereinstreff für sie eben futsch ist. Was dieser Protokoller vom Großen Rat mich seitdem mit literarischen Ergüssen traktiert hat … Ich bin der Geist, der stets verneint! Ho, ho, ho, Goethes Mephisto! Das ist hier immer wieder ganz großes Kino in der Explora."

Stiefenhagen amüsierte sich mit einem diabolischen Lachen.

„Du bist ekelhaft!"

Lydia Stiefenhagen schüttelte angewidert ihren Kopf. Eine Locke löste sich aus ihrer sorgfältig aufgesteckten Frisur. Stil ist für sie zumindest nicht das Ende eines Besens, schoss es Edith, die die Frau des Museumschefs aufmerksam musterte, durch den Kopf. Im Gegensatz zu ihrem Mann, der mit seinem unkontrollierten Gefühlsausbruch sich gerade jedwede Sympathie der Kommissarin verscherzt hatte.

„Sie müssen meine Frau entschuldigen ..."

Mühsam entrang er sich ein verbindliches Grinsen, doch sein hochroter Kopf zeugte von brutalem Jähzorn.

„Ihr Freund hat sie die vergangenen Wochen leider arg vernachlässigt. Nicht wahr, meine Liebe? Was war der arme Kerl beschäftigt. Da hat sie sich wohl von Ihnen…", er musterte den Kommissar mit einem abschätzenden Grinsen „…ein bisschen trösten lassen."

Mit einem harten Griff drehte der Mann Lydias Kopf und zwang sie, ihm in die Augen zu schauen. Stefan fühlte sich peinlich berührt und schaute betroffen zu Boden. Der Museumschef klopfte sich lachend auf die Schenkel.

„Das macht sie übrigens immer so. Fragen Sie sie. Sie kann so zuckersüß gurren. Aber das ist reine Berechnung. Ich kenne das. Wir sind schon so lange zusammen. Trotzdem…", er ließ seine Hand sinken und schaute seine Frau hämisch grinsend an. „Trotzdem ist Lydia immer noch mein aufregendstes Projekt."

Genüsslich strich er sich über die Barthaare und zwirbelte langsam die Enden nach oben. Dann tätschelte er der Frau wie einem unartigen Kind, das man besänftigen will, mit einem triumphierenden Lächeln die rechte Wange.

Es geht nichts über glückliche Ehen, dachte Edith, und ihr Blick suchte den ihres sprachlosen Kollegen. Was dieser Tyrann hier gerade abgeliefert hatte, zeugte von offensichtlichen Mängeln in der Kinderstube.

„Hören Sie, Herr Stiefenhagen…"

Die Stimme der Kommissarin klang unterkühlt.

„Ich würde gerne die Briefe sehen! Jetzt!"

Intuitiv spürte Edith, dass Stiefenhagen nur mit unmissverständlichen Ansagen zu beeindrucken war. Höflichkeit war bei diesem Despoten reine Zeitverschwendung.

„Gerne."

Er funktioniert wie ein Kippschalter, stellte Edith überrascht fest. Der abrupte Wechsel vom provokanten in den kooperativen Modus hatte weniger als eine Sekunde gedauert. Stefan wirkte sichtlich irritiert.

„Darf ich Sie zum Kaffee einladen? Espresso? Wir haben auch herrlichen selbst gebackenen Kuchen. Miri, bist du so lieb…"

Die blasse Frau neben der Kasse zuckte erneut zusammen. Doch Edith wehrte mit einem Blick auf ihre Uhr dankend ab. Für Kaffee und Kuchen blieb jetzt keine Zeit. Außerdem war der Mann die Sorte Zeitgenosse, bei dem ihr der letzte Nerv für Small Talk fehlte.

„Da geht's zur Cafeteria."

Ungeduldig zeigte Stiefenhagen Richtung Café. Das Machtspiel mit der Kommissarin schien ihm Vergnügen zu bereiten.

„Ich bitte Sie! Jetzt, wo Sie schon mal hier sind, zeige ich Ihnen natürlich die Explora. Das ist mir eine große Ehre."

Stiefenhagen lächelte und legte tätschelnd seine Hand auf Ediths Unterarm. Irgendwie ist er schon arg übergriffig, dachte sie und schenkte ihm einen eisigen Blick. Stiefenhagen bleckte grinsend seine Zähne wie ein hungriger Wolf.

„Wenn Sie mir durch die Ausstellung folgen, werden Sie verstehen, warum ich an so Leute wie diese Karnevalsclowns keine Zeit verschwende. Schauen Sie sich um. Das hier ist ein einzigartiges Privatmuseum mit weltweit einmaligen Exponaten. Hier gibt es Technik zum Mitmachen. Und Erfolg schürt eben auch Neid und Missgunst. Das ist ja verständlich, oder?"

Ein unerschütterliches Selbstbewusstsein strömte aus jeder Pore seiner stattlichen Figur.

„Hören Sie…"

Stefan startete einen zweiten Versuch.

„Frau Tannhäuser würde gerne die Briefe…"

„Lydia, Schätzchen, sei so lieb. Hol sie bitte oben aus dem Büro. Und Miriam, deck bitte den Tisch. Wir haben Gäste."

Seltsam, dachte Edith. An seinem Gesicht konnte man eindeutig ablesen, dass ihm der Besuch der Polizei äußerst ungelegen kam. Trotzdem wahrte er rudimentär ein Minimum an bürgerlichen Umgangsformen.

„So viel Zeit muss jetzt sein. Wenn Sie schon mal hier sind."

Dieser Mann blendet alles aus, was nicht in sein Konzept passt, dachte Edith. Menschen mit einer so verzerrten Wahrnehmung ging sie in ihrem Privatleben konsequent aus dem Weg.

„Wie hat Ihnen Lenin gefallen? Ein echter Hingucker, nicht wahr?", schwärmte er. „Er ist der perfekte Einstieg in unsere Welt der Illusion. Hier in der Explora haben wir tolle Holografien und Anaglyphen."

„Ana… was?"

Stefan schaute Edith fragend an, doch die zuckte mit ihren Achseln.

„Kommen Sie!"

Stiefenhagen drehte sich um und stürmte, ohne die Zustimmung der beiden Kommissare abzuwarten, mit großen Schritten ins Treppenhaus.

„Hopp, hopp! Ich muss Ihnen unbedingt etwas zeigen."

Edith hasste nichts mehr, als zur Eile genötigt zu werden. Sie schaute Stefan fragend an, der betreten die Schultern zuckte. Widerstrebend folgten sie dem Museumschef in den ersten Stock, wo unerwartet Neonlampen aufflammten.

„Unsere Bewegungsmelder", erklärte Stiefenhagen stolz.

„Alles selbst verlegt. Das spart extrem viel Strom. Wenn die Besucher den Raum verlassen, verlöscht das Licht. Zack!"

Fehlte nur noch ein bissiger Schäferhund, vergrabene Tretminen und eine Selbstschussanlage, schoss es Edith durch den Kopf. Aufmerksam betrachtete sie die tief unter der Decke verlaufenden Metallgitter, an die kreuz und quer dicke Kabelstränge mit Kabelbindern gebunden waren.

„Haben Sie hier auch Kameras?", fragte Edith einer spontanen Eingebung folgend.

„Überwachungskameras?", grinste Stiefenhagen. „Oder meinten Sie Fotoapparate?"

Edith seufzte.

„Scherz", lachte Stiefenhagen und umklammerte ihre rechte Hand mit einem Griff wie ein Schraubstock. Seine Finger fühlten sich schwitzig an. Und sein Atem roch nach Zwiebelringen und altem Fisch. Den Ekel, den er ihr mit seiner Nähe bereitete, schien er zu genießen. Grinsend ließ er von der Kommissarin ab und tippte mit seiner riesigen Pranke an die niedrig hängende Decke.

„Ein Meter neunzig. Im Durchmesser", bemerkte er stolz. „Die Außenwände haben sogar zwei Meter fünfzehn. Das erstickt jeden Laut."

Man hätte Klaustrophobie nicht präziser beschreiben können, sinnierte Edith und kniff ihre Augen zu einem Schlitz zusammen.

„Der Stahlbeton für den Glauburgbunker war damals technologisch das Nonplusultra. Nur in Prora soll der Stahl noch besser gewesen sein. Deshalb können Sie so einen Kasten nicht einfach umbauen oder abreißen. Da müssen Sie schon mit sehr viel Geld und richtig schwerem Gerät ran."

Der Museumschef tätschelte wohlgefällig die graue Betondecke.

„Das hier ist deutsche Wertarbeit. Die Glauburg galt als absolut bombensicher. Davon haben die Nazis wirklich etwas verstanden. Flink wie Windhunde, zäh wie Leder und hart wie Kruppstahl. Ha, ha, ha…"

„Scherz", bemerkte Edith ironisch.

„Wir verstehen uns", grinste Stiefenhagen süffisant. „Ich mag Menschen, die die gleiche Wellenlänge wie ich haben. Das erleichtert die Kommunikation ungemein."

Dann beugte er sich verschwörerisch flüsternd vor.

„Hab ich Ihnen schon gebeichtet, dass ich ein großer Burgenfreund bin?"

Stefan schaute fragend zu Edith, doch sie schüttelte ihren Kopf. Was der Museumschef als Aufforderung interpretierte weiterzureden.

„Die Nazis haben den Bunker zu Tarnzwecken mit Turm, Balustrade, Schieferdach, Dachgauben und falschen Fenstern ausgestattet. Diese Camouflage finde ich sehr interessant. Kennen Sie das?"

Für einen Moment beschlich Edith das Gefühl, dass er sie als Verbündete zu gewinnen suchte.

„Aus der Luft sieht der Bunker aus wie eine alte Burg. Sehr geschickte Tarnung gegen feindliche Luftaufklärung. Der Kasten war ja im Frühjahr 1945 als Hauptquartier von Stemmermann vorgesehen…"

„Entschuldigung, Sie wollten uns einige Exponate zeigen", unterbrach sie ihn freundlich. Stiefenhagen wirkte für einen kurzen Moment irritiert. Dann setzte er seine Ausführungen unbeeindruckt fort.

„Mich hat in meiner Jugend ein 3D-Fotobuch fasziniert. Es hieß ‚Der Kampf im Westen'. Das war die Initialzündung für die Explora. Als der Bunker Anfang der 90er Jahre vom Bundesvermögensamt aus der Zivilschutzbindung genommen wurde, habe ich ihn gekauft, um mir einen lang gehegten Traum zu verwirklichen. Hier sehen Sie alles, was Auge und Hirn verwirrt. Eine einzigartige Sammlung optischer Täuschungen. Mit Lenin am Eingang. Der war ja schließlich auch ein begnadeter Trickser gewesen."

Stiefenhagen zwinkerte mit seinem rechten Auge. Dann schaute er sich selbstgefällig um.

„Ich glaube, er erwartet, dass du ihm dafür anerkennend auf die Schulter klopfst", flüsterte Stefan der Kommissarin ins Ohr. Doch sie deutete mit der Hand auf eine 10 bis 12 cm breite Stahlklappe, die den Blick auf ein Rohr in der Wand freigab.

„Ist das die Entlüftungsanlage?"

„Könnte es die Rohrpost sein?", antwortete Stiefenhagen spitzbübisch. Dann lachte er dröhnend.

„Na klar. Was soll das denn sonst sein? Sie waren wohl noch nie in einem Bunker?"

„Ich habe bislang nur in Mietshäusern gelebt", konterte Edith mit einem entwaffnenden Lächeln.

„Touché", bemerkte Stiefenhagen wohlgefällig. „Die Stadt hat damals viele ihrer Bunker ausgebombten Familien als Wohnraum zur Verfügung gestellt. Seltsamerweise flogen die Flüchtlinge hier aus der Glauburg sehr schnell wieder raus, weil er der Frankfurter Kredit- und Darlehensanstalt zugewiesen wurde. Angeblich wegen des Tresors…"

„Bitte was? Für die KfW?"

Stefan war überrascht.

„Na irgendwo musste ja auch das Kapital nach der Stunde Null wieder anfangen", grinste Stiefenhagen verständnisvoll. „Wobei sich um den ominösen Tresor nach dem Krieg eine Menge Gerüchte gerankt haben. Nur, in den vorliegenden Bauplänen war davon nichts verzeichnet. Allerdings sind wir letzte Woche beim Umbau im Keller auf Schächte gestoßen, die es gar nicht hätte geben dürfen. Das sollte uns aber nicht davon abhalten, dass da unten endlich die Bar fertig gebaut und vermietet wird. Geld ist doch das, was wirklich zählt."

Stiefenhagen wirkte für einen Moment gestresst.

„Das Einzige, was es damals bei meiner Übernahme hier im Überfluss gab, waren Tonnen von Taubenscheiße, die wir aus diesem Loch gekarrt haben. Das hat die Stadt aber einen Dreck interessiert, wer dafür verantwortlich war. Können Sie sich vorstellen, wie das hier drin gestunken hat?"

Stiefenhagen musterte die beiden Kommissare feindselig. Doch nur wenige Sekunden später wirkte er wieder jovial und leutselig.

„Um Ihre Frage zu beantworten, Sie haben recht.“ Die Hand des Museumschefs deutete auf das offene Rohr in der Wand.

„In einem Bunker herrscht immer Überdruck, um die Atemabgase über die Abluftlöcher aus dem Gebäude herauszudrücken. Die können Sie von außen aber durch die aufgemalten Fenster nicht erkennen.“

Nichts ist, wie es scheint, dachte Edith und musterte den edlen, schwarz-grauen Granitboden unter ihren Sohlen. Als sie aufschaute, fiel ihr Blick auf die riesige Holografie eines grinsenden Totenkopfs, dem die Frontzähne ausgeschlagen waren. Als sie das Foto passierte, folgten ihr die toten Augenhöhlen.

„Es gibt nicht viele Museen, die damit werben können, dass sie ihre Besucher so schön hinters Licht führen“, kommentierte Stiefenhagen Ediths erfolgslosen Versuch, dem durchdringenden Blick des Totenschädels zu entkommen.

Die Kommissarin hustete.

„Frische Luft?“

Edith nickte. Stiefenhagen konnte auch aufmerksam sein.

„Lassen Sie uns über die Wendeltreppe im Turm noch aufs Dach steigen. Und dann nehmen wir den Aufzug auf der anderen Seite nach unten. Lydia wird sicher schon mit diesen lustigen Briefen in der Cafeteria auf Sie warten.“

Plötzlich wirkte er nachdenklich.

„Tut mir leid, wenn meine Frau Sie mit ihrer Hysterie so erschreckt hat. Sie ist manchmal so hilflos. Aber das macht sie ja gerade so reizvoll.“

Edith betrachtete Stiefenhagen kühl und verkniff sich einen Kommentar, den er sowieso nicht verstanden hätte.

„Wir haben diese komischen Drohbriefe ja schon allen Freunden gezeigt. Allein die eklatante Rechtschreibschwäche des Verfassers ist denkwürdig. Wer das Zeug verbrochen hat, ist intellektuell sehr einfach gestrickt. Da wimmelt es von Fehlern, das ist unglaublich."

„Die Briefe auf Fingerabdrücke hin zu analysieren dürfte sich damit erledigt haben", wisperte Stefan.

Edith zuckte unbestimmt mit den Achseln. Stiefenhagen hatte sich bereits an einem schweren Holzgestell, an dem eine riesige Kuhglocke sanft hin und her schaukelte, zu schaffen gemacht. Die dahinter verborgene Eisentür war nicht mehr als einen Meter sechzig hoch. Der lange Mann bückte sich.

„Achten Sie bitte auf Ihren Kopf."

Max blinzelte in die Sonne. Der Alte saß immer noch reglos auf der Bank am Ausgang des Glauburgparks. Von Daniel war dagegen weit und breit nichts zu sehen. Missmutig zückte er sein Handy. Die Nummer von Schwanenwede war immer noch besetzt, und bei Daniel meldete sich lediglich der Anrufbeantworter.

Er war stinksauer. Wohin war der Junge nur verschwunden? Einfach abzuhauen, ohne eine Nachricht zu hinterlassen, war verantwortungslos. Sollte er Jürgen anrufen und ihm Bescheid sagen? Ratlos blinzelte er in die Frühlingssonne. Zumindest in der Explora war alles nach Plan gelaufen. Es war Gott sei Dank nicht sein Job, den Journalisten die gefakte Story vom Windrad auf dem Dach zu verkaufen.

Nachdenklich lief Max die Steinstufen an der Seite des Museums zur Lortzingstraße hinab. Was für ein seltsamer Tag, dachte er. Warum musste er ausgerechnet dem Mann, den er abgrundtief hasste, zum zweiten Mal in einem Bunker wiederbegegnen? Wie lange war das alles her, als er den beiden Polizeibeamten damals die Tür geöffnet hatte und instinktiv ahnte, dass etwas Furchtbares mit Oliver passiert sein musste? Seltsam, wie sich die Tage glichen. Damals wie heute. Zwanzig Grad, Sonnenschein, lockere Bewölkung. Es war der gleiche wunderbare Frühlingstag. Nur, dass der Tag damals in einer Katastrophe geendet hatte.

Gedankenversunken zündete sich der Fotograf eine Gauloises an, doch sie schmeckte nicht. Über die graue Betonwand des Bunkers krabbelte kopfüber ein überlebensgroßer Spiderman. Die Techniker hatten den noch mit Folie umhüllten Plasmabildschirm neben der Solaranlage an die Außenwand geschraubt. Über die zwei Meter hohe Twitter-Wall sollten die nächsten Tage weltweit alle Botschaften der Luminale laufen.

Irgendwie ging Max die Frage nicht aus dem Kopf, warum er diesem Tyrann ausgerechnet in einem Bunker wiederbegegnen musste. Offensichtlich zogen die „lost places" der deutschen Geschichte diesen seltsamen Menschenschlag an wie Motten das Licht. Damals, nach seiner Rückkehr aus Neuseeland, als er für die Dokumentation der „Stadt von unten“ Fotos über die Berliner Unterwelten veröffentlichte, war er das erste Mal in diese abgeschottete Welt eingetaucht.

Nach dem Fall der Mauer hatten sich unzählige Geisterbahnhöfe, unterirdische Fluchttunnel, zerstörte Flakturmruinen und verlassene Gasometer, von denen viele unbeschadet den Kalten Krieg überstanden hatten, wieder geöffnet. Doch für viele Menschen riefen die während der Teilung Deutschlands vergessenen Fragmente auch sehr gemischte Gefühle hervor.

Eine der Attraktionen der „Lost Places“-Touren war damals das Berliner Gruselkabinett, das mit seinen blutrünstigen Figuren über die Geschichte der Medizin in den verfallenen Luftschutzbunker am Anhalter Bahnhof Einzug gehalten hatte. Mit ihren als Zombies oder Henker verkleideten Studenten, die unvermittelt aus Wänden oder Särgen stiegen, war der Gruselbunker schnell über die Hauptstadt hinaus bekannt geworden. Im Vergleich mit Berlin war die Frankfurter Explora allerdings deutlich besser in Schuss. Die grau getünchte Fassade mit ihren symmetrisch übereinander liegenden rotbraunen Fensterscharten ließ das Bollwerk nahezu heimelig wirken. Im Dach war über die gesamte Breite der beiden oberen Stockwerke vor Jahren eine riesige Fensterfront eingezogen worden, die von glänzenden Aluminiumzinnen gekrönt wurde.

My home is my castle, dachte Max. Seufzend schaute er auf die Uhr. Es war kurz nach eins. Das Projektteam hatte sich erst für siebzehn Uhr zum nächsten Treffen in der Voltastraße verabredet. Blieb also ausreichend Zeit, sich für die anstehende Nacht etwas Entspannung zu gönnen. Der „Golden Gate Club“ an der Braubachstraße hatte um diese Zeit bereits geöffnet. Mit einem Sprint an die Rohrbachstraße sollte er die nächste Straßenbahn zurück in die Innenstadt locker erreichen.

Edith war tief beeindruckt von dem grandiosen Panorama, das sich ihr durch die meterhohe Fensterfront bot. Das beklemmende Gefühl der Atemnot, das sie seit ihrem Eintreten in den Bunker und während des Gangs durch die Ausstellung begleitet hatte, war schlagartig verschwunden.

„Hier oben lässt es sich leben", bemerkte Stefan anerkennend.

„Ja. Aber es war ein langer Kampf, bis wir die Genehmigung hatten, den Kubus in das Dach des Bunkers zu integrieren."

Stiefenhagen schien mit starrem Blick irgendetwas in weiter Ferne durch die meterhohen Fenster zu fixieren.

„Sie glauben gar nicht, wie viele Menschen sie in der Stadtverwaltung mit so einem Umbau beschäftigen können. Allein die Anträge für die Baugenehmigung. Da könnte ich heute die Explora komplett innen und außen mit tapezieren."

Der Museumschef runzelte düster die Stirn.

„Einsprüche von missgünstigen Nachbarn, unsägliche Debatten mit politischen Bedenkenträgern und eine fast schon perverse Dokumentationspflicht allein für das Hochbauamt. Da haben sie noch keinen Ziegel nach oben geschafft, aber eine gigantische Papierflut ausgelöst – das ist unfassbar!"

Stiefenhagen schüttelte seinen Kopf.

„Ich hab wirklich nicht geahnt, wie viele Amtsschimmel sich diese Stadt inklusive Hafersäcken und Gewieher leistet", lachte er. Dann huschte ein zufriedenes Grinsen über sein Gesicht, und er schaute Edith direkt in die Augen.

„Ich liebe meine Frau. Und sie hat mehr Platz gebraucht. Deshalb haben wir uns hier oben vergrößert. Wenn ich Ihnen einen Rat geben darf…", er beugte sich feixend zu Stefan und deutete auf dessen Ehering „… ein großer, begehbarer Kleiderschrank ist für jede Ehe, die etwas länger halten soll, eine äußerst sinnvolle Investition."

Stiefenhagens Lachen hallte durch die weite Halle des Lofts. Weiße Bögen, verbunden mit glänzenden Edelstahlstangen, kontrastierten mit teurem, italienischem Marmor. Große Olivenbäume in Terrakottatöpfen neben exquisiten Lederstühlen vor den Fenstern rundeten das Bild harmonisch ab. An den Wänden hingen großformatige Zeichnungen und Lithografien von M. C. Escher, Sandro Del-Prête und Huizer.

„Sehr geschmackvoll eingerichtet", lobte die Kommissarin.

„Philipp Starck", freute sich Stiefenhagen und strich genüsslich über den schwarzen Lederrücken eines vor ihm stehenden Stuhles.

„Den können Sie übrigens mieten."

„Starck?", Stefan reagierte verblüfft.

„Quatsch! Die Explora." Stiefenhagen schüttelte verständnislos seinen Kopf.

„Das Museum produziert zu hohe Kosten, um es allein über Eintrittspreise zu finanzieren. Deshalb vermieten wir den Loft hier oben für exklusive Events", holte Stiefenhagen aus.

Was für ihn offensichtlich eine Selbstverständlichkeit war, wirkte auf Edith befremdlich. Die Trennung zwischen Privatem und Öffentlichkeit war hinter den undurchdringlichen Mauern des Bunkers aufgehoben. War es nicht skurril, seiner Frau ein so fantastisches Loft zu bauen, um anschließend das gemeinsame Wohnzimmer für Spezialevents an Fremde zu vermieten?

„Begonnen hat das alles mit der Anfrage eines Unternehmensberaters. Der sollte eine abhörsichere Tagung ausrichten. Das konnten wir ihm hier drin garantieren."

Stefan nickte anerkennend mit dem Kopf.

„Unser einzigartiger Service hat sich dann ziemlich schnell herumgesprochen. Vom Art Directors Club bis hin zu Banken, IT- oder Pharmafirmen. Wir organisieren alles, was gewünscht wird. Bis hin zur Hochzeitsfeier."

Den Bund der Ewigkeit in einem Bunker besiegeln? Edith fühlte, wie ihr ein Schauder über den Rücken lief. Mit der Explora hatte sich Stiefenhagen offensichtlich sein eigenes Reich geschaffen.

„Jetzt expandieren wir zum letzten Mal."

Stolz schwang in der Stimme des Museumschefs mit.

„Auf der Rückseite des Bunkers entsteht unsere neue Welt. Hier soll einmal der kulinarische Stern des Nordends aufgehen. Kennen Sie den Pflasterstrand von der Ruhrorter Werft? Hinter der alten Großmarkthalle haben die zwei Jungs ja mal ein echtes Juwel betrieben. Bis ihnen die Stadt den Pachtvertrag gekündigt und das Gelände an einen Szenegastronom vergeben hat. So geht's halt zu in Frankfurt."

Er lachte zynisch.

„Das ‚Nordstern' passt perfekt in unser Konzept. Es wird futuristisch und gleichzeitig sehr behaglich sein. Alles wird in edelgrauem Filz ausgekleidet. Und im vierten Stock haben wir dann genug Platz für unsere Agentur. Dann kann ich mich endlich aus dem operativen Geschäft zurückziehen und wieder ganz der Kunst widmen."

Im Hintergrund klingelte ein Telefon.

„Einen Moment bitte."

Stiefenhagen verschwand hinter einem schwarzen Samtvorhang, der mit verschwenderisch breiten Stofffalten die Fensterfront von einem dahinter gelegenen Raum trennte.

Edith musterte Stefan.

„Was denkst du?"

„Was für ein seltsamer Kauz. Ich finde ihn irgendwie unangenehm."

„Ist dir Erfolg suspekt?"

„Nein, das nicht. Es ist seine Art. Er ist so… so arrogant. Und selbstgefällig. Ich mag ihn nicht."

Stefan versuchte, seine Worte mit Bedacht zu wählen.

„Na ja, dass er sich mit den Umbauplänen seines Bunkers keine Freunde in der Nachbarschaft gemacht hat, ist ja wohl einleuchtend, oder? Erinnerst du dich an den Abriss des Schifferbunkers in Sachsenhausen? War da nicht deine Freundin Sissi rund um die Uhr auf dem Baum? An Schlaf sei bei dem Lärm nicht mehr zu denken, hat sie dir damals doch permanent vorgejammert. Vier Wochen Erdbeben am Stück. Man kann die alten Betonburgen ja auch nicht einfach aus den Altbauten heraussprengen. Ich stelle es mir grausam vor, wenn sich so ein knirschender Betonbeißer monatelang durch Stahl und Steine frisst."

Stefan schaute aus dem Fenster über den Glauburgplatz. Ein paar Jugendliche stürmten mit einem Basketball Richtung Korb. Taschen und Jacken lagen verstreut auf dem Boden. Auf der Holzbank am Ausgang las ein nach vorn gebeugter Mann Zeitung. Wie friedlich dieser wundervolle Frühlingstag mit strahlend blauem Himmel war. Hier oben im Loft ist die Welt noch in Ordnung, dachte Stefan und musterte stirnrunzelnd den schwarzen Vorhang.

Edith lauschte. Stiefenhagens Stimme war plötzlich laut geworden.

„Nein! Sie können heute nicht vorbeikommen, ich hab keine Zeit! Vergessen Sie's… Was heißt das? Wollen Sie mir drohen?"

„Nein, nein, nein! Ich sagte es dir bereits. Es geht nicht!… Polizei?… Bleib ruhig, wir klären das. Ich ruf zurück."

Mit Schwung zog Stiefenhagen den Vorhang zurück und musterte mit hochrotem Kopf die beiden Kommissare.

„Hat mich gefreut, Sie kennenzulernen. Ich muss Sie jetzt leider verabschieden. Ich hab zu tun."

Was für ein Ekel, schoss es Edith durch den Kopf. Für die Wechselbäder von aufschießendem Jähzorn über umgängliche Freundlichkeit bis hin zu diesem ruppigen Rauswurf hatte der Mann eine knappe halbe Stunde benötigt. Das emotionale Repertoire seines Charakters machte ihn nicht sonderlich sympathisch. Irgendwie fühlte Edith sich übel brüskiert.

„Wir wollten…", unterbrach Stefan.

„Lydia und Miriam werden das zufriedenstellend erledigen", wischte Stiefenhagen Stefans Einwand vom Tisch. „Da unten ist für Sie gesorgt. Kaffee, Kuchen. Bedienen Sie sich. Geht selbstverständlich aufs Haus. Hier geht's raus."

Mit einer ungelenken Verbeugung riss er den Samtvorhang zur Seite.

Vor den Augen der beiden Beamten öffnete sich eine Innenwelt, die komplett das Gegenteil des edlen Lofts war. Ein massiger Schreibtisch aus Stahl und Glas, übervoll mit Papieren, Skizzen, Akten, Staub und Stiften dominierte den Raum. Bananenkisten, voll mit Unterlagen, stapelten sich an den Wänden bis unter die Decke. Wie provisorische Regale, teilweise aufgerissen oder aufgeschlitzt, quoll das bunte Innenleben an allen Ecken und Enden wieder heraus. Über den schwarzen Marmorfliesen lagen kreuz und quer von Rotweinflecken gezeichnete Teppiche, die sicher einmal sehr teuer gewesen sein mussten. Dreckige Kaffeetassen, durch Lippenstift verschmierte Gläser und Sektkelche, verklebte Teller mit eingetrockneten Essensresten und dreckigem Besteck säumten ein riesiges zerwühltes Doppelbett. Stühle, auf denen sich bergeweise ungebügelte Wäsche stapelte, kontrastierten mit großen und kleinen Kleiderhaufen auf dem Boden. Irgendjemand hatte sich all dieser Dinge achtlos entledigt. Kunstdrucke und Planungsskizzen waren kreuz und quer an die einzige freie Wand geklebt. Am Ende dieser Höhle verdeckte ein zerschlissener Brokatvorhang offensichtlich eine weitere Nische. Im Gegensatz zum lichtdurchfluteten Loft gab es hier drin nirgendwo Fenster. Dafür beleuchtete eine grelle Neonlampe wie auf einer Bühne einen mit Make-up-Tiegeln, Puderquasten, Flaschen, Schminkutensilien und überquellenden Aschenbechern überladenen weißen Schleiflacktisch mitten im Raum. Es sah aus wie in der Maske eines drittklassigen Kabaretts, wo Künstler für ihren Auftritt zurechtgemacht werden. Es sah auch so aus, als ob die Bewohner hier oben im Kampf gegen die Ordnung längst kapituliert hatten. Ein schmaler Trampelpfad führte zwischen Büchern und CDs zu einem breiten, zerschlissenen Ledersessel. Davor standen drei aufeinander gestapelte Monitore, die mit unzähligen Kabeln den Weg zum Sessel zu einer gefährlichen Stolperfalle machten.

Auf dem mittleren Bildschirm entdeckte Edith den Eingangsbereich des Museums. Dort wartete offensichtlich Lydia Stiefenhagen auf ihre Rückkehr. Kommentarlos schaltete der Museumschef die Bildschirme per Fernbedienung ab.

So sieht sie also aus, die Zentrale des geordneten Wahnsinns, dachte Edith und musterte seltsam berührt einen großen vertrockneten Rosenstrauß in einer silbernen Bodenvase, die rechts und links von zwei großen afrikanischen Holzskulpturen voller Nägel flankiert wurde.

Zwei schwarze, sich hin und her bewegende Punkte auf einem Teller mit Speiseresten auf dem Boden gerieten plötzlich ins Blickfeld der Kommissarin. Als sie das Porzellan vorsichtig mit der Schuhspitze antippte, flüchteten zwei Kakerlaken unter den erstbesten Wäscheberg.

„Bitte sehr."

Stiefenhagen öffnete die Falttür eines mitten in seiner Wohnung endenden Aufzugs und steckte einen winzigen silbernen Schlüssel in ein Panel. Dann drückte er auf „E" und zog den Schlüssel wieder heraus.

„Hat mich gefreut, Ihre Bekanntschaft zu machen!", nickte er. „Beehren Sie unser Haus bald wieder."

Damit war für den Museumschef die Unterhaltung definitiv beendet. Klappernd schlossen sich die Flügeltüren des winzigen Lastenaufzugs hinter Edith und Stefan. Ein leichter Ruck ließ das Gefährt erzittern, dann setzte es sich stockend in Bewegung.

Edith fühlte sich wie in einer Falle. Dieser seltsame Aufzug, der sich mühsam durch die fast zwei Meter dicke Betondecke hindurchquälte, rief in ihr ein beklemmendes Gefühl hervor.

„Soll ich auf ‚Halt' drücken?"

Grinsend tippte Stefan auf den winzigen roten Notschalter. Die Kommissarin warf ihm einen vernichtenden Blick zu.

„Was glaubst du, Edith, wann das Ding hier das letzte Mal einen Techniker vom TÜV gesehen hat?"

Mit dem Finger fuhr Stefan vorsichtig über die Ziffern der einzelnen Etagen. Es ging irgendwie nur stockend abwärts. Die drei Halogenlämpchen an der Decke flackerten bei jeder Etagendecke, die das seltsame Gefährt ruckelnd durchquerte.

Stefans Finger verharrte auf dem ‚U' des Panels.

„Willst du wissen, wie es bei Stiefenhagens im Keller aussieht?“

„Will man das wirklich wissen?“, entgegnete Edith mit gepresster Stimme.

„Was dieses neunzig mal neunzig Zentimeter große Himmelfahrtskommando durch die Betondecken wohl gekostet hat“, überlegte der Kommissar.

Mit einem Ruck blieb der Aufzug stehen. Erst nach einer kleinen Pause öffneten sich die gefalteten Flügeltüren und gaben den Weg in die Cafeteria frei.

„Da oben muss man mal gründlich mit ’nem Hochdruckreiniger und ’nem Kammerjäger durch“, seufzte Edith und fühlte sich befreit.

„Was der Mann in seinen Privatgemächern treibt, hat weder uns noch das Ordnungsamt zu interessieren. Du hast ihn doch gehört, wie er von seinem Reich geredet hat. Der macht hier, was er will.“

„Das sehe ich anders“, antwortete die Kommissarin und musterte den grotesken Aufzug, dessen Türen sich quietschend schlossen.

Sie war stinksauer. Was sich dieser Mann ihr gegenüber in der vergangenen halben Stunde alles erlaubt hatte, war eine unglaubliche Frechheit gewesen. Oder wird man so asozial, wenn man fünfzehn Jahre in einem Luftschutzbunker aus dem Zweiten Weltkrieg haust? Ihr Blick fiel auf die blecherne Trommel, in der sich Hunderte von nackten Barbiepuppen umeinander drehten.

„Haben Sie es überlebt?“

Lydia strahlte Stefan an.

„Was sollen wir überlebt haben?“, entgegnete Edith ungehalten.

„Meinen Mann“, lachte sie kryptisch.

Und die Kassiererin, die lautlos aus dem Schatten der Frau des Museumsdirektors getreten war, warf Edith einen vielsagenden Blick zu.

Mit einer Flasche Römerpils in der Hand schlenderte Daniel entspannt zum Spielplatz zurück und prostete sich gut gelaunt zu. Dann setzte er sich neben den alten Mann auf die Bank.

„Was gibt's Neues? Steht was in der Zeitung, was ich wissen muss?“

Der Alte schob seine Brille hoch und musterte den Jungen.

„Es ist die Zeitung von gestern“, flüsterte er verschämt.

Ungläubig schüttelte Daniel seine langen blonden Locken, die keck unter seiner bunten Strickmütze hervorlugten.

„Du bist schon ein seltsamer Kauz.“

Mit einem Seufzer setzte der Junge die Flasche an den Hals. Kühl rann das frische Bier die Kehle herunter, und ein wohliges Gefühl breitete sich in ihm aus. Wie eine Katze, die sich in der Sonne räkelte, streckte er genüsslich seine langen Beine aus.

„Die Zeitung lag hier im Papierkorb“, rechtfertigte sich der Alte und reichte Daniel zum zweiten Mal an diesem Morgen die ausgestreckte Hand zum Gruß.

„Gestatten, Schlosser, Stanislaus Schlosser. Und wie heißen Sie?“

„Daniel.“

„Daniel und?“

„Daniel, der Rest tut nichts zur Sache“, betonte der Junge und breitete seine Arme auf der Rückenlehne der Bank aus. Neugierig betrachtete er den alten Mann.

„Wie haben Sie das vorhin mit der Riefenstahl und den Nazis gemeint?“

Schlosser zuckte zusammen und stand auf. Seine Augen wanderten zur Explora. Daniel spürte intuitiv, dass er den wunden Punkt des Alten getroffen hatte.

„Ich möchte nicht darüber reden“, murmelte der Mann.

„Ach komm, jetzt aber. Die Sonne scheint. Ich hab ein Bier und ziemlich viel Zeit. Lass uns ein bisschen plaudern. Ich muss sowieso warten, bis Max zurückkommt.“

Schlosser senkte die Augen

„Du meinst die… Schwuchtel?“

Die Stimme des Alten zitterte, als er das Wort, das der Junge so provozierend benutzt hatte, leise wiederholte. Daniel winkte lässig ab.

„Mach dir darum mal keine Gedanken. Max nimmt mir das nicht krumm. Der ist doch der Freund von meinem Onkel. Da muss er nett zu mir sein. Und Schwuchtel, das sagt doch heute jeder.“

„Nein, da irrst du“, widersprach ihm der Alte. „Du bist noch jung. Und hast keine Ahnung, wie diskriminierend sich das anfühlt. Hier ist damals ja viel passiert…“

„Was ist denn hier alles so passiert?“

Interessiert musterte Daniel den Mann im ausgeblichenen Trenchcoat. Dann klopfte er mit der Hand einladend auf den Platz neben sich.

„Ich sag einfach du, okay? Setz dich doch mal hierher.“

Der alte Mann zögerte und schaute in sich gekehrt auf die Explora.

„Willst du die ganze Geschichte hören?“

„Klar.“

Daniel nickte interessiert. Das klang doch spannend. Und da Max immer noch verschwunden war, hatte er hinreichend Zeit.

„Ich hab da nach dem Krieg drin gelebt. Da oben, im zweiten Stock…“

Sein ausgemergelter Finger deutete auf den Luftschutzbunker, der wie ein angeschwemmter Wal auf dem Sand in der Sonne lag. Schlosser hob die Hand und schirmte seine Augen ab.

„Hinter dem“, er zählte langsam mit dem Finger die Löcher der Entlüftungsrohre, „dem vierten, nein, fünften Fenster. Wir waren damals zweiundfünfzig Erwachsene, fast alles Frauen, und achtundzwanzig Kinder.“

„Wow, das war sicher spannend.“

Ehrfurcht schwang in Daniels Stimme mit.

„Spannend? Nein. Es war armselig.“

Traurig schüttelte Schlosser seinen Kopf.

„Wir waren ja alle ausgebombt. Oder Kriegsflüchtlinge. Das Fürsorgeamt hatte uns hier im Bunker einquartiert. Im Sommer 1945 haben dann auch die ortsfremden Mädchen hier übernachtet. Und nachdem im Flüchtlingslager am Südbahnhof der Flecktyphus ausgebrochen war, kamen hier auch die Kleinen aus der Kinderlandverschickung unter."

Schlosser seufzte.

„Erst mal ein Dach über dem Kopf, haben damals alle gedacht, dann würde es schon weitergehen. Eines Tages haben sie aus dem Gallus Ida mit den überlebenden Zwangsarbeiterinnen hierher gebracht."

„Ortsfremde Mädchen?", fragte Daniel.

Schlosser nickte. Plötzlich standen Tränen in seinen Augen.

„Ich war damals vierzehn. Und sie siebzehn. Sie war so schön, obwohl sie so dünn…"

Seine Stimme versagte.

„Scheißzeit damals." Daniel klopfte dem alten Mann verständnisvoll auf die Schulter. Schlosser nickte und schwieg. Mit aller Macht drängte sich die Erinnerung in sein Bewusstsein. Als ob jemand eine längst vergessene Schleuse geöffnet hätte, waren die Bilder vom Sommer 45 plötzlich präsent.

„Die Amerikaner hatten Frankfurt ja schon im März erobert. Und Wilhelm Hollbach, den früheren Chefredakteur der Frankfurter Zeitung, zum Bürgermeister ernannt. Die Stadt sah wirklich übel aus. Mehr als die Hälfte aller Wohnungen war zerstört. Und so viele Menschen obdachlos."

Erneut brach die Stimme des Alten. Dann zeigte er auf Daniels halbvolle Bierflasche.

„Zum Überleben haben wir damals Karten bekommen. Ich durfte helfen, sie abzuzählen. Hundertzweiunddreißig Waschkarten hat uns die Fürsorge für alle im Bunker zugeteilt. Dabei lebten hier doppelt so viele Menschen, wie Karten ausgegeben wurden. Ich werde den Geruch von Schweiß nie vergessen. Und erst der Gestank im Bunker, den konnte man ja nicht einfach mal lüften. Der erste Sommer nach dem Krieg war schrecklich heiß."

Schlosser stockte, dann fuhr er langsam fort.

„Am schlimmsten aber war das Gekeife der Frauen. Die Winzer lag mit der Kalisch aus dem zweiten Stock Tag und Nacht über Kreuz. Tag und Nacht. Sie kreischten und zankten, es war grauenvoll. Keine wollte Ruhe geben."

Schlosser hielt sich von der Erinnerung gepeinigt die Ohren zu.

„Ratatatata, so ging das unablässig. Die Stimmen der beiden erinnern mich noch heute an Sturmgewehre. Die haben partout nicht wahrhaben wollen, dass der Krieg vorbei war. Aus. Vorbei. Verloren. Schrecklich, wie die immer versucht haben, alle hier im Bunker in ihre Konflikte hineinzuziehen."

Daniel kniff die Augen zusammen und schaute den Alten mitleidig an.

„Am glücklichsten waren hier noch die Raucher. Die sind in die Barckhausstraße geflohen. Dort standen sie dann stundenlang am Wirtschaftsamt an, um sich ihre Raucherberechtigungskarten abzuholen. Es gab ja sonst nichts zu tun."

Schlosser atmete tief durch.

„Man hat es in den stickigen Zimmern damals kaum ausgehalten. Man musste immer höllisch aufpassen, dass niemand die Glühbirnen klaute. Sonst musste man im Dunkeln über die schwitzenden Leiber zur Matratze klettern."

Daniel schaute ungerührt auf den Kies vor der Bank und kickte gelangweilt ein paar Steinchen zur Seite.

„Als die Sebök Diphtherie bekam, hat sie mich angesteckt. Ab dem Moment hat sich der Theo um mich gekümmert. Er hatte ja seinen Sohn auf der Flucht aus Danzig aus den Augen verloren. Sogar der Suchdienst vom Roten Kreuz hat ihn nicht mehr gefunden."

Schlosser stockte. Dann schluckte er und nestelte umständlich ein sauber gefaltetes Taschentuch aus seinem abgewetzten Trenchcoat. Daniel schaute betreten beiseite. Interessierten ihn die alten Kriegsgeschichten?

„Als Ida kam, ging die Sonne für mich auf. Sie war so schön, du hättest sie sehen müssen. Und sie konnte so grausam schweigen. Der Heinrich, mein Freund aus dem ersten Stock, hat gesagt, dass die Nazis sie mit ihrer Mutter in die Adlerwerke verschleppt hatten. Dort hat man die Zwangsarbeiter übel geknechtet."

Schlosser stockte. Daniel sah den Mann an und hielt ihm spontan die Flasche hin.

„Was zu trinken?"

Doch der Alte wehrte dankend ab.

„Nein, danke. Lass gut sein. Ich trinke nicht."

Dann blickte er auf seine zitternden Hände.

„Ida. Ida Karditzki", sagte er und schaute in den blauen Himmel. „Ein schöner Name, nicht wahr?"

Daniel nickte.

„Sie hatte die schönsten braunen Augen, die ich jemals gesehen habe. Und ein Lachen, das war unglaublich. Nur wenn sie traurig war, durftest du sie nicht ansprechen. Dann hat dich ihr Blick getötet."

Der Alte stockte.

„Sie hatte damals nur den Wunsch, so schnell wie möglich zurück nach Breslau zu kommen, wo sie mit ihrer Familie vor dem Zweiten Weltkrieg gelebt hatte. Aber ohne Papiere und Geld war das unmöglich. Und niemand schien Ida zu vermissen. Sie bekam einfach nie Post. Niemand auf der ganzen Welt hat mehr auf dieses Mädchen gewartet."

Der Junge schaute interessiert auf.

„Und dann?"

„Dann?"

Schlosser zögerte.

„Eines Nachts im August, als es mal wieder zu heiß war, um im Bunker zu schlafen, saßen wir hier unten. Alles um uns herum lag ja in Schutt und Asche. Plötzlich hat sie mir den Schlüssel gezeigt."

Vorsichtig schaute der Mann sich um. Dann senkte er seine Stimme.

„Im Keller gibt es einen Tresor", flüsterte er. „Das hatte ihr die Büttner aus dem dritten Stock, die dort mit ihren Kindern Helga, Hans und Herbert hauste, verraten."

Daniel spürte, wie sein Interesse erwachte.

„Der Mann, der Büttner, war ja ein lupenreiner Nazi gewesen. Die hat alle, die hier mit den Amerikanern auch nur geredet haben, zutiefst verachtet. Wie ein Blockwart ist sie ständig um den Eingang herumscharwenzelt. Und wenn morgens die Krankenschwester vom Roten Kreuz kam, hat sie alles, aber wirklich alles haarklein verpetzt."

Schlosser schwieg.

„Mit fünfzig Gramm Butter und siebzig Gramm Zucker pro Woche bist du einfach immer nur hungrig. Da willst du nur noch überleben. Der Rest um dich herum ist dir herzlich egal."

Daniel nickte. Über den grauen Betonklotz zog ein ganzer Schwarm weißer Wölkchen. In den großen Glasfenstern des Lofts spiegelte sich der blaue Himmel.

„Hast du gesehen, dass der Glauburgbunker auf der Rückseite aufgestemmt wurde? Die Arbeiter haben dort Anfang der Woche neue Aluminiumtüren gesetzt. Nur die Fenster fehlen noch. Mein Gott, der Umbau des Bunkers muss echt die Hölle für die Nachbarn gewesen sein."

„Lebst du in Frankfurt?"

Schlosser schüttelte verneinend seinen Kopf.

„Ich bin nur für die Luminale nach Frankfurt gekommen. Ich habe ein Zimmer im Maingau. Die Stadt hat sich ja doch sehr verändert. Der alte Kasten hier übrigens auch. Mit dieser gigantischen Luxuswohnung da oben sieht der ganz anders aus."

Schlosser deutete zu der verglasten Fensterfront, die sich über den fünften und sechsten Stock erstreckte.

„Sator arepo tenet opera rotas", zitierte er und lauschte.

„Sator was? Bist du Lateinlehrer?"

Der Alte nickte.

„Ja. Deutsch, Latein und Mathe. Ist aber schon lange her. Ich bin ja schon fast zwanzig Jahren pensioniert", lächelte er.

„War schwer damals ohne meine Eltern. Theo hat mich nach Braunschweig mitgenommen. Ich war wohl der Ersatz für seinen verlorenen Sohn. Und da meine Eltern den Krieg auch nicht überlebt hatten, hat jeder den anderen irgendwie getröstet."

Traurig blickte der Alte auf den Kies.

„Die von der Fürsorge waren damals froh über jeden, der Kinder wie mich in Pflege genommen hat. Frankfurt ist damals ja übergelaufen vor Menschen."

Schlosser stockte.

„Am Tag, nachdem Ida verschwunden war, hat Theo Post von seiner Schwester bekommen. Wir sind dann zu ihr nach Braunschweig gefahren. Seitdem bin ich nicht mehr hier gewesen."

Nachdenklich schaute er zum Himmel.

„Wie schnell die Zeit vergeht. Magst du Palindrome?"

Neugierig musterte der Alte den Jungen neben ihm.

„Pali was?" Daniel wirkte irritiert.

„Palindrome. Das sind Sätze, die man vorwärts wie rückwärts lesen kann. Davon hängen jetzt ganz viele in der Explora."

Kichernd winkte er Daniel näher an sich heran.

„Sator arepo tenet opera rotas. Das kannst du sowohl horizontal als auch vertikal lesen. Es ist ein alter Zauberspruch, der dir die Kraft verleiht, als Krähe zu fliegen."

Klar, dachte Daniel und setzte die Flasche Bier grinsend an. Noch vier oder fünf von den Hopfentees, und ich kann auch ohne Palindrome fliegen.

„In der Explora hat sich wohl jemand intensiv mit Zauberei und Magie beschäftigt."

Schlossers Stimme klang tief besorgt. Nervös knetete er sein kariertes Taschentuch in seinen Händen.

„Hast du die langen, gebogenen Aluminiumstangen mit dem wunderschönen Efeu an der Ostseite des Bunkers gesehen? Was für eine hübsche Pergola. Da ranken sich sicher im Sommer Petunien und Kaiserwinden hoch."

Schlosser kicherte.

„Und vor dem Fenster zur Lortzingstraße stehen jetzt handgetöpferte Kräutertöpfe auf der Fensterbank. So ein bisschen Grün macht den Bunker gleich viel wohnlicher, meinst du nicht? Ob diese kitschige Tarnung unserem obersten Reichspostkartenmaler gefallen hätte, wage ich allerdings zu bezweifeln."

Daniels Blick wanderte nachdenklich von dem alten Mann zur Explora.

„Meine Vergangenheit langweilt dich, nicht wahr?", seufzte Schlosser.

„Was ist damals mit Ida passiert?"

Daniel schaute dem alten Mann direkt in die Augen. Der senkte stöhnend den Kopf und scharrte mit seinen Fußspitzen nachdenklich im Sand.

„Wenn ich das nur wüsste. Diese Frage beschäftigt mich seit fünfundsechzig Jahren. Nächstes Jahr werde ich achtzig. Aber ich habe Ida nie vergessen können. Ich schulde ihr noch etwas."

Der Alte senkte seine Stimme und schaute sich vorsichtig um.

„Der Bunker hütet immer noch sein grausiges Geheimnis. Er ist damals nicht nur zum Schutz der Frankfurter Nazi-Elite gebaut worden. Er ist so extrem bombensicher, weil die Städtische Darlehensanstalt hier auch Pfandsachen von Juden versteigern sollte. Das hat die Büttner immer wieder erzählt. Diese Verrückte hat im Sommer 45 aber auch noch an den Endsieg geglaubt."

Daniel musterte den Alten skeptisch.

„Was ist mit Ida passiert?"

„Ida?", seufzte der Alte. „Ihr ist wohl ihre Neugier zum Verhängnis geworden", fuhr er düster fort. „Sie wollte unbedingt herausfinden, ob es den Tresor im Keller wirklich gibt. Ich fand das viel zu gefährlich. Das Untergeschoss mit der Giftgasschleuse war ja für uns Flüchtlinge tabu. Nur wenn es regnete, erlaubten die GIs den Frauen, die Wäsche im Keller aufzuhängen. Dieser modrige Gestank hing dann tagelang in den Kleidern. Man roch förmlich nach Bunkerflüchtling. Das war so ekelhaft!“

Schlosser stockte, und sein Blick schweifte zum Himmel.

„Ich hab den 8. August 1945 nie vergessen. Es war ein unerträglich heißer Tag. Das Gewitter hat einfach keine Abkühlung gebracht. Ich hab mich dann hier wie immer auf den Schuttberg gesetzt.“

Mit zitterndem Finger deutete Schlosser Richtung Basketballkorb.

„Plötzlich stand sie hinter mir. Sie hat mich ja immer zur Begrüßung im Nacken gekitzelt. Das war wunderschön.“

Der Alte seufzte.

„Dann hat Ida mir diesen verfluchten Schlüssel gezeigt.“

Langsam öffnete Schlosser seine Faust. Daniel stockte der Atem. Denn in der von braunen Flecken gezeichneten Hand glänzte silbern ein Tresorschlüssel.

„Ich konnte sie nicht davon abbringen. Sie wollte damals unbedingt in den Keller.“

Schlossers Stimme bebte, und er schluckte. Dann schloss er seine Faust.

„Wir haben am Eingang gewartet, bis der Posten zum Rundgang aufgebrochen war. Ganz leise sind wir die Kellertreppe nach unten geschlichen. Ida hat mir dann den Schlüssel in die Hand gedrückt, um die Kerze anzuzünden. Doch die Streichhölzer waren vom Regenschauer völlig durchnässt. Es hat unendlich lange gedauert, bis der verdammte Docht endlich brannte. Dann hörte ich sie.“

Daniel stockte der Atem.

„Wen?“

„Die Schritte. Schwere Schritte von Stiefeln. Ich hab mir vor Angst fast in die Hose gemacht. Dann hat ein Luftzug die Flamme gelöscht. Ida hat sich ganz eng an mich gepresst. Dann habe ich den keuchenden Atem in meinem Nacken gespürt.“

Schlosser stockte.

„Ich hatte schreckliche Angst. Nur raus, hab ich gedacht. Und gar nicht gemerkt, dass ich mich an der Treppe übel verletzt haben muss. Die Blutergüsse auf meinen Oberschenkeln waren noch Tage danach zu sehen. Durch die kurze Lederhose ließ sich ja nichts verbergen…“

Der alte Mann schwieg. Daniel schaute ihn aufmunternd an.

„Und dann?“

„Wir müssen vor der Gasschleuse gewesen sein, als die Kerze verloschen ist. Dort habe ich Ida zum letzten Mal gesehen.“

Tränen liefen plötzlich über sein Gesicht. Dann verbarg er seinen Kopf in seinen zitternden Händen.

„Es ist alles meine Schuld“, schluchzte er. „Ich hab sie da unten allein gelassen.“

Daniel legte tröstend den Arm um den weinenden Mann.

„Ach, sie ist bestimmt rausgekommen“, murmelte er und schielte durch die blonden Locken, die sich kreuz und quer über seine Stirn ringelten. Wie brutal dieser wuchtige Bau doch den kleinen Spielplatz abriegelte. Plötzlich fiel ihm ein, dass Max ja auch noch in der Explora war.

„Es tut mir heute noch leid, dass ich damals so feige war.“

Heftig schnäuzte sich der Alte in sein Taschentuch. Plötzlich durchfuhr den Jungen ein Gedanke.

„Wenn du willst, geh ich nachschauen. Vielleicht passt der Schlüssel ja noch irgendwo?“

Traurig stierte der Alte auf seine Schuhe. Seine Nasenflügel bebten.

„Du willst in den Bunker? Da unten in den Keller?“

„Warum nicht? Was soll mir schon passieren? Ein Fliegerangriff?“

Kichernd klopfte Daniel dem alten Mann auf die Schulter.

„Ich bin schon so oft zum Sprayen in verlassenen Fabriken gewesen. Da macht mir so ein Bunker keine Angst.“

Daniel hoffte, dass Schlosser den leisen Zweifel in seiner Stimme überhören würde. Schniefend wischte sich der Alte mit dem Ärmel seines Mantels die Tränen ab.

„Es tut mir so leid, dass ich Ida damals da unten..."

„Gib mir doch mal den Schlüssel", forderte Daniel energisch. „Bevor ich es mir anders überlege."

Hastig trank er das Pils und kickte die Flasche ungelenk Richtung Mülleimer. Glas klirrte. Ein kleines Kind im Sandkasten heulte auf.

„Seid ihr zwei bekloppt? Am helllichten Tag auf dem Kinderspielplatz besoffen rumkrakeelen? Das ist ja wohl das Allerletzte", echauffierte sich eine kräftige, rothaarige Frau mit Latzhose. Tröstend drückte sie einen kleinen Jungen mit ihren massigen Oberarmen an sich und strich dem Kind kopfschüttelnd die dünnen Haare zur Seite. In dem Moment griff Daniel nach dem Schlüssel und hielt ihn interessiert ins Licht.

„Keine Sorge, Stanislaus. Ich geh mich mal für dich umsehen."

Lässig stand er auf und fischte sein Handy aus der Jacke. Das Akkuzeichen blinkte dunkelrot. Mit nervösem Blick auf den alten Mann lauschte er unkonzentriert den Nachrichten auf seinem Anrufbeantworter. Max hatte offensichtlich mehrfach probiert, ihn zu erreichen. Aber auch Omar hatte ihm aufs Band gesprochen. Und über Facebook und Twitter waren mindestens dreißig Statusmeldungen eingelaufen. Egal, dachte Daniel und schaltete das Smartphone in den Energiesparmodus. Dann begutachtete er den glänzenden Tresorschlüssel. Irgendwie versprach es ein interessanter Tag zu werden.

Es geht nichts über glückliche Beziehungen, dachte Edith und musterte Stiefenhagens Frau. Wie aus dem Ei gepellt. Perfekt geschminkt. Geschmackvoll gekleidet. Eine sehr gepflegt wirkende Frau. Und eine Erscheinung, die völlig diametral zu der verwahrlosten Wohnung im obersten Stockwerk stand.

„Setzen Sie sich bitte."

Freundlich lächelnd begleitete die Frau die beiden Kommissare zu einer roten Ledercouch im Foyer, über der ein Siebdruck einen freundlich verwirrten Einstein inmitten seiner Formeln zeigte.

„Schön, nicht wahr? Hat Steve Kaufmann, ein Assistent von Warhol, meinem Mann geschenkt."

Lydia Stiefenhagen schien sichtlich stolz.

„Kaffee? Espresso? Cola? Was darf ich Ihnen anbieten?"

Edith winkte dankend ab.

„Espresso", lächelte Stefan.

„Miriam. Zwei Espresso bitte."

Nickend ging die schmächtige Frau zur Kaffeemaschine. Lydia Stiefenhagen wirkte ausgesprochen zufrieden.

„Ich bin so froh, dass Sie gekommen sind."

Mit beiden Händen umfasste sie Stefans Hand. Es sah vertraut aus. Doch Edith bemerkte Stefans betretenen Blick, dem die Geste peinlich war.

„Ähm, ja… also… ähm. Wir haben ja schon…", räusperte er sich.

„Sind das die Briefe?"

Edith griff nach einem Stapel Papier auf dem Tisch.

Frau Stiefenhagen nickte und setzte sich neben Edith. Seufzend lehnte sie sich zurück und verschränkte grazil ihre makellosen Beine. Das hätte die Dietrich nicht besser hinbekommen, schoss es Edith spontan durch den Kopf.

„Gerhard ist so unsensibel…"

Sie kicherte wie ein Teenager und pustete fröhlich eine lange, blonde Locke aus ihrer Stirn. Der ist noch viel mehr, dachte

Edith und musterte Miriam, die sichtlich nervös zwei Espressotassen zum Tisch balancierte. Das mausgraue Kleid, die fahle Haut, harte Furchen um die Mundwinkel und das ungepflegte Haar ließen sie im Vergleich zu Lydia Stiefenhagen elend wirken. Unerbittlich tickte der Sekundenzeiger einer Uhr über ihnen an der Wand.

„Meine Güte, ich muss ja längst weg!“, entfuhr es Edith. Eilig erhob sie sich.

„Entschuldigen Sie. Aber ich habe einen Termin. Herr Weber wird sich um Ihre Briefe kümmern. – Stefan, wir sehen uns Montag.“

„Aber…“

Edith wimmelte energisch ab.

„Lass uns morgen telefonieren. – Ach, könnten Sie mir bitte ein Taxi rufen?“

Lydia nickte.

„Miri, kannst du das bitte für die Kommissarin erledigen?“

Als Edith aufstand, fiel ihr Blick auf eine große schwarze Schiefertafel.

„Sator arepo tenet opera rotas.“

„Wer daran glaubt, wird als Krähe fliegen können“, murmelte Miriam tiefgründig. Seltsam, dachte Edith.

Lautlos fiel die schwere Edelstahltür hinter der Kommissarin ins Schloss. Gierig wie nach einem langen Tauchgang schnappte sie nach frischer Luft. Dann schlenderte sie beschwingt die breite Sandsteintreppe hinab. Ein Spiderman huschte hinter ihr kopfüber über die Wand, auf der über einem riesigen LED „Luminale-Projekt" prangte. Was für ein merkwürdiges Haus, schoss es ihr durch den Kopf. Sie hatte nichts gegen gepflegte Exzentrik in einer globalisierten Welt mit standardisierten Reihenhäusern. Aber musste es unbedingt ein ausgemusterter Luftschutzbunker aus dem Zweiten Weltkrieg sein? Einbruchssicher ist er zumindest. Aber wog das das beklommene Gefühl, lebendig begraben zu sein, letztendlich auf?

Der Spielplatz, über den Kinderlachen erscholl, wirkte dagegen unendlich friedlich. Der alte Mann, den sie schon durch die Fenster des Lofts bemerkt hatte, saß immer noch tief gebückt auf der braunen Holzbank in der Sonne.

Als Edith an der Lortzingstraße auf ihr Taxi wartete, fiel ihr ein junger Mann ins Auge, der heftig an der Aluminiumtür des Bunkers rüttelte. Dann verschwand er auf der Rückseite des Bunkers. Intuitiv folgte sie ihm.

Die Kehrseite des Bunkers war eine einzige Schutthalde. Alle Wände waren bis zum zweiten Stock mit Graffiti vollgeschmiert. In der Mitte des Bunkers ragte ein grauer, unverputzter, sechs Stockwerke hoher Anbau in die Höhe, in dessen leere Fensterhöhlen zerrissene Lappen aus Gaze im Wind leicht hin und her schaukelten.

Edith warf einen neugierigen Blick über den Zaun. Bretter, Gerüste und Holzverschalungen, teilweise mit Stacheldraht umwickelt, reichten weit über den ersten Stock hinaus. Zwei große Hügel Erdaushub, ein übervoller Schuttcontainer, massenhaft zerfetzte Betonsäcke und ein roter Betonmischer kontrastierten mit den rundum gepflegten Altbauten aus der Gründerzeit.

Der ruhende Pol in diesem einzigartigen Chaos war eine fünfzehn Meter hohe Eiche, deren Äste weit über den Bürgersteig ragten. Nur ein großer Rußfleck an der Wand passte so gar nicht in das friedvolle Ambiente.

„Hier sieht's aus, gell?“

Die Kommissarin zuckte zusammen. Hinter ihr stand eine korpulente Mittfünfzigerin, die zwei prall gefüllte Einkaufstaschen auf dem Bürgersteig abgestellt hatte. Schnaufend stützte sie ihren Ellenbogen in die Hüfte.

„Mei Nerve, des is awwer werklisch schwer“, stöhnte sie und tupfte sich dicke Schweißperlen von ihrer Oberlippe. Dann deutete sie mit dem Finger auf die Explora.

„Seitdem der Verrückte das Ding gekaaft hat, seitdem hawwe mer ka Ruh mehr!“, klagte sie vorwurfsvoll.

Edith nickte gedankenverloren und drehte sich um.

„Sie wohne net hier, odder?“ Kritisch musterte sie die Kommissarin.

„Nein.“

„Kann mer ja auch egal sein. Awwer, dass die Ämter hier so tatelos zugucke, was dieser feine Museumsdirektor treibt, des is werklisch des Allerletzte“, schimpfte sie. „Interessiere Sie sisch fer Kunst?“

Edith schüttelte wortlos ihren Kopf.

„Manche Menschen verfügen über ein erstaunliches Maß an Ignoranz“, lächelte Edith freundlich.

„Da saache se was!“ Die Frau nickte eilfertig. „Hawwe se die Schmierereie gesehe? Des is wie en Virus. Seitdem der das erlaubt hat, sinn hier alle Häuser besprüht. Mer komme gar net nach mit dem Sauwermache. Un die Polizei tut nix. Gar nix!“

Missbilligend schüttelte sie ihren Kopf.

„Dieser Irre baut jetzt schon fast ein Jahr. Un wir schlucke nur noch Staub un Dreck. Es iss ferschterlich!“

Edith wandte sich zum Gehen. Doch so einfach sollte sie nicht davonkommen.

„Es war ja früher schon immer mal schlimm mit dem Bunker“, setzte sie nach. „Awwer der Karnevalsverein hielt wenichstens Ordnung. Isch bin lange Buchhalterin gewese, isch waas, was Ordnung is. Des hier …“ empört deutete ihr Zeigefinger auf die Explora, „des is des Allerletzte. Als Anwohner biste einfach machtlos!“

Empört schüttelte sie ihren Kopf. Dann musterte sie Edith von Kopf bis Fuß.

„Kenn isch Sie net?“

Die Frau neigte ihren Kopf zur Seite und runzelte nachdenklich ihre Stirn. Plötzlich hupte es. Einmal, zweimal.

„Taxi! Taxi!“

„Entschuldigen Sie.“

Hastig drehte Edith sich um. Gott sei Dank hatte sie sonst mehr mit Menschen zu tun, die verschwiegen waren. Solche Menschen wie diese Nachbarin würden sie einfach nur in den Wahnsinn treiben.

Stefan schob die Drohbriefe, die Stiefenhagens Frau vor ihm ausgebreitet hatte, vorsichtig zurück in die Hülle.

„Ich würde Sie gerne von unseren Experten analysieren lassen", sagte er. Lydia lächelte gequält.

„Seit mein Mann die Explora umbaut, haben wir ziemlich Stress mit den Anwohnern."

„Stress?"

Miriams Gesichtszüge verzogen sich spöttisch. Stefan schaute fragend zu ihr hoch.

„Letzte Woche ist die Feuerwehr hier angerückt. Weil wir ein bisschen… Stress hatten", erklärte Miriam vage. „Brandstiftungsstress, wenn Sie verstehen, was ich meine."

„Brandstiftung?"

Stefan wirkte überrascht. Doch Lydia winkte ab und griff erneut nach Stefans Hand.

„Das waren schlampige Bauarbeiter. Sie wissen doch, wie fahrlässig die manchmal arbeiten. Meine Mitarbeiterin hat da etwas missverstanden", wiegelte sie ab. In Miriams Augen blitzte Protest.

„Machen Sie sich am besten selbst ein Bild", zischte sie.

Stefan beobachtete die beiden Frauen aufmerksam. Sollte das eine Warnung gewesen sein?

„Ist Ihnen sonst noch etwas aufgefallen?"

„Nein", lächelte Lydia Stiefenhagen. „Das heißt, der letzte Brief war anders. So konkret. Ich habe mich das erste Mal wirklich bedroht gefühlt. Sonst wäre ich ja nicht zu Ihnen gekommen. Aber mein Mann hat wohl recht. Wir sollten diesen Verrückten keine Aufmerksamkeit mehr schenken."

Sie lachte. Etwas zu schrill, dachte Stefan und beäugte Lydia. Sie war sehr attraktiv und sich der Wirkung ihres Auftretens mehr als bewusst. Hatte sie das wirklich nur getan, um mehr Aufmerksamkeit zu bekommen? So, wie ihr Ehemann ihr das gerade coram publico unterstellt hatte? Sein Blick wanderte zu Miriam, die Lydia finster musterte.

„Miri, mich fröstelt. Könntest du bitte nach oben gehen und mir meine Kaschmirjacke holen?"

Stefans Blick kreuzte für Sekunden die dunklen Augen der Mitarbeiterin, die resigniert ihren Kopf senkte.

„Ich begleite Sie zur Tür."

Offensichtlich war das Gespräch jetzt auch für Lydia Stiefenhagen beendet.

„Ihr Espresso geht natürlich aufs Haus", lächelte sie und griff erneut nach seiner Hand.

„Entschuldigen Sie, aber ich möchte zahlen."

Stefan bemerkte, dass Miriam Brucher offensichtlich mit sich selbst einen heftigen Kampf ausfocht.

„Ja, bitte...", ermunterte er sie.

„Wiedersehn", murmelte sie und drehte sich abrupt zur geöffneten Falttür des Lastenaufzugs um.

„Ich hab zu danken."

Lydia Stiefenhagen lächelte charmant und verbindlich.

„Es tut mir wirklich leid, dass ich heute Morgen so überreagiert habe. Mir ist wohl der Stress mit der Luminale über den Kopf gewachsen. Sie hätten mehr Professionalität erwarten dürfen."

Mit einer lässigen Handbewegung rückte sie ihre Hochsteckfrisur gerade. Wenn sie lügt, dachte Stefan, lügt sie zumindest mit Stil. Sein Blick fiel auf die schwarz-weißen Bilder aus den Überwachungskameras, die über die an der Wand hängenden Monitore flimmerten. Die Ausstellung war wie ausgestorben. Irgendwo im Haus klimperte ein Klavier. Aber vielleicht hatte Edith ja recht. Drohbriefe und Brandstiftung waren nicht Sache der Mordkommission. Sollten sich doch die Kollegen mit diesen seltsamen Figuren hier im Bunker beschäftigen.

Langsam entspannten sich Max' Gesichtszüge. Das „Golden Gate" war am frühen Nachmittag ziemlich verlassen. Und der Drink an der Bar und die Massage von Brian taten ihm nach all dem Ärger sichtlich gut. Die schwere Fotoausrüstung, die er seit Wochen im Rucksack mit sich herumschleppte, war wohl die Ursache für die schlimmen Verspannungen in seinen Schultern. In dem Moment durchzuckte ihn ein hässlicher Gedanke. Wo war der Rucksack? Hatte er ihn beim Streit mit Stiefenhagen auf dem Dach der Explora etwa vergessen?

„Scheiße!"

Senkrecht fuhr er von der Liege hoch.

„Bitte?"

Entsetzt hob der Masseur die Hände.

„Nicht du!", schüttelte Max den Kopf. „Ich Idiot!"

„Ich verstehe nicht…"

Max griff hastig nach seinem Hemd.

„Ich bin so ein Trottel. Dieses Kind macht mich noch wahnsinnig!"

„Oh, du hast ein Kind?" Brian musterte Max mit einem sehnsüchtigen Blick.

„Seh ich so aus?"

Max schüttelte ungläubig seinen Kopf und zog hastig seine Jeans hoch. Brian wischte das Massageöl von den Händen ans Handtuch.

„Du guckst den Menschen immer nur auf die Stirn, aber nie ins Hirn", stellte der Masseur lakonisch fest.

„Sorry, Brian, aber für Philosophie fehlt mir heute die Muße!", fluchte Max. „Ich zahl später, okay?"

Dann stürzte er aus der Tür.

Heftig rüttelte Daniel an der breiten Aluminiumtür. Doch das mannshohe Eingangstor an der Ostseite des Glauburgbunkers war verschlossen. Seine Augen wanderten vorsichtig an der glatten Betonwand nach oben. Dann schaute er sich um. Niemand war weit und breit zu sehen. Mit einem gekonnten Sprung überwand er lässig die hüfthohe Mauer.

Ein prüfender Blick über die Schulter, dann schob er den an die Wand lehnenden Bauzaun beiseite und schlüpfte geräuschlos in den Innenhof.

Läuft doch wie geschmiert, dachte er und war zufrieden. Die erste Klippe war geschafft. Vorsichtig rüttelte er an dem Edelstahltor, das gerade erst in die frisch betonierte Seitenwand des Anbaus eingelassen worden sein musste. Am helllichten Tag unter den Augen von „Hier wacht der Nachbar“ hochzuklettern, verbot sich. Auch wenn die Schwarzburgstraße still und verlassen im Sonnenschein lag. Am Ende der Straße plauderten zwei Frauen über vollbepackte Einkaufstüten hinweg.

Vielleicht fand er ja auf der Westseite des Bunkers, wo der Turm angebaut war, eine Leiter? Vorsichtig kletterte Daniel über hoch aufgeschichtete Holzscheite. Das war für ihn und Omar auf dem verfallenen Gelände der ATE immer eine ihrer leichtesten Übungen gewesen. Wie oft hatten sie schon unbekanntes Terrain für geile Aktionen ausgekundschaftet? Die wirklich interessanten Objekte waren ja oftmals nicht einfach so zugänglich. Der Ratswegkreisel, an dem er sich mit seinem Freund schon x-mal mit Graffiti verewigt hatte, war in Frankfurt eher die Ausnahme.

Langsam glitt er in den von der Straße nicht einsehbaren Innenhof hinab. Der grau-schwarze Terrazzofußboden bildete einen Kontrast mit dem verwitterten Holz einer mannshohen Tür am Fuße des Turms. Ein wirklich idyllisches Fleckchen, schoss es dem Jungen durch den Kopf. Wenn da nur nicht diese rote Axt in einem mächtigen Holzklotz das friedliche Ambiente irgendwie stören würde.

Vorsichtig drückte Daniel die verrostete Türklinke nach unten. Die Messingbeschläge der Scharniere quietschten, dann sprang sie auf.

„Na also. Geht doch", sprach er sich erleichtert Mut zu. Ein Vogel zwitscherte in der riesigen Eiche. Ansonsten blieb es ruhig. Nur die winzige Videokamera, die direkt unter der Regenrinne eingelassen war, entging seiner Aufmerksamkeit.

Innen führte eine schmale Wendeltreppe mit abgetretenen Steinstufen steil nach oben. Für einen Moment zögerte Daniel. Dann zog er die Holztür langsam hinter sich ins Schloss. Diffus drang auf dem Weg nach oben hier und da Sonnenlicht durch kleine, schräg in die Mauern eingelassene Fenster. Doch die meisten waren durch Staub und schwarze Spinnweben erblindet.

Allmählich gewöhnten sich seine Augen an das Dämmerlicht. Erst im letzten Moment nahm er die tief in die Wand eingelassene Stahltür wahr.

Nachdenklich kratzte sich Daniel am Kinn. Sein originäres Ziel war ja der Keller. Aber hier im Turm schien es nur einen Weg zu geben, und zwar den nach oben.

Vorsichtig drückte er die Klinke herunter und stemmte sich gegen die Stahltür. Neonlicht flammte auf. Sein Blick fiel auf ein altes braunes Klavier an der Wand gegenüber. Die Ausstellung in der Explora schien irgendwie ausgestorben.

Einem inneren Impuls folgend tippte er spontan auf eine der elfenbeinfarbenen Tasten. Als der erste Ton erklang, zog er erschrocken seine Hand zurück. Doch es war zu spät. Wie von Geisterhand klimperte das Piano zwei Oktaven hoch und zurück. Dann stoppte das Instrument, als ob es darauf wartete, dass er erneut seine Finger auf die Tasten legen würde.

Daniel fluchte. Wie konnte er nur so dumm gewesen sein, das Klavier zu berühren? Doch alles blieb ruhig. Niemand hatte von der Musik Notiz genommen.

Erleichtert atmete der Junge durch. Er würde in diesem Höllenmuseum nichts mehr anfassen, schwor er sich.

Interessiert schweifte sein Blick über die großen dreidimensionalen Fotografien an den Wänden. Ein verängstigtes Mädchen im weißen Nachthemd kämpfte sich tapfer durch hüfthohe Pflanzen eines riesigen Labyrinths. Ohne zu ahnen, dass am Ausgang des Albtraums eine fette, weiße Ratte bereits auf sie lauerte. Aber auch der riesige Wespenschwarm, der sich in der nächsten Holografie zu einer Attacke auf ihn formierte, forcierte sein Unbehagen. Intuitiv wich er einen Schritt zurück. Dabei streifte er ein frei hängendes Bild. Hastig griff Daniel nach dem hin und her schwingenden Rahmen. Hämisch grinsend musterte ihn ein hässlicher Totenschädel. Sekundenschnell brannten sich die ausgelöschten Augäpfel in das Bewusstsein des Jungen. Inklusive Gänsehaut. Vorsichtig ließ er den Rahmen wieder aus seinen Händen gleiten.

Als Daniel sich abrupt umdrehte, grinste der Totenkopf provozierend zurück. Daniel war bewusst, dass es lediglich eine optische Täuschung war. Das änderte jedoch nichts an seinem unguten Gefühl.

Plötzlich wurde ihm klar, was ihm sein Unterbewusstsein seit einiger Zeit vergeblich zu signalisieren versucht hatte. Da oben war sie. Eine winzige silbrig-graue, kaum zu erkennende Videokamera, deren Linse ihn bei jeder Bewegung neu heranzoomte.

„Scheiße!“

Intuitiv stülpte er die Kapuze seines Sweatshirts über seinen Kopf. Das hatte ihm noch gefehlt. Sein Puls raste. Wenn er sich eng an die Wand hinter der Kamera presste, würde sie ihn nicht mehr fokussieren können. Aus dem Augenwinkel beobachtete er, wie die Linse suchend über ihm hin und her schwenkte.

Er sollte hier schleunigst verschwinden. Aber wohin? Am Ende des Raumes stand ein Altar aus schwarzem Granit. Auf der Opferplatte hatte jemand eine große Kristallglasvase mit einem riesigen Strauß vertrockneter Rosen vor dem Foto des Grabsteins vom Jim Morrison abgestellt. Unzählige Rosenblätter bedeckten die abgebrannten Kerzenstumpen rund um die Gedenkstätte.

Offensichtlich wurde die Videokamera über einen Bewegungsmelder ausgelöst. Damit saß er faktisch in der Falle.

Nicht nur der Restalkohol in seinem Blut, sondern auch der übrig gebliebene Mut begann sich rapide aufzulösen. Daniel fröstelte.

Die Stippvisite im Bunker gestaltete sich sichtlich komplizierter, als er die Lage gegenüber Schlosser eingeschätzt hatte.

Neben dem Altar führte eine Treppe nach unten. Würde er von dort vielleicht in den Keller gelangen? Für einen Moment zögerte er. Wäre es nicht klüger, die Explora zu verlassen, dem Alten den Schlüssel in die Hand zu drücken und die Mission für beendet zu erklären?

Plötzlich hörte er Schritte. Für eine Sekunde stockte ihm der Atem. Dann sprintete er lautlos zurück und zog die offen stehende Eisentür so leise er konnte an den Rahmen. Wie eine Katze schlich er die Stufen der Wendeltreppe nach oben. Als er gerade hinter der ersten Biegung verschwunden war, fiel helles Neonlicht auf die Stufen.

„Hallo? Hallo? Ist da jemand?“

Daniel schluckte. Sein Herz klopfte zum Zerspringen. Was würde passieren, wenn er jetzt nach unten ginge und „sorry, wo finde ich den Ausgang?“, sagen würde. Oder sollte er einfach abwarten und die Explora später unauffällig mit anderen Besuchern über den Haupteingang verlassen?

Plötzlich klirrte ein Schlüsselbund. Dann schnappte die Eisentür krachend zu. Kratzend drehte sich ein Schlüssel im Schloss. Und wie aus einer anderen Welt begann das Piano hinter der verschlossenen Tür zwei Oktaven zu spielen.

Nur eine knappe Stunde blieb Max bis zum nächsten Treffen des Teams in der Volta-Halle. Ihm gefiel die alte Fabrik aus dem 19. Jahrhundert, die die Organisatoren der Luminale als provisorisches Domizil bezogen hatten. Da die Messehallen komplett für die Light+Building ausgebucht waren, hatte sich der leer stehende Industriebau wegen seiner guten Verkehrsanbindung zur Messe förmlich angeboten. Überall hingen Pläne, waren Beamer verkabelt, liefen Videos auf den Monitoren. Max liebte die kreative Atmosphäre. Dieses Provisorische, das irgendwie aus der Zeit Gefallene, inspirierte ihn. Dass er seinen Rucksack mit der Kamera auf der Dachterrasse der Explora vergessen hatte, wurmte ihn dagegen gewaltig.

„Tag."

Max lief eilig an der Kasse vorbei Richtung Aufzug.

„Ich habe meinen Rucksack auf dem Dach vergessen, den muss ich nur schnell ..."

„Moment. Moment. Sie können nicht einfach nach oben fahren ..."

Erregt griff die Frau zum Telefonhörer.

„Lydia, hier ist der Fotograf von heute Morgen. Er hat... nein, hab ich nicht, meine Güte. Nein, immer noch nicht. Herr...", sie hielt die Muschel zu.

„Wie war Ihr Name?"

Sichtlich gestresst beugte sie sich über die Theke und hielt ihre Hand mit fragendem Blick hinter ihr Ohr.

„Wiatrowski. Max Wiatrowski. Herr von Schwanenwede hatte mich heute Morgen vorbeigeschickt. Ich war mit Herrn Stiefenhagen oben. Meine Kamera muss da noch liegen... Bitte, es ist dringend, lassen Sie mich hoch auf die Terrasse."

Die Kassiererin machte eine abwehrende Handbewegung. Dann hielt sie erneut die Muschel zu und nickte: „Sie sollen hier unten warten!"

Mit der Hand wies sie auf die rote Ledercouch gegenüber.

„Herr Stiefenhagen ist im Termin. Frau Stiefenhagen wird schauen, ob sie Ihre Tasche findet. Sie möchten sich bitte gedulden."

Geduld. Das war schon unter deutlich entspannteren Umständen keine leichte Übung für ihn. Aber was blieb ihm übrig? Wenn sie ihn nach oben hätte fahren lassen, wäre das Problem im Handumdrehen gelöst. Wer sollte sich schon für seinen Rucksack interessiert haben? Außer Stiefenhagen vielleicht?

Nervös ging er auf und ab. Aus den Augenwinkeln heraus musterte er die misstrauisch dreinblickende Frau. Er wurde das Gefühl nicht los, dass er sie schon irgendwo mal gesehen hatte. Die hängenden Schultern, die dünnen Haare, die latente Feindseligkeit. Nervös kaute sie an ihren Fingernägeln.

Plötzlich öffnete sich die Eingangstür und eine Kindergruppe strömte schubsend und kreischend herein.

„Müller. Knut Müller. Wir sind angemeldet. Kindergeburtstag", stellte sich ein sympathischer Mann mit raspelkurzem Haar und Bauchansatz, der durch ein kariertes Hemd notdürftig kaschiert wurde, vor. Eines der Kinder hatte bereits die Kasse umrundet und kreischend das Rondell mit den nackten Barbies in Schwung gebracht. Immer schneller drehte sich die Trommel, bis die Puppen wie Furien vor dem Spiegel umeinander wirbelten.

„Guckt mal! Die sind ja geil!"

Doch die anderen Kinder machten sich am Fibonacci zu schaffen.

„Hier geht's zur Garderobe! Und dort sind die Schließfächer für die Rucksäcke."

Mit spitzem Finger wies Miriam Brucher der Geburtstagsgesellschaft den Weg.

„Da vorne im Treppenhaus geht es hoch in die Ausstellung! Kaffee und Kuchen bekommen Sie später hier unten in der Cafeteria. Und da hinten sind die Toiletten."

Wie ein überforderter Polizist, der sich am Platz der Republik bei ausgefallenen Ampeln abmüht, den Verkehr zu regeln, dachte Max. Dann trat er sichtlich genervt an den Tresen.

„Entschuldigung, aber...“

„Ich habe Ihnen doch gesagt, dass Sie sich gedulden müssen. Frau Stiefenhagen wird jeden Moment nach unten kommen!“

Miriam war genervt. Warum hatte der Typ nicht besser auf seinen Sachen aufgepasst? Sie hatte schon genug mit den Kindern zu tun. Ohrenbetäubendes Getrappel und Gejauchze schallte durch die Stockwerke der Explora. Dem Lärm nach zu urteilen, hatten die Kinder das Piano von Escher im ersten Stock schon entdeckt. Dann läutete die Kuhglocke, und der Gong schlug an. Und dann klirrte eindeutig Glas.

Miriam schloss die Augen. Das war so vorhersehbar gewesen wie der alljährlich wiederkehrende Monsun in Indien. Hastig schaltete sie mit der Fernbedienung auf die Kameras im ersten Stock.

„Hallo?“, rief eine Stimme. „Kann mal jemand hochkommen?“

Skeptisch musterte sie Max. Dann griff sie seufzend nach ihrem Schlüsselbund.

„Ich komme gleich zurück...“

Max nickte. Nervös schaute er auf seine Uhr. Er hatte fast eine Viertelstunde hier unten für nichts vergeudet. Wo blieb nur Frau Stiefenhagen? Grübelnd schaute er sich um und verfolgte die hin und her springenden Bilder der Videoüberwachung. Hatte hier nicht heute Morgen irgendwo in dem ganzen Chaos der Schlüssel für den Aufzug zu Stiefenhagens Loft gelegen? Suchend beugte er sich über den Tresen. Postkarten, ein Quittungsblock, Tesafilm, Kulis, ein Textmarker, Radiergummis, Flyer, Prospekte, Give-aways, ein Glas voller US-Münzen, Zigarettenschachteln und ein überquellender Aschenbecher. Was für ein heilloses Durcheinander. Plötzlich entdeckte er ihn. An einem kleinen Haken an der Kasse. Hastig ergriff er den Schlüssel und sprintete zum Aufzug.

Daniel saß schweigend auf den ausgetretenen Steinstufen. Ihm blieb faktisch nur noch der Rückzug über die Wendeltreppe. Plötzlich hörte er ein Geräusch. Hatte da nicht jemand die hölzerne Eingangstür geöffnet? Licht fiel ins Treppenhaus. Dann hörte er Schritte. Langsam, schnaufend, so als ob jemand sichtlich Mühe hatte, die engen Stufen hinaufzusteigen. Dem tiefen rasselnden Husten nach zu urteilen, war es ein Mann, der sich Daniel unerbittlich näherte.

Daniel fluchte. Er saß in der Falle. Der einzige Ausweg war die Flucht über die Wendeltreppe ins Ungewisse nach oben. Vorsichtig schlich er die Stufen aufwärts. Die Tür zur Ausstellung im zweiten Stock war offensichtlich schon vor langer Zeit zugemauert worden. Das Gleiche im dritten Stock, als er vergeblich versuchte, den Eisenhebel umzulegen. Wie eine Katze schlich er Stufe um Stufe immer weiter nach oben. Doch das Schnaufen und Röcheln verfolgte ihn. Im vierten Stock fehlte die Tür vom Turm zum Inneren des Bunkers.

Das Herz des Jungen klopfte bis zum Anschlag. Wie würde das hier enden? Sonnenstrahlen fielen durch ein riesiges Spinnennetz vor einem winzigen Fenster. Staubkörner tanzten im diffusen Licht. Die Blätter der riesigen Eiche draußen vor dem Turm bewegten sich sanft im Wind. Daniel spürte ein heftiges Pochen in seiner Halsschlagader. Nur noch wenige Stufen, dann würde ihn sein röchelnder Verfolger stellen. Als er die letzte Biegung der Wendeltreppe genommen hatte, sah er die weit geöffnete Tür in das Innere der Explora. Für einen Moment spürte der Junge eine tiefe Erleichterung.

Geduckt schlüpfte er hindurch. Helles Tageslicht ließ ihn unwillkürlich blinzeln. Durch die breite Fensterfront, die von der Decke bis zum Boden eines gigantischen Lofts reichte, fluteten Sonnenstrahlen den Raum.

Daniel war zutiefst beeindruckt. Das hier oben war offensichtlich die Privatwohnung des Museumsbesitzers. Links von ihm führte eine schmale Treppe hoch aufs Dach. Auf der Seite gegenüber hing ein breiter schwarzer Samtvorhang vom Boden bis zur Decke. Das war das perfekte Versteck, bis das schnaufende Tier hinter ihm den Weg zurück frei gemacht hätte. Denn zum Rückzug aus diesem merkwürdigen Haus war er mittlerweile fest entschlossen.

Vorsichtig angelte Daniel sein Handy aus seiner schlotternden Hose. Omar würde Augen machen, wenn er ihm von hier oben ein Foto der Frankfurter Skyline twittern würde. Dafür würde der Akku sicher noch ausreichen.

Geschickt verbarg er sich in den Falten des Raumteilers aus Samt. Von der anderen Seite ertönte leise Musik. Das Schnaufen und Schlurfen näherte sich seinem Versteck. Daniel sah im Spiegel gegenüber, wie ein massiger Mann sich anschickte, die Eisentür zum Turm zu schließen. Als er sich umdrehte, stockte dem Jungen für eine Sekunde der Atem. Denn sein Verfolger hielt die riesige rote Axt fest umklammert.

Suchend blinzelte er ins Gegenlicht. Was für starre Augen, durchzuckte es Daniel. Nur jetzt nicht zappeln, dachte er, als der Mann den Vorhang fixierte. Ob Schweineauge das Rauschen seines Blutes würde hören können? Die Hände des Jungen begannen zu schwitzen. Suchend wanderten die Augen des Axtträgers durch das Loft. Dann setzte er sich japsend in Bewegung.

„Arthur! Musst du mich immer so erschrecken!“

Absätze klapperten über den schwarzen Granit. Weniger als einen Meter entfernt schob eine blonde Frau den schwarzen Stoff schwungvoll beiseite. Ihre Stimme zauberte ein entspanntes Lächeln auf die markanten Gesichtszüge von Schweineauge.

„Lydia! Schatz!“

Ungestüm zog der Koloss die schlanke Frau an sich.

„Lass das, du Grobian“, fauchte sie und wand sich unwillig aus seinem dicht behaarten Unterarm. Missbilligend deutete sie auf die Axt.

„Ich hoffe, dass dich niemand mit dem Ding gesehen hat! Bringst du sie bitte hoch aufs Dach!“

Der Mann, den sie mit Arthur angesprochen hatte, lachte. Doch ein heftiger Husten stoppte abrupt seine überbordende Heiterkeit.

„Lydia, was ist los mit dir?"

Unwirsch schaute er auf sie herab und schob seine wulstigen Finger unter ihr Kinn.

„Schätzchen! Entspann dich! Wir sind doch super im Plan. Hat die Polizei die Briefe mitgenommen?"

Lydia Stiefenhagen nickte.

„Prima. Und die Axt wolltest du hier oben haben. Falls du planst, damit deinen ungeliebten Gatten zu erschlagen, wisch bitte meine Fingerabdrücke vorher vom Schaft."

Sein bulliger Körper schüttelte sich wie ein Erdbeben vor Lachen. Die Frau musterte ihn spöttisch. Dann schaute sie gedankenverloren über ihn hinweg auf die Frankfurter Skyline.

„Du bist so klug", lobte sie spitz. „Nur das Goethe-Zitat war übertrieben."

Lässig tippte sie den Mann mit ihrem spitzen Fingernagel an die Nase.

„Aua. Spinnst du? Was meinst du mit Goethe?"

Arthur von Schwanenwede schüttelte verständnislos den Kopf. Mit einem zerknüllten Taschentuch tupfte er sich den Schweiß, der in Strömen herunterfloss, von seiner Stirn.

„Hast du das Chaos da unten im Hof gesehen? Ich würde diese Katastrophenfirma zum Teufel jagen."

Die Blondine nickte.

„Das ist alles Gerhards Schuld. Sein Größenwahn treibt uns noch mal ins Unglück. Ich hasse ihn! Immer mehr Exponate, immer mehr Umbauten, immer mehr Dreck in diesem beschissenen Bunker! Und obendrauf jetzt auch noch dieses Windrad für diese schreckliche Luminale. Dieser hässliche Mast verschandelt meine Terrasse. Ich weiß wirklich nicht mehr, wo mir noch der Kopf steht."

Von Schwanenwede griff nach der Axt und wandte sich zur Treppe.

„Ich bin gleich zurück", sagte er und erklomm schnaufend die Stiege zum Dach.

„Letzte Woche hat Edda gekündigt", rief Lydia ihm nach. „Sie will nicht mehr für uns putzen, weil Gerhard sie immerzu schikanieren würde. Er ist unerträglich geworden."

Die Frau des Direktors schüttelte ihren Kopf und wartete, bis von Schwanenwede zurückkehrte.

„Ich halte es einfach nicht mehr aus, Arthur! Jede neue Klage aus der Nachbarschaft spornt Gerhard umso heftiger an. Ich ertrage seine Bösartigkeiten keinen Tag länger."

Sie schluchzte.

„Wo ist er denn, dein famoser Gatte?"

Suchend schaute sich Arthur von Schwanenwede um.

„Vorhin war er im Keller. Die Sanitärfirma hat die neuen Besuchertoiletten zu tief gesetzt und anschließend den überschüssigen Beton ins Abflussrohr gepumpt. Das war vielleicht eine Sauerei. Der halbe Keller ist eine einzige Kloake. Überall wuseln plötzlich Ratten herum! Da bringen mich keine zehn Pferde mehr runter."

Lydia Stiefenhagen schüttelte sich vor Ekel.

„Und dann schickst du uns zu allem Überfluss so einen inkompetenten Techniker, der dieses Windrad auch nicht zum Laufen gebracht hat. Eure Schnapsidee mit der Luminale bringt den ganzen Museumsbetrieb aus dem Takt!"

Ihre dunkle Stimme vibrierte vor Empörung.

„Mach dir mal keine Gedanken. Wenn die Handwerker gepfuscht haben, müssen die den Schaden selbstverständlich begleichen", winkte von Schwanenwede lässig ab.

„Oh nein, da irrst du. Der Chef der Sanitärfirma sagt, dass das allein Gerhards Problem sei. Weil die Abwasserrohre im Keller nicht so verlegt waren, wie es in den alten Bauplänen eingezeichnet war. Gerhard ist danach komplett ausgerastet. Und als dann noch sein Erzfeind aus der Schwarzburgstraße die Polizei geholt hatte, um die Musik abschalten zu lassen, hättest du ihn erleben müssen. Irgendwann liegt er tot im Keller", prophezeite sie düster.

„Von mir aus", lachte der Mann. „Nur bitte nicht heute. Und auch nicht morgen. Ich kann mir keinen Skandal zur Luminale leisten."

Lydia sah plötzlich müde aus.

„Magst du was trinken?", lächelte sie.

„Gerne!"

Grinsend stopfte von Schwanenwede das verschwitzte Hemd, das ihm aus der Hose gerutscht war, zurück in den Bund. Pikiert rümpfte sie ihre Nase.

„Olfaktorisch bist du eine echte Herausforderung", bemerkte sie spitz. Für einen Moment wirkte „Schweineauge" verärgert. Unsanft zog er die widerstrebende Frau an sich heran. Wie die Zwingen eines Schraubstocks umklammerten seine wulstigen Finger ihre Taille. Langsam schnupperte seine gerötete Nase an ihrem Nacken entlang. Die Frau kicherte, als er ihr leise grunzend in den Ausschnitt ihres Kleides griff.

„Du riechst gut", flüsterte er und küsste ihren schlanken Hals. Die Frau schloss die Augen und genoss das Gefühl.

„Lass das", wimmelte sie ihn ab. „Gerhard kann jeden Moment aus dem Keller kommen."

„Der ist mir jetzt scheißegal", winkte von Schwanenwede ab. „Der Idiot interessiert sich doch eh nicht mehr für dich. Der hat doch nur noch seinen Bunker, seinen Rotwein und diese obskure Kunst im Kopf."

Er lachte schallend. Schnaufend presste er Lydia an sich.

„Zehn Minuten, mein Schatz, die Zeit muss jetzt sein", grinste er. Tief atmend presste er die Frau an die Tür zur Toilette.

„Euer Klo hat Gerhard doch noch nicht verwanzt, oder?"

Daniels rechte Hand kribbelte. Vorsichtig schälte er sich aus seinem Versteck und schüttelte die steif gewordenen Beine. Das war gerade noch einmal gut gegangen. Wie es wohl auf der anderen Seite des Samtvorhangs ausschauen würde?

Neugierig schob er eine der dicken, schwarzen Stoffbahnen beiseite. Die düstere Höhle dahinter mit Möbeln, Akten, Flaschen, Müll und Monitoren entlockten ihm ein ungläubiges Staunen. Was für ein Chaos. Das Desaster, was sich dort offenbarte, hätte seine Mutter definitiv zum Nervenzusammenbruch gebracht.

Vorsichtig balancierte er um schmutzige Teller und leere Flaschen herum. Plötzlich entdeckte er den Aufzug und zog die quietschenden Flügeltüren auf. Interessiert fuhr sein Finger über die schwarzen Knöpfe. „E" wie Erdgeschoss. Und „K" für Keller. War das nicht die ursprüngliche Mission gewesen?

Unschlüssig schaute er sich um. Wäre es nicht klüger, im Erdgeschoss auszusteigen?

Daniel zögerte. Doch die Neugier und der Tresorschlüssel in der Hand erstickten seine aufkeimenden Bedenken. Beherzt stieg er ein und drückte „K". Doch der Aufzug bewegte sich keinen Millimeter. Das Gleiche, als er auf „E" drückte. Wütend schlug er mit der Faust gegen das Panel. Dann sah er das Schloss unter dem winzigen Schalter für den Nothalt.

Suchend rasterten seine Augen das gigantische Chaos. An einem mannshohen Kühlschrank entdeckte er das Schlüsselbrett. Sein Blick schweifte auf die große silberne Bahnhofsuhr über dem Kühlschrank ab. Es war fast drei. Omar würde sicher auf seinen Rückruf warten. Fahrig schaltete er das Handy ein. Doch es dauerte unendlich lange, bis endlich das Empfangssymbol aufleuchtete.

„Bin noch in der Explora. Geiler Blick auf die Skyline", tippte er hastig.

„Kein Netz!", antwortete das Display.

Offensichtlich waren die Wände des Bunkers an dieser Stelle undurchdringlich. Es war wirklich allerhöchste Zeit zu verschwinden. Irgendwo musste es in dieser verdammten Wohnung doch wohl noch ein Treppenhaus geben? Zumindest hatte er ja die Stufen im ersten Stock neben dem Opferaltar gesehen.

Als er den Stoff zur Seite schob, realisierte er einen bedrohlichen Schatten. Intuitiv duckte er sich. Doch es war bereits zu spät. Irgendetwas Hartes traf ihn unvermittelt am Kopf. Daniel taumelte. Dann schlug er zwischen Gläsern und Geschirr auf dem schmutzstarrenden Teppich auf. Als er nach seinem Kopf tastete, spürte er etwas Feuchtes über seine Finger rinnen. Der rote Sekundenzeiger über dem Kühlschrank begann plötzlich zu rasen. Schnell, immer schneller. Und wieso schwankten die Wände so seltsam? Verzweifelt wollte er sich irgendwo festhalten, doch der Fall ins Bodenlose war nicht mehr aufzuhalten.

Der Rucksack stand noch immer dort, wo Max ihn vor zwei Stunden vergessen hatte. Niemand schien sich für die Tasche mit der Kamera interessiert zu haben. Glück gehabt, dachte er.

Sein Blick fiel auf das silberne Windrad, das sich mit einer irren Geschwindigkeit leise sirrend um die eigene Achse drehte. Der Ausblick dahinter auf die Skyline war einzigartig. Besonders nachts, wenn die glitzernden Bankentürme ihre volle Lichterpracht entfalteten, musste das Panorama hier oben einzigartig sein.

„Was machen Sie hier?"

Eine wütende Stimme ließ Max zusammenzucken.

„Ah, mein schwuler Freund ist zurück."

Stiefenhagen grinste. Dann wurde er schlagartig zornig.

„Sie haben es immer noch nicht begriffen, dass Sie sich aus meinem Leben verpissen sollen! Hab ich mich also doch geirrt!", schrie er.

Stiefenhagens Hand zitterte, als er auf die Treppe zeigte.

„Verschwinden Sie! Sofort! Sie Missgeburt! Sie haben hier oben auf meinem Dach nichts verloren!"

Max fühlte eine unbändige Wut in sich aufsteigen.

„Entschuldigen Sie, ich hatte meine Tasche..."

Doch der Museumsdirektor ließ ihn nicht zu Wort kommen.

„Wer hat Sie hier hoch gelassen?"

Wutentbrannt starrte er auf den Fotografen. Max senkte schuldbewusst seine Augen.

„Ich bin mit dem Aufzug..."

„Das ist das Letzte! Das ist Hausfriedensbruch! Ich werde Sie anzeigen. Was sind Sie für ein elender Versager!"

Tiefe Zornfalten zogen sich über Stiefenhagens Stirn.

„Sie waren schon damals unberechenbar. Ich war ja nicht der Erste, an dem Sie sich vergriffen hatten. Man hätte Sie in die Klapse sperren sollen. Aber auf mich wollte ja niemand hören. Immer dieses elende Psychogelaber vom Täter-Opfer-

Ausgleich, das ist doch alles Unsinn!“, wütete der Museumsdirektor. „Aber als Menschenfreund, der ich nun mal bin…“

„Menschenfreund?“

Max lachte zynisch.

„Sie sind schuld am Tod von Oliver. Sie haben meinen Freund so lange gedemütigt, bis er sich das Leben genommen hat. Sie sind einfach nur ein mieses Schwein!“

Max’ Augen blitzten. Stiefenhagen grinste zufrieden.

„Sehr schön. Nur weiter so. Ihr kleines, hübsches Spielzeug war ein verzogenes Sensibelchen – schwach, lebensunwert. Und schrecklich naiv! Was der mich Zeit und Geld gekostet hat. Solche Menschen bringen die Welt nicht wirklich voran!“

Max winkte ab. Er war fest entschlossen, sich nicht mehr provozieren zu lassen. Stiefenhagen würde er wohl niemals vom Gegenteil überzeugen können. Mit zusammengebissenen Zähnen griff er nach seiner Tasche und wandte sich zum Gehen. Doch der Museumschef griff nach Max’ Arm.

„Wir sind noch nicht fertig miteinander! Du verpisst dich jetzt für immer aus meinem Leben.“

Seine Stimme klang schrill. Max schaute auf Stiefenhagens Handrücken, aus dem die Adern dick herausquollen.

„Alles klar. Sie sind hier der Chef! Und jetzt lassen Sie mich los!“

Unwirsch versuchte er, Stiefenhagen abzuschütteln. Doch der zog den Fotografen mit einem hasserfüllten Blick nur noch näher an sich heran.

„Ich werde mich bei Arthur über dich beschweren“, tobte er. Max schloss die Augen und atmete tief durch. Der nach Alkohol stinkende Atem war übel.

„Okay. Tun Sie, was Sie nicht lassen können.“

„Wenn ich das mache, bist du kleines Arschloch deinen Job los! So wie damals in Berlin!“

Stiefenhagen stieß ein wirres Lachen aus. Der Mann ist Fluch und Strafe zugleich, schoss es Max durch den Kopf. Warum trieb er ihn nur so in die Enge? Was hatte er ihm getan? Verachtete er ihn, weil er homosexuell war?

In dem Moment drängte ihn Stiefenhagen mit einem höhnischen Lachen brutal gegen die Brüstung. Wie tief so ein Fall von den Zinnen wohl sein würde, schoss es Max unvermittelt durch den Kopf.

„Na, wie fühlt sich das an?"

Stiefenhagen lachte zynisch.

Max zerrte an seinem Ärmel, um sich zu befreien.

„Lassen Sie los!"

„Niemals!"

Mit aller Kraft wandte sich Max aus dem Klammergriff des Museumsdirektors. Da sah er sie. Die rote Axt, die an die Holzscheite neben dem Kamin gelehnt war. Für eine Sekunde schloss der Fotograf die Augen und atmete tief durch. Er war fest entschlossen, die Angelegenheit hier und jetzt zu Ende zu bringen.

„Schön dich zu sehen!" Der Mann küsste Edith direkt auf ihre Lippen.

„Du hast dich überhaupt nicht verändert, meine Liebe", strahlte er. Dann drückte er die Frau fest an sich. Edith spürte, wie sie errötete, und löste sich schnell aus der Umarmung.

„Du dich auch nicht", wehrte sie kopfschüttelnd ab. Der sympathische Mann mit dem grauen Dreitagebart und den von Lachfältchen umrahmten, tiefblauen Augen grinste.

„Möchten Sie die Karte?"

Ohne eine Antwort abzuwarten, wischte eine zierliche Frau mit einem feuchten Lappen hastig über den Bistrotisch. Der Mann sah die Kommissarin erwartungsvoll an.

„Das ‚Orange' ist, was das Frühstück betrifft, sensationell."

„Wolfgang, ich habe schon im Hotel…"

Er seufzte.

„Kein Problem. Du musst dich nicht rechtfertigen. Es ist einfach schön, dich zu sehen."

„Was möchten Sie bestellen?"

Ungeduldig stand die junge Frau mit dem wippenden Pferdeschwanz erneut neben ihnen.

„Kaffee schwarz, Orangensaft, Rührei", bestellte der Mann, den Edith mit Wolfgang begrüßt hatte.

„Gefällt dir das Café?"

Edith nickte. Die alten Jugendstillampen an der hohen Stuckdecke tauchten das „Orange" in ein angenehmes Licht. Die schlichten braunen Kaffeehausmöbel und die in sanfte Pastellfarben getünchten Wände strahlten eine beruhigende Zeitlosigkeit aus. Schon bei der Lektüre des Tagesspiegels hatte Edith den Eindruck gewonnen, dass sich das Innere des Cafés wohltuend vom hektischen Treiben auf der Oranienburger abhob.

„Geht's dir gut?"

Aufmerksam verfolgten Wolfgangs Augen, wie ein Zuckerstück mit blubbernden Blasen in seinem Kaffee versank.

Edith lachte.

„Das wollte ich dich gerade fragen."

Sie musterte ihn. Das gewinnende Lächeln dominierte immer noch die gesamte Erscheinung. Er wirkte sportlich, auch wenn sich der kleine Bauchansatz durch das jeansblaue Hemd nicht komplett kaschieren ließ. „Wie lange bleibst du?"

„Mhm, ich hab bis Montag frei – also, ich wollte mal zur Museumsinsel und…"

Sie geriet ins Stottern. Eigentlich war sie seinetwegen nach Berlin gekommen. Aber sollte sie ihm das so direkt sagen?

„Museumsinsel?", unterbrach er sie. „Die ist klasse." Wolfgang stockte und schaute Edith länger an.

„Du siehst immer noch toll aus."

Wenn Edith etwas aus der Fassung bringen konnte, dann war es ein ehrlich gemeintes Kompliment. Abwehrend hob sie die Hände.

„Du hast sicher Karriere gemacht, oder? So zielstrebig, wie du immer warst."

Wolfgang strahle sie an. „Du nicht?", entgegnete sie pikiert. Sie hasste das Wort „Karriere". Warum hatte sie immer das Gefühl, dass sie sich rechtfertigen müsse, wenn sie als Frau beruflich erfolgreich war?

„Ich bin zufrieden", nickte der Mann. „Ist ja in Berlin doch mehr los als nur die Krawalle am 1. Mai. Anna wollte zwar immer…"

Anna. Für eine Sekunde schloss Edith die Augen. Sie fühlte den winzigen Stich in ihrer Brust. Wolfgang stockte.

„Hab ich was Falsches gesagt? Ich wollte dich nicht wegen deiner Karriere ärgern. Ich finde es super, was du geschafft hast."

„Keine Sorge", wiegelte Edith ab.

„Wir wohnen jetzt in Treptow. Alles im Grünen, mit Balkon. Und so günstig", schwärmte er.

„Rührei?", fragte die Bedienung.

„Ja, bitte! Hab ich einen Hunger. – Probier doch mal, das Essen im ‚Orange' ist vorzüglich!"

Doch Edith schüttelte ihren Kopf. Sie beneidete Menschen, die unendliche Mengen vertilgen konnten, ohne dass man es ihnen ansah. Wenn sie so etwas Gehaltvolles nur anstarrte, flogen ihr die Kalorien bereits auf die Hüften. Für regelmäßigen Sport fehlte ihr einfach die Zeit und die Lust. Im Sommer ließen sich die „bingo waves“ an ihren Oberarmen, in die sie ihre Freundin Sissi immer wieder belustigt kniff, mit T-Shirts kaum kaschieren.

„Guten Bäumen wächst ja auch jedes Jahr ein neuer Ring, das ist eben die Natur“, hatte sie ihr vergangene Woche beim „Schreiber Heyne“ zugeprostet und sich das Frankfurter Schnitzel mit der grünen Sauce schmecken lassen.

Überhaupt, dass sie jetzt hier saß, war allein Sissis Schuld. Die Chefin der Taxizentrale hatte vorgeschlagen, doch mal zum Abschalten nach Berlin zu fahren. „Interessiert es dich nicht, was aus deiner großen Liebe geworden ist?“, hatte sie beiläufig gefragt und mit Genuss zwei dicke Kartoffeln verzehrt. Und jetzt saß Wolfgang vor ihr und verspeiste mit sichtlichem Appetit eine riesige Portion Rührei. Sie seufzte. Wenn sie keine „Karriere“ gemacht hätte, würde sie jetzt vielleicht in Treptow mit ihm auf dem Balkon im Grünen sitzen. Aber war sie für diese Erkenntnis nach Berlin gefahren? Wolfgang wollte damals ja unbedingt eine Familie gründen. Und sie wollte unbedingt den Job bei der Polizei. Warum sollte ausgerechnet sie zurückstecken? Um irgendwo im Taunus mit anderen Hausfrauen „hier wacht die Nachbarin“ zu spielen? Dazu hätte sie keine Ausbildung für eine gehobene Beamtenlaufbahn absolvieren müssen. Anna, die Wolfgang damals bei einer Wochenendtour mit seinem Handballteam kennengelernt hatte, war diese Entscheidung offensichtlich leichter gefallen.

„Hast du geheiratet?“

Wolfgang schob sich zufrieden schmatzend einen großen Löffel Ei in den Mund. Edith schwieg.

„Also nein!“, schlussfolgerte er und griff nach der Tasse. „Das wundert mich nicht. Du hast damals schon immer viel zu viele Fragen gestellt.“

Er lachte. Der Kaffee schwappte bedrohlich über den Rand auf den Unterteller. Plötzlich bemerkte er ihr betroffenes Gesicht.

„Och, Edith! Guck doch nicht so beleidigt. Das sollte ein Witz sein."

Edith presste mühsam ein „lustig" über ihre Lippen. Genervt verdrehte Wolfgang die Augen und warf die Gabel mit viel Schwung auf den Teller.

„Mann, Mann, Mann! Vielen Dank für das Gespräch, Frau Tannhäuser. Hat mich wirklich gefreut, mit Ihnen heute hier essen zu gehen."

Entnervt tupfte er sich mit der Serviette über den Mund.

„Tut mir leid, ich bin – also ich…", stotterte Edith.

Die Kommissarin spürte, wie sie errötete. Ausgerechnet jetzt ließ sie ihre berüchtigte Schlagfertigkeit im Stich. Natürlich hatte es in den vergangenen Jahren immer wieder Beziehungen gegeben, die nicht mit einem Küsschen an der Haustür geendet hatten. Trotzdem fehlte ihr etwas.

Ihre Freundin Sissi nahm die existenziellen Fragen des Lebens lockerer. Hatte sie ihr nicht nach ihrer Scheidung sehr glaubwürdig versichert, dass sie sich wie Bolle freue, den wenig treuen Gatten samt aller mit ihm verbundenen Pflegeaufgaben plus kochen, waschen, putzen und bügeln komplett an die jüngere Freundin outgesourct zu haben?

„Immer, wenn ich das Gefühl habe, aus Verklärung zur Wiederholungstäterin zu werden", hatte sie Edith treuherzig versichert, „dann lade ich mich bei meinem Exmann auf einen Kaffee ein. Das ist so heilsam, wenn ich meine Nachfolgerin mit dem vollen Wäschekörbchen und dem Bügelbrett vor dem Fernseher begrüßen kann. Da macht der Salsa-Abend in der Münchner Straße danach gleich doppelt so viel Spaß."

Dabei kicherte sie verschmitzt. Aber Edith mochte kein Salsa. Meist mochte sie gar nichts mehr, wenn sie abends aus dem Präsidium nach Hause kam. Immer öfter lag sie zusammen mit ihrer Fernbedienung geplättet auf der Couch. Wie eine Ostseescholle, kurz bevor man sie in die Panade rollt. Das Fernsehprogramm von ARD und ZDF tat als Sedativum sein Übriges.

Aber ihr Job war ja auch nicht langweilig. Ganz im Gegenteil. Eigentlich war alles prima. Eigentlich.

„Tut mir leid, Edith, ich wollte dich nicht verletzen."

Wolfgang legte nachdenklich die Serviette auf seinen Teller. Gedankenverloren musterte sie den Mann, der sich offensichtlich riesig gefreut hatte, sie wiederzusehen.

Was sollte das hier eigentlich werden? Ein Test, ob sie das Flirten nicht verlernt hatte? Wie sagte Sissi immer? Flirten ist das, was man tut, bis der Richtige kommt.

„Was ist los mit dir? Du bist so still", lacht er.

Dann drehte er sich um.

„Zahlen!"

Ein eisiger Ostwind wehte ihnen auf der Oranienburger entgegen. Fröstelnd zog Edith ihren Mantel enger um die Schultern. Berlin war deutlich kälter als Frankfurt.

„Ist dir kühl?"

Edith schüttelte verneinend ihren Kopf. Wolfgang grinste und legte seinen linken Arm beschützend um die widerstrebende Frau.

„Genieß das doch einfach mal!"

„Bitte?"

Wolfgang formulierte leise ein Stoßgebet gen Himmel.

„Genießen Sie doch einfach mal Berlin, Madame."

Dabei machte er mit seiner rechten Hand eine höfliche Verbeugung. Edith musste unweigerlich lachen.

„Komm mal mit, ich muss dir was zeigen. Bevor die Investoren dem Charme der Oranienburger endgültig den Garaus gemacht haben."

Edith war gespannt.

„Schon mal was von Wilhelm Krützfeld gehört?"

Die Kommissarin schüttelte ihren Kopf.

„Er war hier im Bezirk Reviervorsteher und hat in der Reichskristallnacht den Brand der Neuen Synagoge verhindert."

Wolfgang deutete auf eine dunkle Tafel an der Wand neben dem „Orange". Über der Synagoge wölbte sich eine vergoldete Kuppel mit blau schimmernden Glasfenstern, in denen sich die morgendlichen Sonnenstrahlen wie funkelnde Facetten eines Diamanten im Licht brachen.

„Beeindruckend, nicht wahr?"

Edith blinzelte in die Sonne. Vor der Synagoge standen zwei mit MPs bewaffnete Polizisten und musterten die Passanten.

„Ich hab mich schon oft gefragt, ob ich damals auch so viel Zivilcourage wie Krützfeld gehabt hätte. Er hat sich einfach den SA-Leuten, die hier Feuer gelegt hatten, in den Weg gestellt."

Edith betrachtete ungläubig die unversehrt wirkende Fassade der Berliner Synagoge.

„Er hat damals die Feuerwehr geholt. Die mussten den Brand löschen. Trotz einer anderslautenden Verfügung der

Nazis. Krützfeld hat das nicht gekümmert. Er hat sich einfach auf ein Gesetz zum Denkmalschutz berufen. Was für ein Wahnsinn, nicht wahr?“

„Alles war damals Wahnsinn“, entgegnete Edith nachdenklich.

War diese Geschichte nicht einer der Gründe, warum sie seit dem Fall der Mauer nicht mehr in Berlin gewesen war? Jeder Schritt durch diese Stadt war mit deutscher Geschichte behaftet. Und das Interesse an deutscher Geschichte hatte ihr der „Herr Doktor Martin“ im Gymnasium genommen. Dieser antiquierte Studienrat, der seine Klasse stundenlang mit nicht endend wollenden Ausflügen ins Karolingische Reich traktiert hatte. Nur weil ihn die älteren und jüngeren Pippins, die großen, kahlen, dicken und einfältigen Karls und die frommen und überseeischen Ludwigs mehr fasziniert hatten als das, was Deutschlands Studenten Ende der 60er Jahre auf die Straßen getrieben hatte. Anstatt sich mit jungen Menschen über den Nationalsozialismus auseinanderzusetzen, hatte sich der sehr belesene Mann lieber ins Mittelalter geflüchtet. Die zwölf Jahre Barbarei wurden dann im Eilverfahren zwei Wochen vor der Zeugnisvergabe abgehakt. Und jetzt war sie mit der Geschichte dieses einfachen Mannes konfrontiert, der in der Reichskristallnacht unbeeindruckt seine Pflicht als Polizist erfüllt hatte.

„Auch aus Steinen, die einem in den Weg gelegt werden, kann man Schönes bauen“, zitierte Wolfgang die Inschrift auf einer Tafel.

„Oha, der nächste Bildungsbürger“, schmunzelte Edith.

„Goethe“, sagte Wolfgang.

„Hab ich mir gedacht“, entgegnete Edith. „Der Dichter scheint momentan en vogue zu sein. Gestern hat mich mein Kollege bereits mit ‚Faust‘ beglückt.“

Wolfgang wirkte irritiert.

„Ich bin der Geist, der stets verneint…“ rezitierte Edith.

„…und das mit Recht, denn alles, was entsteht, ist wert, dass es zugrunde geht“, vollendete Wolfgang.

„Alle Achtung. Das scheint wohl Allgemeinbildung zu sein. Dann ist es auch nicht verwunderlich, wenn man sich für eine Drohung aus Goethes Mephisto bedient…"

„Morddrohung?"

Edith winkte lässig ab.

„Unwichtig. Ich bin heute privat hier."

Wolfgang beugte sich zu ihr herab und strich ihr eine braune Locke aus der Stirn.

„So ist denn alles, was ihr Sünde, Zerstörung, kurz das Böse nennt, mein eigentliches Element."

„Genau das hat mir heute noch gefehlt!"

„Was? Goethe? Meine Hand? Oder die Sünde?"

„Abwarten", Edith griff lachend nach Wolfgangs Hand. „Was machen wir jetzt?"

„Mhm…" Wolfgang schaute prüfend an ihr herunter.

„Wir könnten reden", grinste er augenzwinkernd.

„Geht's noch!"

Edith war empört.

„Wenn du mich so konkret fragst, gestern ging's noch."

Wütend knuffte sie ihren Ellenbogen in seine Rippen.

„Du warst schon mal zärtlicher", grinste er.

Vor dem Postfuhramt an der Tucholskystraße hielt rumpelnd eine M1 Richtung Rosenthal-Nord. Wolfgang zog Edith am Arm.

„Komm, beeil dich. Dann erreichen wir an der Friedrichstraße das nächste Schiff nach Treptow."

„Zu dir nach Hause?"

Ruckartig blieb Edith stehen. Wolfgang ließ seufzend seine Hand sinken.

„Was ist denn jetzt schon wieder los?"

„Du willst nicht ernsthaft mit mir zu dir nach Hause fahren?"

Edith musterte ihn missbilligend.

„Meine Güte, warum denn nicht? Es ist ein wunderschöner Tag. Ich hab dich eine irre lange Zeit nicht gesehen und mich riesig gefreut."

Seine Stimme klang fassungslos. Edith blickte ihn mit gerunzelter Stirn an. Nachdenklich schaute sie in den blauen Himmel.

„Edith, hör zu. Wir hatten damals in Frankfurt eine wunderbare Zeit. Das können wir einfach mal so stehen lassen. Seitdem ist viel passiert. Vieles hat sich verändert. In deinem und in meinem Leben. Aber als du angerufen hast, hat es mich schon interessiert, wie es dir geht. Also, wo verdammt noch mal ist das Problem?"

„Deine Frau ist zu Hause?"

Wolfgang ließ seufzend die Schultern hängen.

„Nein, natürlich nicht. Sie ist mit ihrer Freundin an die Ostsee gefahren. Sie..."

Wolfgang bemerkte ihren skeptischen Blick.

„Okay, okay. Wir ändern den Plan und fahren mit dem Schiff bis Köpenick und trinken dort einfach nur Kaffee. Dann bringe ich dich zum Hotel, und du kannst den Abend so verbringen, wie du Lust und Laune hast."

Schmollend trottete Edith neben ihm über die grauen, ausgetretenen Steine des Bürgersteigs.

„Ich glaube, das ist keine gute Idee", gab sie zu bedenken.

„Auch kein Problem. Gehen wir einfach hier in Mitte spazieren."

Er wirkte frustriert.

„Gott sei Dank sind die Frauen im Osten nur halb so kompliziert wie die im Westen", murmelte er.

„Bitte?"

Edith war sichtlich pikiert.

„Sorry, Edith, aber du bist hammermäßig anstrengend. Leg doch nicht jedes Wort auf die Goldwaage. Das sollte eben ein Witz sein", wiegelte er ab.

Er hat sich nicht verändert, dachte die Kommissarin, und zu ihrer Überraschung fand sie ihren Exfreund immer noch interessant.

„Sehen Sie hier, Frau Kommissarin..."

Mit einer theatralischen Handbewegung holte er weit aus und verneigte sich vor einem achteckigen Kuppelbau.

„Darf ich Ihnen vorstellen, das Berliner Postfuhramt. Ging im 19. Jahrhundert als Pferdestall an den Start und wird jetzt von einer Investorengruppe zum Luxushotel umgebaut."

„Ich hasse Pferde", bekannte Edith treuherzig. „Ich steh mehr auf Blumen."

Wolfgang verdrehte die Augen gen Himmel. Dann zuckte er mit den Achseln.

„Du warst schon immer eine ganz besondere Tulpe, meine Liebe", nickte er und küsste sie spontan auf die Wange. „So etwas wie dich muss man einfach lieb haben."

Dann wandte er sich dem historischen Backsteingebäude zu.

„Hier stirbt gerade ein Stück kreatives Berlin", seufzte er.

„Herr Reiseführer, bitte nicht sentimental werden", bemerkte Edith ironisch.

Wolfgang winkte ab.

„Ernsthaft. Ich hab große Zweifel, ob die Stadt ausgerechnet hier noch ein Einkaufszentrum und ein Hotel braucht. Gesichtslose Amüsiermeilen gibt es doch genug. Es wird immer weniger, was mich 1989 an Berlin fasziniert hat. Manchmal frage ich mich ernsthaft, ob ich hier bis an mein Ende leben will."

„Das klingt ja, als ob du eine Käseglocke über die Vergangenheit stülpen möchtest, nur um dein persönliches Lebensgefühl zu konservieren. Komm mal nach Frankfurt und schau dir die Schweizer Straße an. Da versuchen einige krampfhaft, sich das Lebensgefühl der 70er Jahre zu erhalten."

Edith klang kühl.

„Kannst du mir sagen, was daran verwerflich ist, wenn man sich ein schönes Lebensgefühl bewahren möchte?", fragte Wolfgang.

Die Kommissarin zuckte mit den Achseln.

„So was ist unrealistisch. Jede Generation verändert Städte wie Frankfurt immer wieder aufs Neue. Du solltest mal den

Neubau der Europäischen Zentralbank über der alten Großmarkthalle sehen. Das wird das Ostend unglaublich aufwerten."

„Oh, das habe ich sogar zufällig im Fernsehen gesehen. Interessante Architektur. Und sicher ein Glücksfall für die Großmarkthalle. Hat leider den Makel, dass sich Otto Normalverdiener keine bezahlbare Wohnung drum herum mehr leisten können – Gentrifizierung in Reinkultur. Aber egal, es wird Frankfurt sicher voranbringen."

Die Ironie in Wolfgangs Stimme war unüberhörbarer. Plötzlich blieb er vor einer riesigen Ruine stehen.

„Schau dir das ‚Tacheles' an. Dieses historische Gebäude wird gerade zum Spekulationsobjekt umgewandelt. Das reißt die gesamte Umgebung mit in den Abgrund. So was ist doch Mist, Edith!"

Er war sichtlich erbost.

„Das Gebäude gehört jetzt einer Bank. Erinnerst du dich an diese grandiosen Finanzexperten, die ihre riskanten Immobilienkredite über ihre Tochterfirma ins Ausland ausgelagert hatten? Um die Pleitebank am Leben zu erhalten, ist unser Staat mit drei Milliarden Euro Steuergeldern eingesprungen. Und jetzt klagen genau diese Finanzexperten alle Künstler, die das Objekt nach der Wende zu einem Treffpunkt für junge Leute gemacht haben, brutal raus. Marx und Engels hätten sicher ihre Freude an diesen lustigen Turbokapitalisten gehabt."

Angewidert kickte er einen Stein vom Bürgersteig. Ediths Blick wanderte ungläubig über die von Krieg und Graffiti gezeichnete Fassade. Mitten aus der Wand ragte die Skulptur einer angriffslustigen Kakerlake. Ein wildes Gemisch aus Gerüchen von Bier, Urin und Erbrochenem stieg Edith in die Nase. Zigarettenkippen, Glasscherben und Kronkorken pflasterten den Eingang in einen Tunnel.

„Das ist jetzt nicht dein Ernst, dass dieses Loch ein kulturelles Juwel ist?"

Angeekelt hob sie ihre Hände.

„Sorry, mein Bedarf an Kunst ist für diese Woche hinreichend gedeckt. Mir hat der Künstlerbunker gestern gereicht."

„Künstlerbunker?“

Wolfgang wirkte interessiert. Doch Edith winkte lässig ab.

„Nicht wichtig. In Frankfurt hat so ein verschrobener Kauz einen ehemaligen Luftschutzbunker zum Privatmuseum umgebaut. Ich finde die Explora leider sehr beklemmend. Ich muss atmen können. Zwei Meter Beton über und zwei Meter Beton unter mir machen mich fertig. Kannst du das verstehen?“

„Und was hast du dort gemacht?“

Aufmerksam schaute Wolfgang die Kommissarin an.

„Ach, völlig banal. Es ging um einen skurrilen Drohbrief. Da hat ein Spaßvogel Goethes ‚Faust‘ zitiert. Und dieser arrogante Museumschef, der… – hatte ich dir das nicht bereits alles im Café erzählt?“

„Du sagtest, dass du nicht darüber sprechen wolltest“, erinnerte er sie.

„Oh, entschuldige. Die Geschichte ist irgendwie gaga. Ich hab mich allerdings gefragt, was das für Leute sind, die sich in einem Luftschutzbunker wohnlich einrichten?“

Wolfgang sah Edith verwundert an.

„Och, hier gibt es viele, die in den Bauten aus der NS-Zeit komfortabel leben. Schon mal was von ‚lost places‘ gehört?“

Edith blickte erstaunt auf.

„Ich beschäftige mich ja mehr mit ‚lost persons‘“, witzelte sie. „Dass Orte verloren gehen, ist mir neu.“

„Unterschätz nicht deren Faszination. Im Internet findest du etliche Dokumentationen, Berichte und Suchmeldungen zu dem Thema. Das ist eine komplett eigene Welt.“

Edith blinzelte durch das hohe, schmiedeeiserne Gitter in ein vor Dreck starrendes Treppenhaus, das keinen sonderlich vertrauenerweckenden Eindruck machte.

„Meinetwegen muss man so eine verrottete Vergangenheit nicht konservieren“, stellte sie apodiktisch fest. Sie fühlte sich durch zerbröckelnde Fliesen, verrostete schmiedeeiserne Türen und Hunderte von verwitterten Graffiti, Tags und Cut-Outs hinreichend bestätigt. Kichernd drängten sich drei junge Frauen an ihnen vorbei zur Treppe.

„Frankfurt hat im Gegensatz zu Berlin seine Vergangenheit ja eher halbherzig konserviert“, zog Wolfgang nüchtern Bilanz.

Edith zuckte die Achseln.

„Frankfurt ist pragmatisch. Die Fläche ist ja auch viel kleiner als hier in Berlin. Dann muss man sich eben schneller von der Vergangenheit trennen. Nimm das Technische Rathaus. Das war sicher noch gut in Schuss. Trotzdem muss es dem Wiederaufbau der Frankfurter Altstadt weichen. Andere Zeiten, andere Prioritäten.“

„Praktisch, wenn man sich der Geschichte einfach mangels Alternativen entledigt.“

Wolfgangs Stimme klang mehr als ironisch.

„Was soll das?“, erwiderte Edith ungehalten. „Wir leben immerhin im Jahr fünfundsechzig nach dem Ende des Zweiten Weltkrieges. Da reicht es völlig, wenn Berlin die spezifisch deutsche Vergangenheit stellvertretend für die gesamte Republik konserviert.“

Ein kalter Windstoß wehte durch die Oranienburger Straße. Fröstelnd schaute Wolfgang über den Kopf der Kommissarin hinweg ins Innere der zerbombten Ruine.

„Und du bist sicher, dass Frankfurt seine Vergangenheit so besser als Berlin bewältigt?“

Versöhnlich griff Edith nach seiner Hand.

„Geschichte zu bewahren ist was für Touristen. Berlin eignet sich da besser als Frankfurt. Die Hauptstadt ist doch ein einziger Stolperstein. Schau, was zwei totalitäre Ideologien hier hinterlassen haben. Wo sonst kann man Faschismus Seite an Seite mit dem Kommunismus erleben? In Frankfurt werden eben andere Prioritäten gesetzt…“

„Am Main ging es schon immer ums Geld verdienen“, unterbrach er sie. Die Kommissarin nickte zustimmend.

„Das meinte ich.“

Eine Gruppe spanisch sprechender Touristen näherte sich dem gusseisernen Tor. Staunend fotografierten sie die löchrige Fassade der Kaufhausruine. Dann verschwanden sie fröhlich lachend im Café „Zapata".

„Komm, ich zeige dir, was Berlin verliert, wenn der Kommerz über die Kultur siegt. Da hinten wird gerade eine der letzten alternativen Bastionen für den nächsten Touristenballermann abgewickelt."

Wolfgang schob die widerstrebende Edith in den widerlich stinkenden Tunnel. Als sie am anderen Ende in die Sonne heraustraten, fanden sie sich in einer mit Unkraut überwucherten Brache zwischen absurd anmutenden Schrottskulpturen wieder. Ein einsames, auf einer roten Stahlspirale verankertes Schaukelpferd fletschte ihr seine versilberten Fangzähne entgegen. Meterhohe Aliens aus Metall, die einem „Predator"-Film entsprungen waren, musterten die beiden Eindringlinge mit unverhohlener Fresslust. In den stählernen Augenhöhlen eines Stahlkolosses brannte ein Feuer, das offensichtlich das Innere eines zerfallenen Holzschuppens heizte. Die Skulptur erinnerte die Kommissarin an steinerne Moais auf den Osterinseln, die dort als Bindeglied zwischen dies- und jenseitiger Welt gedient hatten.

„Archaisch", flüsterte sie Wolfgang ins Ohr und griff nach seiner Hand. Dann schweifte ihr Blick neugierig über das heruntergekommene Gelände.

„Die Initiative, die die Ruine 1990 besetzt hatte, nannte sich ‚Tacheles'. Weil sie in der zerfallenden Demokratischen Republik endlich Tacheles reden wollten."

Wolfgang lachte sarkastisch auf.

„Der Name der Gruppe ist dann auf die Ruine hier übergegangen."

Ediths Blick schweifte über die zerstörte Rückseite des fünfgeschossigen Gebäudes. Tiefe Löcher von Spreng- und Brandbomben zeugten immer noch von den massiven Verwundungen im Krieg. Der obere Teil der ausgebrannten Fensterhöhlen war saniert und ließ hinter meterhohen Fensterfronten von Licht durchflutete Ateliers vermuten.

„Wenn die Bank das Haus jetzt verkauft, wird es abgerissen. Dann werden hundert Jahre deutsche Geschichte plattgemacht."

Wolfgang klang resigniert. Edith schaute nachdenklich zu ihm auf.

„Hundert Jahre?"

Er nickte.

„Ja, das Haus ist schon 1909 eröffnet worden. Das war damals eine der ersten Shoppingadressen in Berlin. 1914 war der Laden dann allerdings das erste Mal pleite und wurde zwangsversteigert. 1928 hat die AEG den Komplex erworben und hier die erste Fernsehsendung übertragen. 1941 wurde das ‚Tacheles' dann von den Nazis übernommen. In der Schlacht um Berlin haben sie als Endlösung den Tiefkeller geflutet. Da kannst du heute noch Tauchen üben."

„Echt?" Edith schüttelte ungläubig ihren Kopf.

„Nee. Also ja. Also, das Wasser steht da unten immer noch meterhoch drin. Es gibt Gerüchte, dass die NVA dort im Kalten Krieg trainiert hat. Heute ist das Tauchen in den Katakomben allerdings strikt verboten."

Ediths Blick wanderte interessiert über die durch Krieg und Zerfall zerstörte Fassade.

„Nach 1945 hat der FDGB die oberirdischen Reste der Ruine übernommen und in ihrer Weisheit den wundervollen Kuppelbau, der hier alles überwölbte, 1982 weggesprengt."

Wolfgang stockte.

„Als Honeckers Erben das Haus 1990 endgültig abreißen wollten, hat die Künstlerinitiative das ‚Tacheles' mit ihrer Anmeldung auf Denkmalverdacht in letzter Sekunde gerettet. Und jetzt legt die Bank die Axt an. Was Faschismus und Kommunismus nicht geschafft haben, richtet nun der Kapitalismus hin."

Edith blinzelte in die Sonne.

„Interessant", nickte sie.

Wolfgang musterte sie zweifelnd.

„Das klingt wie, ist mir total egal..."

Edith zuckte mit den Achseln und deutete auf eine verrostete Hollywoodschaukel mit zerschlissenem Bürostuhl, der von Efeu, Gänsefuß und Knöterich überwuchert war.

„Das da ist Kunst?"

„Ja, ich finde, das hat was", nickte der Mann.

„Wolfgang, schau dich um. Das Gelände hier ist ein einziger Schrottplatz, vollgepfropft mit Abnormitäten. Wen soll dieser Müll inspirieren?"

Kritisch musterte sie eine mit Graffiti vollgesprühte Baracke, deren brüchiges Vordach notdürftig von vier mannshohen, verrosteten Stahllettern, die das Wort „Lust" formierten, getragen wurde.

„Ohne das ‚Tacheles' hätte sich die Oranienburger Straße niemals zu dieser profitablen Touristenmeile entwickelt", gab Wolfgang zu bedenken. „Die Ruine ist das letzte Mahnmal in dieser von Investoren durchpolierten Welt." Gedankenverloren durchforstete Edith ihre Tasche auf der Suche nach ihrer Sonnenbrille.

„Schon mal was von der Luminale gehört?"

Wolfgang schüttelte verneinend den Kopf.

„Frankfurt feiert an diesem Wochenende seine Biennale der Lichtkultur. Ich hatte nur keine Lust, die halbe Nacht damit zu verbringen, Neonskulpturen zu huldigen", lachte sie und hakte sich unter.

„Wo bitte geht's jetzt zum Traumschiff, Herr Kapitän?"

Wolfgang grinste.

„Du hast dich überhaupt nicht verändert, Frau Kommissarin. Immer sagen, wo's langgeht", stellte er amüsiert fest. Zärtlich strich er Edith über ihr Haar.

In dem Moment vibrierte das Handy in ihrem Mantel. Seufzend kramte sie nach dem Telefon.

„Entschuldige bitte – Tannhäuser."

„Sorry, Stefan hier. Stör ich?"

Die Kommissarin seufzte.

„Wenn ich jetzt ‚ja' sage, legst du dann auf?"

„Mhm...", der Mann am anderen Ende der Leitung stockte. „Stiefenhagen ist tot."

„Stiefenhagen? Oh mein Gott."

Wolfgang war überrascht. „Stiefenhagen?"

Edith legte ihren Zeigefinger auf seine Lippen. Dann drehte sie sich zur Seite, um ungestört telefonieren zu können. Ihr Blick schweifte durch den von Flakgeschütz schwer gezeichneten neugotischen Steinbogen der Friedrichsstadt-Passage.

„Was ist passiert?"

„Wissen wir noch nicht. Seine Frau hat ihn gerade erst gefunden. Gerold ist schon unterwegs. Ich dachte, ich – also ich wollte dir nur Bescheid sagen, weil..."

Der Kommissar stockte.

„Schon gut, kein Problem, du störst mich nicht."

Für einen Moment verspürte die Kommissarin einen Anflug von schlechtem Gewissen.

„Edith, ich mach mir Vorwürfe. Wir hätten diese verfluchten Drohbriefe ernster nehmen müssen!"

Stefan klang bestürzt. Doch das wollte Edith so nicht stehen lassen.

„Wundert dich das? Der Typ war doch der Unsympath vor dem Herrn", rechtfertigte sie sich.

„Edith! So was darfst du nicht sagen." Stefan war entrüstet.

„Darf ich dich daran erinnern, wie arrogant dieser Kotzbrocken gestern mit uns umgegangen ist?"

Immer noch verärgert schüttelte sie ihren Kopf.

„Soll ich nach Frankfurt zurückkommen?"

Über Wolfgangs Gesicht huschte ein amüsiertes Lächeln.

„Nichts geht am Main ohne Miss Wichtig", hüstelte er vernehmbar.

„Entschuldige bitte, ich wollte euch, äh, dich nicht..."

Stefan stockte. Ungehalten presste Edith ihre Hand auf den Lautsprecher.

„Kannst du bitte mal eine Sekunde die Klappe halten!“, zischte sie Wolfgang böse an.

„Nein, Stefan, du störst nicht. Alles kein Problem“, beschwichtigte sie ihren Kollegen.

„Ich bin also kein Problem“, bemerkte Wolfgang sarkastisch.

„Sorry, Stefan. Ich muss hier dringend etwas klären. Rufst du mich später noch mal an? Dann können wir alles besprechen! Ja, klar, danke, dir auch!“

Genervt drückte sie auf die Off-Taste.

„Was fällt dir ein!“, fauchte sie ihren Begleiter ungehalten an.

„Stiefenhagen?“, wiederholte Wolfgang. „Gerhard O. Stiefenhagen?“

Edith war sichtlich perplex.

„Du kennst ihn?“

„Oh ja, nur zu gut. Den vergisst man nicht.“ Wolgangs Stirn kräuselte sich. „Eigentlich ist das der Typ Mensch, den man gar nicht erst kennenlernen will.“

„Da hast du recht“, stimmte sie ihm zu.

„Seltsam, ausgerechnet hier zu erfahren, dass er tot ist. Dieser Mann hat hier so viel Unheil angerichtet.“

Düster wanderte der Blick des Mannes über die riesige Ruine. Fragend blickte Edith zu ihm auf.

„Woher kennst du Stiefenhagen?“

„Ach, das war einer meiner ersten Fälle hier in Berlin. Er war Künstler oder Grafiker, wenn ich mich recht erinnere…“

Wolfgang grübelte und holte tief Luft.

„Das muss aber alles in den alten Protokollen stehen.“

Er stockte.

„Der Typ war so eiskalt, das vergisst man nicht.“

Edith war überrascht.

„Er scheint dich nachhaltig beeindruckt zu haben.“

Wolfgang nickte.

„Ich hab nie begriffen, warum die Menschen um ihn herum es so lange zugelassen haben, dass er sie quält und schikaniert. Das war alles krank. Richtig krank!“

Seine Stimme klang aufgewühlt.

„Wann war das?“

Nachdenklich kratzte er sich am Kopf.

„Fünfzehn, sechzehn Jahre müsste das jetzt schon her sein. Stiefenhagen hatte ja nach der Wende zusammen mit seiner Partnerin den alten Luftschutzbunker am Anhalter Platz von der Treuhand übernommen. Doch die sind sich wegen unterschiedlicher Kulturkonzepte wohl in die Haare geraten. Er hat seine schlechte Laune dann an den Mitarbeitern abreagiert.“

„Das passt hundertprozentig“, nickte Edith.

„Warum?“

„Er hat in Frankfurt einen alten Luftschutzbunker zu einem Museum umgebaut. Dort hat ihn eben seine Frau tot aufgefunden. Aber vielleicht war es ja auch ein Unfall?“

Wolfgang lachte sarkastisch.

„Wahrscheinlich hat ihn einer seiner Erschrecker heim zu sich ins Totenreich geholt.“

„Erschrecker?“

„Ja, die treiben hier im Gruselkabinett ihr IHK-zertifiziertes Unwesen.“

Wolfgang amüsierte sich über Ediths befremdeten Blick.

„Wenn du magst, kannst du dich am Anhalter Bahnhof in einem alten Kriegsbunker von Gruselprofis in den ganz normalen Wahnsinn treiben lassen. – Edith, schau mich nicht so komisch an. Das ist was für Leute, die nachts in Gothic-Bekleidung über Friedhöfe huschen und mit Grabsteinen kuscheln. Huhuhuhuhuhu...“

Wie ein lächerliches Gespenst aus einer zweitklassigen Geisterbahn wedelte der Mann mit seinen Händen albern vor der Frau herum. Ein junges Pärchen, das verliebt durch den Skulpturenpark geschlendert war, wandte sich kichernd ab.

„Lass das, das ist doof!“

Edith griff nach Wolfgangs zuckenden Händen und versuchte, ihn festzuhalten.

„Das Letzte, was mir hier in Berlin zu meinem Glück noch gefehlt hat, ist ein durchgeknallter Zombie."

„Genau darum geht es aber im Gruselkabinett", insistierte Wolfgang. „Abgehackte Gliedmaßen, Vampire, Kaffeekränzchen mit dem Ku-Klux-Klan. Das Gekreische ist der Hammer, was aber draußen niemanden stört. Die meterdicken Mauern des Bunkers schlucken ja den ganzen Horror."

Edith schüttelte verständnislos ihren Kopf.

„Stiefenhagen hatte damals wohl vom inszenierten Totentanz seiner Geschäftspartnerin die Schnauze voll gehabt. Als er sein Kunstkonzept im Bunker verwirklichen wollte, ist der Streit dann eskaliert."

„Und was hattest du damit zu tun?"

Wolfgang ließ abrupt die Arme sinken und holte tief Luft.

„Damals ist einer von Stiefenhagens Erschreckern hier im ‚Tacheles' gestorben. Einfach aus dem Fenster da oben gefallen. Und da im Park, direkt neben dem bunten Schrotthaufen, der mal ein Flugzeug gewesen ist, aufgeschlagen."

Er deutete mit der Hand auf die Ateliers im vierten Stock.

„Es gab damals keine Fenster dort oben. Da haben sich die Punks getroffen und am bröckelnden Rand der herausgebombten Wände zusammen Bier getrunken und anschließend die Dosen mit viel Freude in den Abgrund kullern lassen. Einer der Jungs ist dann abgestürzt."

Wolfgang stockte. Betroffen sah er auf den Boden. Dann blinzelte er in die Sonne.

„Wir haben damals nicht herausfinden können, ob es ein Unfall oder Selbstmord war. Er war in der Nacht ja da oben völlig allein gewesen."

Edith musterte die zerbombten Reste der Ruine. In den Fenstern der Ateliers spiegelte sich die Sonne. Hinter den Mauern heulte plötzlich ein Martinshorn.

„Der Freund des Toten ist damals total ausgerastet. Er hat Stiefenhagen massiv beschuldigt, dass er schuld am Tod des Jungen sei. – Oh Mann, wie hieß der noch?

Wolfgang grübelte.

„Stiefenhagen hätte den Jungen immer wieder fertig gemacht. ‚Du bist doch zu blöd, ein Loch in den Schnee zu pissen', hätte er ihn kurz vor dem Unfall vor seinen Kollegen wüst beschimpft."

Wolfgang kratzte sich nachdenklich am Kinn.

„Oliver. Der Junge hieß Oliver. – Aber der Nachname? Puh, so langsam wird's ernst mit Alzheimer. Olivers Freund hat damals behauptet, dass Stiefenhagen den Jungen gemobbt hätte und Oliver alles geschluckt habe, weil der Job im Bunker sein Lebenstraum war. Der Freund von Oliver hat Stiefenhagen dann beschuldigt, dass Oliver sich aus Scham das Leben genommen habe."

Edith setzte sich seufzend auf den Sattel des Raptors, der sachte im Wind hin und her schaukelte.

„Der Freund von Oliver hieß… Meine Güte, mein Gedächtnis. Alexander? Maximilian? Mhm, fällt mir sicher noch ein. Der hatte damals schreckliche Angst um seinen Freund und Stiefenhagen am Tag vor dem Unfall abgepasst, um mit ihm zu reden."

Wolfgang schaute nachdenklich in den blauen Himmel. Eine dicke weiße Kumuluswolke verdunkelte langsam die Sonne.

„Am nächsten Tag hat Stiefenhagen den Jungen dann wohl unter einem Vorwand coram publico übel beschimpft. So schmächtig und verhungert, wie er daherkomme, tauge er nicht mal mehr als Aushilfsgespenst. Und dann hat er den völlig fassungslosen Oliver fristlos gefeuert."

Edith lauschte atemlos.

„In der Nacht ist er da oben aus dem Fenster gefallen. Mit 2,5 Promille im Blut."

Seine Hand deutete auf ein ausgebombtes Fenster.

„Keine Zeugen. Kein Abschiedsbrief. Nichts."

Wolfgang stockte. Dann senkte er die Augen.

„Sein Freund hat den sauberen Stiefenhagen noch am selben Tag furchtbar verprügelt."

„Und dann?“

Edith lauschte hellwach.

„Stiefenhagen wollte ihn wegen Mordversuch ins Gefängnis bringen. Aber der Richter hat das anders gesehen. Er hat, wenn ich mich recht erinnere, zwei Jahre auf Bewährung wegen Körperverletzung bekommen. Und ’ne Menge Sozial- und Therapiestunden. Damit war der Fall für mich abgeschlossen. Hier in Berlin passieren solche Dramen ja tagtäglich.“

Ediths Blick wanderte über die heruntergekommene Kriegsruine. Dann atmete sie tief durch.

„Lass uns Schiff fahren, Wolfgang. Ich würde gerne auf schönere Gedanken kommen.“

„Hallo Gerold!“ „Hallo Stefan. Wo hast du Edith gelassen?“

Der Chef der Spurensicherung schaute suchend über die Schulter des Kommissars.

„In Berlin“, grinste Stefan.

„Was macht sie denn da? Sag jetzt nicht, Urlaub?“

Der Mann im weißen Overall lachte dröhnend.

„Wo ist Stiefenhagen?“, fragte Stefan.

„Du kennst den Toten?“

Der Chef der Spurensicherung klang überrascht.

„Wir waren gestern schon mal hier. Er hatte so seltsame Drohbriefe bekommen. Aber…“

„Aber was?“

Gerold Hahn zog irritiert die Augenbrauen zusammen.

„Stiefenhagen fand die Briefe lächerlich. Wir sind hier gewesen, weil seine Frau so besorgt war.“

„Wann war das?“

„So um drei, halb vier.“

Ein leichter Frühlingswind wehte über das Dach der Explora. Stefan blickte seufzend über die silbernen Zinnen Richtung Skyline. Was für eine fantastische Aussicht. Und welche Ruhe hier oben über den Dächern herrschte. Eine wie eine Landschaft breit platzierte Designercouch, umrahmt von meterhohen Grünpflanzen, verlieh dem Ort das mediterrane Ambiente einer exklusiven Insel.

„Wo ist er?“

Hahn zeigte über das im Wind flatternde weiß-rote Absperrband. Im Hintergrund klickte eine Kamera. Über die grünen Blätter der mannshohen Yuccapalmen hinweg drehte sich ein silbriges Windrad. Interessiert verfolgte Stefan die sich um eine horizontale Achse drehenden Rotorblätter.

„Das ist technisch wohl das Neueste, was es auf dem Markt für Windräder gibt“, nickte Hahn anerkennend. „Kannst du bitte …“

Der Chef der Spurensicherung hielt Stefan die blauen Plastiküberzieher für seine Schuhe hin. Seufzend bückte sich der Kommissar.

„Wusste gar nicht, dass du dich mit Windrädern auskennst?", blinzelte er in die Sonne.

„Nicht wirklich", winkte Hahn ab. „Ich war letzten Sommer mit der Familie zum Camping auf Fehmarn. Aber den ganzen Tag am Strand wie ein Hähnchen auf'm Grill zu brutzeln, ist nicht mein Ding. Hab dann mit meiner Ältesten einen Windpark besichtigt. Das ist super spannend, was sich in der Branche da gerade alles entwickelt. Aber die Anlage hier ist wohl anders konzipiert. Ich sehe morgen schon die BILD-Schlagzeile ‚Windradmonster killt Museumsdirektor'."

Stefan grinste.

„Das Ding arbeitet lautlos", stellte Hahn anerkennend fest. „Der Tod macht nur noch leise ssst, ssst, ssst."

„Stiefenhagen ist in den Rotor gelaufen?"

„Nee, nee. Ganz so blutrünstig, wie die Naziglatze im Jäger des verlorenen Schatzes hat es ihn nicht erwischt. Er war wohl schon tot, als der Motor gestartet wurde. Da hat jemand einen Hundertprozentplan gehabt. Mal gespannt, was wir da noch auspacken."

Der Kommissar wirkte irritiert. In der mächtigen Eiche neben der Explora hörte er Vögel zwitschern. Dieser Ort über den Dächern von Frankfurt wirkte unendlich friedlich. Wenn nur das rot-weiße Polizeiabsperrband nicht zwischen den Pflanzen im Wind flattern würde.

„Der Mörder muss gewusst haben, wie das Windrad gestartet wird. Ach ja, da drüben …", der Ermittler deutete auf zwei mannshohe Hibiskusbüsche, „haben wir eine zertretene Hornbrille gefunden. Stiefenhagen ist wohl nicht freiwillig aufs Schafott gestiegen."

Vorsichtig lüftete Hahn die Blätter der mannshohen Yucca, die den hinteren Teil des Dachgartens vor Stefan verborgen hatten. Der Anblick des Toten, der in blutdurchtränkte Gaze gewickelt direkt unter den Rotor gebunden war, ließ Stefan erschaudern. Irgendwie erinnerte ihn der Tote spontan an einen unglückseligen Schmetterling, der es nicht geschafft hatte, aus seinem Kokon zu schlüpfen. Dass es der Museumsdirektor nicht mehr geschafft hatte, lag allerdings auch an einem halben Dutzend daumendicker Nägel, die zur Fixierung in seinen Oberkörper hineingetrieben worden waren.

„Der Rotor hat anschließend das Blut symmetrisch wie ein Vaporisator um ihn herum zerstäubt. Das ist vielleicht 'ne Sauerei."

Kopfschüttelnd blickte Hahn zum Kommissar.

„Ich hab hier in Frankfurt ja schon einiges gesehen. Aber einen Menschen an ein Windrad zu nageln, finde ich gewöhnungsbedürftig."

Seufzend setzte der Ermittler seine Brille auf.

„Erinnert mich ans Völkerkundemuseum", bemerkte er beiläufig.

Stefan starrte gebannt auf den Toten. Der Kopf von Stiefenhagen war mitsamt seinem blutdurchtränkten Bart nach vorne gesunken. Wirr hingen die grauen Haare zwischen braunem Paketband, mit dem der Mund des Mannes zugeklebt worden war.

„Das heißt nicht mehr so", bemerkte Stefan beiläufig. Hahn war irritiert. „Was?"

„Das Völkerkundemuseum. Das heißt jetzt Museum der Weltkulturen", sagte der Kommissar. Hahn schüttelte seinen Kopf.

„Von mir aus. Hast du schon mal was vom Nagelfetischismus der Bakongo gehört?", fuhr der Ermittler ungerührt fort.

Weber schüttelte seinen Kopf.

„Die Bakongo schneiden ihren gefangenen Gegnern das Herz aus dem Leib und legen es dann in die Bauchhöhle ihres Nagelfetischs. Zum Verwesen. Und für jeden so getöteten Feind wird ein dicker Nagel in die mannshohe Opferfigur getrieben."

Stefan schloss die Augen und holte tief Luft. Plötzlich spürte er, wie ihn die aufsteigende Übelkeit blass werden ließ.

„Mächte, Hexer, Magier. Das war sehr archaisch, was die damals am Museumsufer gezeigt haben…"

Hahn stockte.

„Ist dir nicht gut?"

Ein leichter Luftzug wehte übers Dach.

„Geht gleich wieder", murmelte der Kommissar. Dann schloss er die Augen, um das grausame Bild aus seinem Kopf zu verbannen.

„Hat sich Stiefenhagen gewehrt?"

Der Ermittler nickte.

„Sieht danach aus. Komm mal mit."

Stefan folgte Hahn auf die andere Seite des Daches, das den neugierigen Blicken der Nachbarschaft durch mannshohe Palmen und Drachenbäume entzogen war. Die vor Kissen überbordende Couch am gemauerten Kamin machte einen gemütlichen Eindruck. Neben einer mit Asche überlaufenden Blechkiste waren Holzscheite bis an die Unterkante der Zinnen gestapelt. Ein Dutzend Kristallgläser und eine ungeöffnete Flasche Rotwein standen einladend auf einem kleinen Terrazzotisch. Lediglich die riesige blutverschmierte Axt, die am Kamin lehnte, wirkte in dem harmonisch arrangierten Stilleben seltsam deplatziert.

„Wow, sehr edel. Hier lässt es sich leben", nickte Stefan.

„Wenn dich Hannibal Lecter leben lässt", zwinkerte Hahn ihm zu und zog einen Gummihandschuh aus der Tasche seines weißen Overalls. Vorsichtig hob er ein Kissen mit einem blutverschmierten Fingerabdruck in die Höhe.

„Mal gespannt, wer hier zu Besuch war", bemerkte er trocken.

Stefans Blick schweifte über die Silhouette der Bankentürme. Auf der Nordseite lag der Dachgarten des Bunkers auf Traufhöhe mit den Dächern der Schwarzburgstraße.

„Kannst du ungefähr sagen, wann er gestorben ist?"

Hahn kräuselte skeptisch seine Stirn.

„Wir können seine Temperatur erst messen, wenn wir ihn aus der Gaze gewickelt haben. Nagel mich jetzt bitte nicht auf eine konkrete Uhrzeit fest. Felix kann dir später sicher mehr sagen."

Vorsichtig legte er das Kissen zurück.

„Der alte Sack war übrigens ziemlich angefressen. Du kennst ja unseren kleinen Gott in der Rechtsmedizin. Der findet es klasse, wenn wir ihm mit so was den verdienten Feierabend am Freitag vermasseln."

„Wem sagst du das?", seufzte Stefan.

Hatte er nicht seiner Frau versprochen, ihr heute Nachmittag bei den Einkäufen zu helfen?

„Gerold, sorry, ich muss los. Rufst du mich an, wenn ihr fertig seid?"

Hahn nickte.

„Mach ich. Und grüß Edith, wenn du mit ihr sprichst", rief er dem Kommissar grinsend nach.

Nachdenklich stieg Stefan die polierte Aluminiumtreppe hinab. Lydia Stiefenhagen kauerte schluchzend in einem tiefen Ledersessel vor der Fensterfront des Lofts. Ihr Gesicht war schwer von schwarzer Wimperntusche gezeichnet. Schützend hatte Miriam, die Stefan beim ersten Besuch eher schemenhaft wahrgenommen hatte, den Arm um die Frau des Museumsdirektors gelegt. Eine Polizistin stand reglos neben dem Samtvorhang und musterte den Kommissar fragend.

„Frau Stiefenhagen?"

„Ja?"

Für einen Moment versank Stefan in den faszinierenden Augen dieser Frau. Dann riss er sich zusammen.

„Sie haben Ihren Mann gefunden?"

Ein heftiger Weinkrampf schüttelte Stiefenhagens Frau.

„Ja", stammelte sie und vergrub ihr Gesicht in ihren zitternden Händen.

„Er ist da oben einfach abgeschlachtet worden!"

Dann brach sie schluchzend zusammen.

„Frau Stiefenhagen…"

„Was Sie sich hier leisten, ist eine bodenlose Unverschämtheit!"

Schroff unterbrach Miriam den Kommissar. „Wie herzlos sind Sie eigentlich? Sie sehen doch, dass Lydia am Ende ist!"

Stefan stockte.

„Entschuldigung, aber ich muss das fragen", rechtfertigte er sich. „Können Sie uns bitte einen Moment allein lassen?"

Widerstrebend ließ Miriam die Hände von Lydias Schultern gleiten.

„Lass mich nicht allein, Miri."

Verzweifelt griff sie nach der Hand ihrer Mitarbeiterin. Es gibt Momente im Leben, dachte der Kommissar, da wünschte er sich sehnsüchtig Edith herbei.

„Es ist einfach nur grauenhaft."

Lydia Stiefenhagen schluchzte erneut hemmungslos.

„Ich kann Sie verstehen. Trotzdem muss ich wissen, wann Sie Ihren Mann das letzte Mal…"

„Sie haben das Einfühlungsvermögen eines russischen Kampfpanzers!", keifte die verhärmte Mitarbeiterin. „Schon mal etwas von Schamgrenzen gehört? Ich werde mich bei Ihrer Vorgesetzten über Sie beschweren! Lydia braucht jetzt einen Arzt. Und keine blöden Fragen!"

„Er macht doch nur seine Arbeit, Miri", versuchte Lydia zu beschwichtigten.

Der Kommissar atmete tief durch.

„Ich habe meinen Mann gestern Abend das letzte Mal gesehen, bevor ich zur Preview-Party der Luminale gegangen bin. Wir sind ja Aussteller, da hat man jede Menge Termine. Da ist es dann spät geworden", entschuldigte sie sich.

Ihre Stimme brach ab, und ihre Augen irrten fragend zwischen Miriam und Stefan hin und her. So kann man an einem Freitagnachmittag auch seine Zeit totschlagen, dachte der Kommissar.

„Wenn Sie möchten, können Sie Ihre Aussage auch später im Präsidium machen."

Lydia nickte.

„Eine letzte Frage noch. Wieso haben Sie Ihren Mann erst jetzt vermisst?"

Fahrig klemmte Lydia eine Haarsträhne hinter ihr Ohr.

„Sie schlafen getrennt", bemerkte Miriam mit bissigem Unterton. „Das ist ja trotz Trauschein nicht verboten, oder?"

Die Frau, die sich so brüsk eingemischt hatte, wurde dem Kommissar zunehmend unsympathisch.

„Gerhard ist ein Workaholic", wandte Lydia entschuldigend ein. Doch für Stefan klang der Satz seltsamerweise wie ein Vorwurf.

„Seitdem er das Windrad für die Luminale angemeldet hat, lebte er nur noch für sein Projekt", seufzte sie. Mit einer weit ausholenden Handbewegung deutete sie auf den schwarzen Samtvorhang, der Stiefenhagens Chaos nur mühsam verbarg.

„Miriam und ich wohnen schon lange im Keller. Da ist es viel ruhiger als hier oben. Ich habe mir erst heute Mittag Sorgen um Gerhard gemacht, als er nicht wie immer um elf nach unten kam, um die Explora zu öffnen."

Der Gedanke, dass man nur im Keller hinter meterdicken Mauern aus Stahlbeton seinen geruhsamen Schlaf findet, befremdete Stefan. Was würde Edith wohl dazu sagen, schoss es ihm durch den Kopf.

„Und wo waren Sie heute Nacht?"

Stefan fixierte die Kassiererin, die ihn immer noch feindselig anstarrte.

„Im Bett", giftete sie patzig zurück. „Allein, falls Sie das interessiert. Und, falls Sie wissen wollen, ob ich etwas gehört habe, muss ich Sie leider enttäuschen."

„Schön, dass wir das dann geklärt hätten", bemerkte Stefan sarkastisch.

Edith räkelte sich wohlig in den warmen Sonnenstrahlen auf dem Oberdeck. Wolfgangs Idee, mit dem Schiff nach Treptow zu fahren, gefiel ihr zunehmend. Langsam glitt die „Luna" über die Spree am Bode-Museum vorbei Richtung Jannowitzbrücke.

„Ab und zu mal den Blickwinkel wechseln tut gut", bemerkte Wolfgang, der es sich neben Edith bequem gemacht hatte. Die Kommissarin lächelte.

„Erzähl mal was", forderte sie ihren Begleiter mit einem Augenzwinkern auf.

„Was denn? Über mich? Über Berlin? Über meinen Job?"

Edith warf ein Stoßgebet gen Himmel. Männer und Kommunikation, das waren zwei verschiedene Galaxien.

„Der Job bei der Kripo macht mir Spaß, mein Sohn hat gerade sein Abi bestanden, die Schwiegereltern sind gesund. – Oder was wolltest du konkret wissen?", setzte er nach.

Edith seufzte.

„Magst du was essen? Unten im Restaurant gibt's lecker Kesselgulasch mit Gemüse und Kartoffeln. Und zum Nachtisch Apfelkuchen", schwärmte er.

Doch Edith verspürte immer noch keinen Appetit.

„Oder stehst du mittlerweile auf Vegetarier?"

Grinsend kniff er die Kommissarin in die weiten Falten ihres Mantels. Entrüstet schob sie seine Hand beiseite.

„Also bitte…"

„Was?"

„Du bist blöd", schimpfte sie. Doch dann brach sie in schallendes Gelächter aus.

„Na also, geht doch", freute er sich.

„Du hast dich überhaupt nicht verändert", lachte Edith.

„Ich kann das Kompliment gerne zurückgeben", nickte er und legte den Arm um ihre Schultern. Sie spürte eine angenehme Vertrautheit. Gelöst lehnte sie sich an ihren Begleiter.

„Seltsamer Tag heute", murmelte sie.

„Wieso? Die Sonne scheint, du bist in Berlin und hast drei Tage frei. Genieß es."

Dann schaute er sie von der Seite an.

„Hast du geheiratet? Kinder?"

Edith schüttelte verneinend ihren Kopf.

„Hat sich nicht ergeben", bemerkte sie spröde. Ihr Blick wanderte über das offene Bootsdeck zum Fernsehturm.

„Du musst dich nicht rechtfertigen", sagte Wolfgang und strich über ihre Locken.

„Können wir später essen gehen?", fragte sie. „Ich würde jetzt gerne einfach nur das Gefühl genießen."

Max fühlte sich wie gerädert. Die Muskeln in seinen Oberarmen schmerzten höllisch. Doch noch schlimmer war der Kopfschmerz, der erbarmungslos in seinen Schläfen pochte. Das zerwühlte Bett neben ihm war leer. Er hatte Jürgen heute Morgen, nachdem ihn die Putzfrau unsanft aus der Volta-Halle hinauskomplimentiert hatte, verpasst. So ist das mit Beamten, dachte er. Deren geregeltes Leben beginnt morgens um acht und endet pünktlich um siebzehn Uhr. Inklusive planbarer Wochenenden, auf die sein Freund großen Wert legte. Die Regelmäßigkeit, die sein Job bei Gericht mit sich brachte, war Max egal. Wenn er Jürgen etwas neidete, dann mehr seine fröhliche Natur, mit der sein Lebenspartner überreich gesegnet war. Inklusive der Leichtigkeit, Dinge, die er nicht ändern konnte, mit katholisch anmutender Demut anzunehmen.

Es klingelte. Mit schmerzverzerrtem Gesicht drehte Max sich auf den Bauch und beäugte missmutig den Wecker. Stöhnend zog er die Bettdecke über seinen Kopf.

Die vergangene Nacht war super anstrengend gewesen. Es hatte bis zum Morgengrauen gedauert, bis die fünfzehn Plexiglaskuben für den „Puls der Stadt" von den Blue-Mars-Leuten vor der Deutschen Börse installiert waren. Als die durchsichtigen Würfel, die bis zum Anschlag mit winzigen Leuchtdioden vollgestopft waren, endlich im Takt der Datenströme blinkten, erinnerten sie ihn an einen Patienten auf der Intensivstation der Uniklinik. Nur der andauernde Klingelton wollte so gar nicht zum Kopfkino passen. Entnervt presste er sein Kopfkissen auf die Ohren. Warum musste ausgerechnet jetzt die Post kommen?

Vor seinem inneren Auge flackerten immer noch die Leuchtdioden im Takt der Daten, die der Flughafen und der Frankfurter Internetknoten produziert hatten. Doch immer wieder geriet der elektronische Datenfluss aus unerfindlichen Gründen ins Stocken. Was die beiden Techniker rätseln ließ, ob die Stadt vielleicht doch zur Ruhe gekommen sei oder nur der Datentransfer unterbrochen war. Erst im Morgengrauen pochte der „Puls der

Stadt“ wie ankündigt. Als das erschöpfte Team in die leere Volta-Halle zurückkehrte, zitterten Max’ Hände. Etwas, das nicht allein der Arbeit in der kalten Frühlingsnacht geschuldet war.

Jean und Ted teilten sich müde die zerschlissene Ledercouch und zwei Flaschen Bier. Im Hintergrund dudelte das Nachtprogramm von YOU FM. Gähnend ließ sich der Fotograf in den abgewetzten Sessel vor den Kollegen sinken. Langsam löste sich seine innere Anspannung und er schloss zufrieden die Augen.

„…von der Skyline zum Bordstein zurück… ich hab vom Horizont zum Asphalt geblickt… Leute, der Staatsfeind Nummer eins kommt am 5. Mai nach Frankfurt in die Jahrhunderthalle. Jetzt anrufen und Karten fürs meet & greet gewinnen“.

Lustlos nuschelte der Moderator etwas von „Zeiten ändern dich“. Der Berliner Rapper war definitiv nicht der Musikgeschmack des Frankfurter Radio-DJs. „Ich schaufel immer noch in Berlin, dein Grab, Opfer!“

Mit Wucht kehrten die Bilder von der Dachterrasse vor Max’ inneres Auge zurück. Er würde kein Opfer mehr sein, das hatte er sich da oben geschworen. Entspannt setzte er sein Pils an. Langsam brach die Morgensonne durch die zersprungenen Oberlichter der stillgelegten Industriehalle.

„…von der Skyline zum Bordstein zurück… um umzukehr’n ist es leider schon zu spät...“.

Er würde nicht mehr umkehren. Nie mehr. Die Vergangenheit hatte sich erledigt. Wenn nur die Kopfschmerzen nicht so martialisch wären. Und das Geklingel der Kehrmaschine, die eben noch rumpelnd, als er nach Hause ging, neben ihm über den Bordstein gerattert war. Stöhnend öffnete er seine Augen. Irgendein Verrückter klingelte offensichtlich Sturm. Mühsam rappelte Max sich auf und schleppte sich zur Tür.

„Bist du bescheuert, hier wie blöd zu klingeln?“

Omars dunkle Augen funkelten zornig.

„Wo ist Daniel? Wo ist mein Freund?“, schrie er Max an. Verschlafen rubbelte sich der Fotograf die Augen. Ihn fröstelte.

„Sag erst mal guten Tag. Wer bist du eigentlich?“

Omar schüttelte unwillig seinen Kopf. Dann drückte er Max an die Wand und stürmte an dem überrumpelten Mann vorbei in die Wohnung.

„Daniel? Daniel?“

„Bist du verrückt geworden? Was soll die Nachbarschaft denken? Wenn du dich jetzt nicht sofort wieder nach draußen trollst, hol ich die Polizei!“, fauchte er den Jungen an. Schmerzverzerrt drückte er sich an die Schläfen. Die Migräneattacke war mörderisch.

„Was soll nur die Nachbarschaft denken?“, ahmte Omar den Mann mit fisteliger Stimme nach und machte eine eindeutige Handbewegung mit seinem Mittelfinger.

„Bist du so blöd oder tust du nur so?“

Omars Stimme überschlug sich vor Aufregung.

„Daniel ist weg! Einfach verschwunden. Er war mit Ihnen im Glauburgbunker. Seitdem geht er nicht mehr ans Handy!“

Panik schwang in der Stimme des Jugendlichen. Doch Max zuckte nur gelangweilt mit den Schultern und kratzte sich sein stoppeliges Kinn. Dann ließ er sich erschöpft auf die Couch sinken.

„Entspann dich, Kollege! Der alte Komasäufer taucht schon wieder auf. – Woher hast du eigentlich meine Adresse?“

Fragend fixierte er den Jungen, der vor Zorn bebend im Türrahmen stand.

„Wie redest du über meinen Freund?“, Omar war empört. „Auf Daniel kann man sich verlassen…“

Max prustete vor Lachen. Dann legte er seine Füße gelangweilt auf den Tisch vor der Couch und verschränkte lässig seine Arme hinter dem Kopf.

„Guter Scherz!“

Das wollte Omar nicht so stehen lassen. Wütend stürzte er sich auf Max.

„Hey, bist du verrückt geworden? Fass mich nicht an!“

Brutal drehte Max den Arm des protestierenden Teenagers auf den Rücken. Dann schob er ihn erbarmungslos zur Tür.

„Wiedersehen, du Spinner. Und wag nicht, wiederzukommen. Beim nächsten Mal hol ich die Bullen!"

Omar zappelte wie ein an Land geworfener Fisch nach Luft, doch Max war sichtlich stärker.

„Es tut mir leid, Mann! Ich mach mir tierisch Sorgen um meinen Freund. Ehrlich. Daniel verschwindet nicht einfach. Ihm muss etwas passiert sein. Das müssen Sie glauben. Bitte!"

Der Junge sah den Fotografen flehend an.

„Daniel war letzte Nacht nicht bei dir?"

Fragend schaute er dem jungen Araber in die Augen. Omar schüttelte energisch den Kopf.

„Das sag ich doch die ganze Zeit. Warum wollen Sie das nicht kapieren?"

Max lockerte den Griff.

„Er war definitiv nicht bei dir?"

„Nein! Wie oft soll ich das noch sagen? Mann, Daniel hat total recht. Die Schwuchtel ist der absolute Blitzmerker."

Omar funkelte Max wütend an. In dem Moment klingelte das Telefon des Fotografen.

„Du machst es mir nicht einfach, dich zu mögen. Warte mal. Ja... Wiatrowski."

Die Stimme der Frau klang mehr als vorwurfsvoll.

„Oh Mist, ich hab verschlafen. Ich bin gleich da!"

Seufzend drehte er sich um.

„Ich hab zu tun, okay? Daniel wird bestimmt wieder aufkreuzen. Also ciao, bis zum nächsten Mal!"

Doch der Junge dachte nicht daran, aufzugeben. Wütend holte er aus und trat gegen die Tür, die mit einem Knall an die Wand flog.

„Bist du noch zu retten?"

Max holte tief Luft.

„Jetzt aber raus hier! Ich hol die Polizei!"

„Ja, Polizei ist 'ne prima Idee! Sie lassen meinen Freund ja doch verrecken."

„Quatsch! Dein Freund liegt sicher in irgendeiner Zelle zum Ausnüchtern. Oder er leistet seinen obdachlosen Freunden im Ostpark Gesellschaft. Du wirst sehen, wenn der seinen Rausch ausgeschlafen hat, steht er putzmunter wieder auf der Matte. Mach es gut. Ich hab zu tun."

Für Max war das Gespräch beendet. Dann zögerte er.

„Hey, wenn Daniel bei dir auftaucht, ruf mich an. Hier hast du meine Handynummer."

Seufzend hielt er Omar seine Visitenkarte hin. Dann zog er die Tür lautstark hinter sich ins Schloss.

Daniel fühlte sich hundeelend. Er hustete. Sein Mund war ausgetrocknet. Durstig leckte er mit der Zungenspitze langsam über seine Lippen. Dann tastete er vorsichtig mit der Hand über seinen Hinterkopf. Die Haare fühlten sich verklebt an. Schmerzverzerrt stöhnte er auf.

Wo war er? Und wie spät war es? Er hatte jegliches Gefühl für Zeit und Raum verloren. Über ihm baumelte eine Glühlampe und verströmte fahlgelbes Licht. Langsam tastete er die Taschen seiner Hose ab. Immer schneller wühlte er sich durch die Baggys. Dann durch das Innenfutter der Jacke. Doch sein Handy blieb verschwunden.

Dafür begannen seine Hände zu kribbeln, ein Gefühl, das er fürchten gelernt hatte. Nur jetzt nicht hyperventilieren, schoss es ihm durch den Kopf. „Atme langsam in deine Fäuste", befahl ihm eine innere Stimme. Oder in eine Tüte. Doch wo in dem Chaos jetzt eine finden? Verzweifelt schaute er sich um. Immer schneller hob und senkte sich sein Brustkorb. Er wollte schreien, doch nur ein jämmerliches Piepsen entrang sich seinen Lippen.

Mit wirrem Blick rasterte er das Durcheinander um ihn herum. Kisten, Packpapier, Kabeltrommeln, lose Kabel, rote Kabel, hängende Kabel, die alle in ein aufgestemmtes Loch in die Decke führten. Zeitungsstapel, Kleidungsstücke, ausgeweidete Elektrogeräte, Kisten voller Dias, Postkarten, Metallschienen und Lampen. Alles gab es hier, wirklich alles. Nur keine Plastiktüte, die er sich in höchster Panik über den Kopf ziehen könnte. Immer schneller schnappte er nach Luft. Plötzlich sah er den zusammengeknüllten Müllsack. Ächzend kroch er zu der blauen Folie und presste sie in höchster Not mit hart verkrampften Händen auf seine Lippen. Einatmen. Ausatmen. Langsamer werden. Noch langsamer. Die blaue Folie klebte an seinem Mund. Er stöhnte. Langsam einatmen. Pause. Langsam ausatmen. Dann spürte er, wie das Kribbeln in den Händen langsam nachließ. Noch einmal. Einatmen. Pause. Ausatmen. Sein Puls pochte in einem irren Tempo. Es dauerte unendlich lange, bis die heftige Attacke abflachte und er müde seine Augen schloss.

Als er sie erneut öffnete, fiel sein Blick auf die graue Eisentür in der weißgetünchten Wand. Oder das, was von der Farbe, die großflächig abblätterte, noch übrig war. Über dem Ausgang aus seinem Gefängnis prangte in dicken schwarzen Lettern „Gasschleuse“. Mühsam entzifferte er im diffusen Licht die Schrift auf der Papptafel daneben. „In der Gasschleuse aufzuhängen“, stand ganz oben in dicken roten Lettern. Und dann folgten unendlich viele Vorschriften. Hilflosigkeit kroch in ihm hoch. Doch jetzt war sie gepaart mit bodenloser Wut.

„Hilfe!“, schrie er. „Hilfe! Ich bin hier! Hört mich keiner?“

Doch der Beton um ihn herum schluckte jeden Laut. Noch nicht mal ein Echo warfen die Wände auf ihn zurück. Sein Schädel schmerzte. Erneut musste er husten. Ein barbarischer Schmerz durchfuhr seine linke Schulter. Mühsam robbte er zur Stahltür. Seine Hände tasteten suchend über das kühle Metall. Spinnweben streiften lose seinen Handrücken. Doch er ignorierte den Ekel. Dann streifte er einen kleinen Hebel. Mit aller Kraft versuchte er, ihn umzulegen. Doch dieser bewegte sich keinen Millimeter.

„Verdammt!“

Schreiend trommelte er gegen die eiskalte Stahltür, in die jemand die Worte „Panzerlit Offenbach“ eingestanzt hatte. Plötzlich bemerkte er das winzige Bullauge oben in der Tür. Schmerzverzerrt zog er sich hoch und wischte mit dem Ärmel seiner Jacke das Glas frei. Doch auf der anderen Seite der Tür war es stockfinster.

„Rauchen verboten! Hinsetzen! Ruhe halten!“ hatte jemand in fetten roten Lettern an die Wand neben die Stahltür gepinselt. Mühsam entzifferte er die Verhaltensregeln auf der verwitterten Pappe.

„Bei Fliegeralarm Türen zur Gasschleuse und zum Luftschutzraum öffnen! Beim Betreten des Luftschutzraumes nicht drängeln! Türen erst schließen, wenn Bombeneinschläge hörbar oder wenn Kampfstoffgeruch festgestellt wird!“

Enttäuscht ließ er sich zurücksinken. Tränen liefen über sein Gesicht. Plötzlich huschte ein dunkler Schatten über seine Füße.

Erschrocken fuhr Daniel hoch. Wieder begann sein Herz zu rasen. Zitternd lauschte er in den Müll. Im Prinzip hatte er keine Angst vor Ratten und Mäusen. Zumindest nicht vor den Tieren, die Omar alle vier Wochen von der Zoohandlung bei Karstadt als Futter für seine beiden Schlangen kaufte. Doch das Schwarzfell, das eben durch das Chaos unter ihm durchgehuscht war, entstammte definitiv einer anderen Liga. Nur, wenn es hier drin Ratten gab, dann mussten sie doch irgendwo auch hereingekommen sein. Wohin war das Tier verschwunden? Hellwach lauschte er in die Müllhalde vor seinen Füßen. Doch alles blieb still.

„So ein Scheiß", fluchte Stefan. Ungehalten warf er seine Jacke über Ediths Stuhl.

„Bitte?"

Silke beugte sich mit ihrer Kaffeetasse fragend nach vorn.

„Den Pott hat man dir wohl angedübelt", murmelte der Kommissar missmutig.

„Kannst du bitte deine schlechte Laune bei deinem Friseur abladen?", gab die Assistentin gereizt zurück und lehnte sich pikiert nach hinten.

„Ist der Glauburgbunker wirklich so merkwürdig?", fragte sie.

Doch Stefan hämmerte nur wütend auf die Tastatur seines Computers.

„Sorry, ich muss mich auf mein Passwort konzentrieren."

Er schloss die Augen.

„April2010", lächelte Silke.

Stefan war verblüfft.

„Woher weißt du das?"

„Machen hier fast alle", grinste sie. „Wer kann sich denn schon jeden Monat ein neues Passwort mit Buchstaben und Zahlen merken?"

Stefan fühlte sich seltsam ertappt.

„Assistentinnen ist das Mitdenken ja nicht grundsätzlich verboten", kicherte die Frau.

„Sorry, Silke, ich bin total im Stress. Ich wollte heute pünktlich nach Hause."

Wütend schnippte er eine Büroklammer vom Tisch.

„Es ist zum Verrücktwerden. Da können wir den Kleinen endlich für zwei Tage zur Oma bringen und jetzt hänge ich hier fest."

„Tut mir wirklich leid für dich", nickte Silke verständnisvoll.

„Hat Felix schon angerufen?"

Stefan schaute sie fragend an.

„Ja. Aber die Spurensicherung braucht länger, um Stiefenhagen vom Marterpfahl abzunehmen. Es wird wohl eher morgen früh, bis er Genaueres sagen kann. Außerdem sei Freitag."

„Kann er sich bitte beim Mörder von Stiefenhagen über den unpassenden Zeitpunkt beschweren?"

Stefan schloss genervt die Augen.

„Stimmt es, dass der Bunker so gruselig ist?"

Der Kommissar lachte.

„Gruselig? Nein. Eher beklemmend. Oder bedrückend. Und du darfst dort nicht hinter die Kulissen schauen, da herrscht das blanke Chaos. Die leben sogar in der Explora. Die Frauen im Keller und der Direktor oben im Loft. Und alles schön kuschelig ummantelt mit zwei Metern Stahlbeton. Ruhe sanft, sag ich da nur."

Silke schüttelte ungläubig ihren Kopf.

„Ernsthaft?"

„Ja, schöner wohnen mit Onkel Adolf", frotzelte der Kommissar.

Silke rührte gedankenverloren in ihrer Kaffeetasse.

„Frau Palizynska hat das übrigens alles nicht überrascht. Jahrzehntelang hätte sich niemand für den Bunker interessiert und jetzt – Stefan, hörst du mir zu?"

„Ja."

Nachdenklich blickte er auf das Display seines Handys. Er hatte Edith versprochen zurückzurufen. Aber hatte sie sich das Wochenende in Berlin nicht verdient? Er sollte doch wohl Manns genug sein, den Fall bis Montag in den Griff zu bekommen.

„…und dann haben sich letzte Woche gleich drei Leute für die Glauburgakte interessiert, aber… ", fuhr Silke unbeirrt fort.

„Hast du schon mal einen Nagelfetisch gesehen?", unterbrach der Kommissar Silke, die irritiert wirkte.

„Hörst du mir überhaupt zu?", fragte sie.

„Bitte? Ja, klar. Du sagtest, dass deine Freundin Paliwasweißich im Bunker war…"

„Nein! Ich hab gesagt, dass Frau Palizynska mir vorhin am Telefon berichtet hat, dass sich seit einer Woche Gott und die Welt für die Glauburgakte interessiert."

„Deine Freundin?“ Stefan wirkte verwirrt.

„Nein! Wie kommst du darauf? Du hörst einfach nicht zu! Krystyna Palizynska arbeitet im Institut für Stadtgeschichte. Abteilung Ämterakten.“

„Das ist sicher ein wahnsinnig spannender Job“, unterbrach der Mann die Assistentin und seufzte. Wütend knallte Silke ihre Tasse auf den Tisch. Kaffee spritzte auf die Tastatur.

„Du bist ätzend!“, schimpfte sie.

„Sorry“, wiegelte Stefan ab. „Ich hab zu tun. Was wolltest du mir denn von der Paliwas… sagen?“

Doch Silke schmollte.

„Während du unterwegs warst, hab ich nach dem Bunker gegoogelt.“

„Aha. Während ich ermittelt habe, hast du im Internet gesurft“, korrigierte er die Assistentin lakonisch.

„Stefan, der Glauburgbunker hat eine ziemlich spannende Geschichte.“

Triumphierend musterte die Assistentin den Kommissar.

„Die Fürsorge hat dort nach Kriegsende sogar ortsfremde Mädchen untergebracht.“

Erwartungsvoll schaute sie Stefan an.

„Ortsfremde Mädchen! Hallo! Klingelt's bei dir?“, insistierte sie. Doch der Kommissar schüttelte fragend den Kopf.

„Na, Zwangsarbeiterinnen“, trumpfte sie auf. Stefan seufzte. Dann drehte er sich um und blickte gedankenverloren aus dem Fenster über die Pappeln an der Miquelallee.

„Was willst du mir damit sagen? So eine müsste doch jetzt mindestens achtzig Jahre alt sein. Meinst du, die hat dann noch die Kraft für den Mord an Stiefenhagen? Das ist unrealistisch.“

„Frau Palizynska hat lediglich gesagt, dass fünfundsechzig Jahre gar nichts passiert ist. Und dann kommen in einer Woche drei Leute ins Archiv und interessieren sich für die vergilbte Akte des Glauburgbunkers. Findest du das nicht seltsam?“

Stefan gähnte. Institut für Stadtgeschichte. Der perfekte Ort für Bücherwürmer, Brillenschlangen und Hausstaubmilben.

„Du sollst sie anrufen. Außerdem fehlen jetzt einige Seiten in der Magistratsakte. Was genau, kann sie erst am Montag überprüfen. Vorher schafft sie es nicht, die Unterlagen mit den Mikrofichebeständen abzugleichen ...“

„Och Silke, wir sind eine Mordkommission und keine historische Kommission. Seit wann kümmern wir uns um herausgerissene Seiten aus Frankfurter Magistratsakten?“

Ungehalten winkte der Kommissar ab.

„Kannst du mir sagen, was das mit dem toten Stiefenhagen zu tun hat?“

„Du kümmerst dich ja auch um Drohbriefe aus Reclam-Heften!“, empörte sich Silke. „Ich habe nur gesagt, dass ich nach dem Bunker im Internet gegoogelt habe und sich anscheinend im Institut für Stadtgeschichte seit Tagen Gott und die Welt genau dafür interessiert. Du hörst nicht zu!“

Missmutig hielt die Assistentin dem Kommissar einen vollgekritzelten Zettel unter seine Nase.

„Ruf sie an! Krystyna Palizynska ist heute nur noch bis drei im Institut. Sie hat gleich Feierabend.“

„Den hätte ich jetzt auch gerne“, murmelte der Kommissar und stopfte den Fetzen Papier achtlos in seine Jacke. Ein bebrillter Bildungswurm am Freitagnachmittag war genau das, was ihm heute noch zu seinem Glück gefehlt hatte.

„Sorry, aber ich muss jetzt mal nach Hause.“

Versöhnlich streichelte er ihr über die Hand.

„Mach Feierabend, Silke. Gönn es dir, dass Edith weg ist.“

In dem Moment klingelte sein Handy.

„Ja, Schatz, ich bin auf dem Weg... Nein... Kein Problem, ich hab doch gesagt, dass... “

Hastig griff er nach seiner Jacke und winkte Silke augenzwinkernd zu. Der Flur des Präsidiums wirkte am Freitagnachmittag irgendwie ausgestorben.

„Nein!“ Unwillig schüttelte er den Kopf. „Sonja... ja. Sie geht mit...? Schatz, warte. In zehn Minuten...“

Doch die Frau des Kommissars hatte bereits aufgelegt. Für einen Moment verlor Stefan die Fassung und fluchte. Okay, er würde sich verspäten. Und ja, es war wie immer, da hatte sie ja völlig recht. Trotzdem wurmte es ihn, dass sie sich jetzt spontan mit ihrer Freundin zum Kino verabredet hatte. Nachdenklich steckte er sein Handy in die Hosentasche. Als er gedankenverloren das Drehkreuz vor der verglasten Pforte passierte, winkte ihm die Polizeibeamtin hinter dem Schalter freundlich zu. Erst da bemerkte er den alten Mann im zerknitterten Trenchcoat, der heftig gestikulierend auf die Frau hinter dem Panzerglas einredete.

„Hören Sie mir doch zu!", flehte er. „Es ist nicht mein Kind. Der Junge ist gestern im Bunker verschwunden. Er hat doch den Tresorschlüssel..."

Stefan musterte nachdenklich den erschöpft wirkenden Mann, dessen spindeldürren Finger verkrampft ein abgegriffenes Brillenetui umklammert hielten. Was für Menschen diese Stadt immer wieder hier im Präsidium stranden ließ. Gedankenverloren drehte er sich zur Tür.

„Wie ich heiße? Das sagte ich bereits. Mein Name ist Schlosser! Stanislaus Schlosser!", presste er mühsam hervor. Dann brachte eine heftige Hustenattacke die heisere Stimme des Alten zum Schweigen.

Stefan schüttelte den Kopf. Mit Schwung stieß er die hohe schwere Glastür auf. Draußen empfing ihn ein schöner Frühlingstag. Für eine Sekunde blickte er zurück. Was hatte der alte Mann eben noch gesagt? Nachdenklich runzelte Stefan seine Stirn. Doch dann klingelte erneut das Telefon.

„Herr Weber? Schön, dass Sie sich doch noch die Zeit genommen haben. Ihre Kollegin sagte mir bereits…"

Stefan drehte sich um und versank in den schönsten bernsteinfarbenen Augen, die er je in seinem Leben gesehen hatte.

„Guten Tag."

Eine Frau mit nussbraunem Pferdeschwanz hielt ihm strahlend ihre rechte Hand entgegen.

„Palizynska, Krystyna Palizynska, Abteilung Ämterakten."

So fühlt es sich also an, wenn man Abbitte vor Bücherwürmern, Brillenschlangen und Hausstaubmilben leisten muss, durchfuhr es Stefan. Sie lachte, als ob sie seine Gedanken gelesen hatte. Dann schob sie ihre schwarze Hornbrille geschäftig in die Haare und wirkte sofort wieder sehr seriös.

„Beeilen wir uns, ich habe gleich Feierabend. Freitag schließen wir schon um drei."

Kraftvoll zog sie die hohe schwere Holztür zum Innenhof auf.

„Wir müssen durchs Refektorium in den ersten Stock."

Stefan nickte. Er war hingerissen. Wer hatte nur so eine hübsche Frau zwischen all die Buchdeckel historischer Akten verbannt? Ihre Pumps klapperten über den Boden des steinernen Kreuzgangs. Die Wiese im Innenhof des Karmeliterklosters leuchtete in sattem Grün.

„Wissen Sie…"

Obwohl sie immer zwei Stufen auf einmal nach oben zum Lesesaal nahm, redete sie, ohne ins Stocken zu geraten.

„Wir müssen uns ja strikt an die Benutzungsordnung halten..."

Ob sie immer so ein Tempo vorlegt, fragte sich Stefan.

„Wenn Sie Hilfe brauchen, um Bücher zu bestellen, können Sie sich jederzeit an die Aufsicht im Lesesaal wenden. So, da wären wir." Schwungvoll zog sie die Glastür zum Lesesaal auf. Nur ein einzelner Mann in der vorletzten Reihe der Leseplätze blätterte konzentriert in einem Stapel Papier.

„Psssst!"

Verschwörerisch lächelnd legte sie den rechten Zeigefinger auf ihre Lippen. Blutrote Lippen. Die wunderbar mit ihren bernsteinfarbenen Augen kontrastierten. Eine Frau wie aus einem Märchen, schoss es Stefan durch den Kopf.

„Frau… ähm", Stefan stotterte.

„Palizynska", lachte sie. „Klingt polnisch. Aber ich bin Deutsche."

Kokett legte sie ihren Kopf zur Seite und musterte den Mann von oben bis unten.

„Sind Sie das erste Mal in unserem Haus? Wenn Sie möchten, kann ich Ihnen bei der Recherche helfen."

Stefan versuchte, seinem Gesicht einen wissenschaftlichen Ausdruck zu verleihen. Doch seine Augen wanderten längst über die endlos langen Beine der Märchenfrau. Nach all dem Frust der vergangenen Stunden war sie ein echter Lichtblick. Anscheinend störten sie seine Blicke nicht, denn sie plapperte ohne Punkt und Komma.

„Die erste Bestellung der Glauburgakte ging, wenn ich mich recht erinnere, vor circa vierzehn Tagen per E-Mail hier ein. Dann kam der alte Herr aus Braunschweig ins Institut. Das war am – Dienstag…"

Krystyna grübelte.

„…ach ja, und vorgestern war dann dieser schrecklich gehetzte Typ hier. War der vielleicht gestresst. Dem ging nichts schnell genug. Dabei hatte er Glück, dass die Akte noch hier war."

Verständnislos schüttelte sie ihren Kopf.

„Ich muss die Bücher ja auch immer im Depot bestellen. Das dauert dann 2 bis 3 Arbeitstage, bis die liefern. Wir können ja auch nicht hexen. Aber nein, immer ist es eilig. Erklären Sie das mal einem Buch…"

Sie kicherte.

„So einer Akte, die siebzig oder mehr Jahre unterm Deckel hat, ist es schnurzegal, ob die Auslieferung ein oder zwei Tage länger dauert. Wenn Sie verstehen, was ich meine?"

Stefan nickte verständnisvoll. Was hatte Silke vorhin gesagt? Er grübelte.

„Frau…"

„Sagen Sie doch einfach Krystyna", lächelte sie und wickelte eine braune Strähne ihres Pferdeschwanzes mit einem perfekten Augenaufschlag um ihren Zeigefinger. Bücherwürmer, Brillenschlangen, Hausstaubmilben, dachte Stefan und setzte sich seufzend auf den Stuhl neben der Ausgabe.

„Sie haben meiner Kollegin gesagt, dass Sie verwundert waren?"

Aufmerksam schaute er die Frau an. Krystyna zog den Finger aus ihrem Haar und legte ihn nachdenklich auf ihre Nase, die ihrem Gesicht ein ausdrucksstarkes Profil verlieh.

„Wissen Sie, wir sammeln hier ja das gesamte historische Erbe der Stadt. Wobei es während des Zweiten Weltkrieges große Verluste gab."

Für einen Augenblick wirkte sie traurig. Dann lachte sie.

„Sie glauben gar nicht, wie inspirierend…"

Stefan hatte Mühe, ihren Gedankensprüngen zu folgen. Warum konnte das Stadtarchiv nicht wie alle anderen Institute, die er in seinem bisherigen Leben aufgesucht hatte, einfach die Standardausgabe der effizient bebrillten Verwaltungsfachkraft beschäftigen? Warum musste er ausgerechnet heute auf diese attraktive Frau stoßen? Er schloss die Augen und zwang sich zum Zuhören.

„Stimmt es, dass der Direktor der Explora auf dem Dach des Glauburgbunkers hingerichtet wurde?"

Krystynas Stimme hatte etwas Entwaffnendes. Und Silke war eine selten dämliche Schnattergans.

„Ja", entfuhr es dem Kommissar einsilbig, und sein Blick wanderte schweigend über die leeren Stühle im Lesesaal.

„Und?", fragte die Frau erwartungsvoll.

„Wir ermitteln."

Der innere Schweinehund beäugte die Bibliothekarin wohlwollend.

„Warten Sie, ich hole Ihnen die Akte und die Leihkarten. Glauben Sie, die drei haben was mit dem Mord im Bunker zu tun?“

„Drei…?“

Doch sie war bereits zwischen meterhohen Chromregalen verschwunden. Der dicke Teppichboden verschluckte ihre Schritte. Sonnenstrahlen brachen sich in winzigen Staubpartikeln, die langsam durch den Lesesaal schwebten.

„Bitte sehr!“

Kraftvoll wuchtete die Frau zwei dicke Stapel Papier auf den Tisch der Ausleihe.

„Frankfurter Geschichte hat schon Gewicht!“

Dann pustete sie fröhlich eine braune Haarsträhne, die sich aus ihrem Pferdeschwanz gelöst hatte, aus dem Gesicht.

„Lange Haare sind echt lästig“, seufzte sie und strich sich die Strähne gedankenverloren nach hinten. Stefan musterte sie verständnislos. Sie sah perfekt aus. Männer würden niemals auf solch alberne Gedanken kommen. Die, die er kannte, fanden sich sogar noch mit Halbglatze und Bauchansatz hoch erotisch.

„Ich wollte die Akte heute ins Depot zurückgehen lassen. Aber beim Packen habe ich bemerkt, dass mehrere Seiten herausgerissen worden sind. Da haben Sie mächtig Glück. Wir müssen die Leihkarten vernichten, wenn die Akte zurückgeht. Datenschutz, Sie verstehen?“

Stefan nickte.

„Glauben Sie, dass die Akte etwas mit dem Mord zu tun hat?“

„Glauben heißt nicht wissen“, antwortete Stefan einsilbig.

„Ich hab mich ja schon gewundert, dass…“

„Pssssst! Meine Güte!“

Der graumelierte Mann im Lesesaal war sichtlich erbost.

„Herr Held, das Institut für Stadtgeschichte schließt gleich“, ermahnte ihn die Bibliothekarin. Dann senkte sie ihre Stimme. „Er forscht schon seit 1989 über Flucht und Integration der Heimatvertriebenen in Hessen.“

Stefan musterte den Mann, der sich ostentativ hinter einem Berg von Büchern verschanzt hatte.

„Er macht das alles ehrenamtlich“, nickte Krystyna anerkennend. „Sehr, sehr fleißig. Lehrer halt!“

Der Kommissar grinste. Hatte er da nicht so etwas wie ‚Hausstaubmilbe‘ in ihrer Stimme mitschwingen hören?

„Bis 1944 war das Stadtarchiv in der Stadtwaage am Weckmarkt untergebracht. Südlich des Doms, wo jetzt das Technische Rathaus abgerissen wird. Viele wertvolle Altbestände sind aber Opfer der Bombenangriffe geworden.“

Sie seufzte, und Stefan spürte ihr tiefes Bedauern über die Verluste.

„Die Glauburgakte hatte Glück. Sie hat das Feuer in der Altstadt unbeschadet überstanden.“

Vorsichtig, fast zärtlich streichelten ihre Hände über einen grünlich-gelben Aktendeckel.

„S3/N, Sammlung Ortsgeschichte, Nummer 137 aus dem Bestand des Ausgleichsamtes. Darin finden Sie die Unterlagen der Flüchtlingsfürsorge. Die haben nach Kriegsende ja viele ortsfremde Mädchen im Glauburgbunker einquartiert…“

„Ortsfremde Mädchen?“

Stefan stutzte. Hatte er das heute nicht schon mal gehört?

„Na, Zwangsarbeiterinnen. Für die Adlerwerke. Oder aber überall da, wo die Nazis die armen Frauen zum Arbeiten gezwungen hatten.“

Seufzend rückte sie ihre Hornbrille zurecht. Dann fuhr sie vorsichtig mit dem Zeigefinger über ein mit braunen Flecken verschmiertes Blatt mit Hunderten von Namen.

„Jeder Name ein Schicksal“, nickte sie gedankenverloren. „Frankfurt wurde im Sommer 1945 ja förmlich von Menschen überschwemmt. Um dem Herr zu werden, hat man die Leute einfach mit den ihnen zugeteilten Lebensmittelkarten inventarisiert.“

Auch ein Weg, Elend und Not in den Griff zu bekommen, schoss es dem Kommissar durch den Kopf. Der Begriff „Fürsorge“ verursachte ihm ein tiefes Unbehagen.

„Der alte Mann hat geweint, als er die Akte durchgeblättert hat. Mir ging das so nahe, als er unten im Kreuzgang schluchzend auf den Steinen lag."

Stefan musterte die vor ihm liegende Akte.

„Darf ich?"

Krystyna Palizynska nickte.

Vorsichtig blätterte er durch die knisternden Durchschläge mit endlosen Namenslisten. Immer wieder hatte jemand mit blauer oder grüner Tinte handschriftliche Vermerke an der Seite gemacht.

„Vergangenheit fühlt sich seltsam an, nicht wahr?"

Die Bibliothekarin deutete mit dem Finger auf die akkurat gesetzten Buchstaben.

„Das hier ist eine Klein-Adler 2 gewesen. Solche Schreibmaschinen wurden 1932 in den Frankfurter Adlerwerken produziert. Das Modell war aber noch lange nach dem Zweiten Weltkrieg bei uns in der Stadtverwaltung im Einsatz. Deutsches Präzisionsgerät."

Die Listen mit Namen machten Stefan ratlos.

„Was ist nur aus all diesen Menschen geworden?"

Krystyna zuckte resigniert mit den Achseln.

„Weggezogen, heimgekehrt, gestorben. – Was suchen Sie eigentlich?"

Stefans Blick wanderte über den Berg vergilbter Papiere.

„Keine Ahnung. Ganz ehrlich? Wenn ich mir diesen Stapel so ansehe, sieht das verdammt nach der berühmten Stecknadel im Heuhaufen aus. Wenn es überhaupt etwas mit der Explora zu tun hat."

Stefan klang ratlos.

„Warten Sie. Hier, Nummer 32."

Die Bibliothekarin öffnete eine zweite Akte, deren Deckel kreuz und quer mit braunem Tesafilm verklebt war.

„Über die Verlegung der Darlehensanstalt in den Glauburgbunker, 1946 bis 1969", zitierte sie.

„Hier wurden die Seiten herausgerissen. Schauen Sie!"

Empört fuhren ihre Finger über eine frische Abrisskante innerhalb der vergilbten Papiere.

„Unwiederbringlich verloren“, seufzte sie. „Wissen Sie, wie teuer es ist, unsere Bestände zu digitalisieren? Wer das Papier beschädigt hat, ist so dumm!“

Zornig klappte sie den Deckel zu.

„Aua!“

Empört zog Stefan seine rechte Hand aus dem Stapel.

„Tststststs... Wer wird denn gleich so empfindlich reagieren?“

Provozierend blinzelte sie den Kommissar an. Dann lächelte sie verschwörerisch.

„Meinen Sie, wir finden hier die Lösung für Ihren Mord?“

„Ganz bestimmt“, nickte der Kommissar treuherzig und lachte. Trotz aller Vertraulichkeit, die er gegenüber der Frau verspürte, war er fest entschlossen, keine weiteren Details über Stiefenhagens Tod preiszugeben. Krystyna seufzte und beugte sich vor.

„Das ist so spannend. Ich meine, wann verirrt sich schon mal ein echter Kommissar hierher in unser Kloster?“

Sie lächelte.

„Hier sind noch drei Mappen. In der 44 geht es um Umsatz- und Körperschaftssteuer und einen Antrag auf Erlass der Grundsteuer. In den Siebzigerjahren hat die Stadtkämmerei den Bunker zum Bürgerzentrum umgewandelt. Hier haben Sie die Sitzungsprotokolle und Beschlüsse zur Vergabe von städtischen Räumen vom Liegenschaftsamt ab 1975. – Da haben Sie sich ja eine wirklich spannende Bettlektüre herausgesucht.“

Stefan seufzte. Sie hatte seinen wunden Punkt getroffen.

„Sie wollten mir sagen, wer die Glauburgakte ausgeliehen hatte.“

„Stimmt, ich vergaß. Einen Moment bitte...“

Geschäftig tippte sie ihr Passwort in den Computer.

„Hier. Arthur von Schwanenwede. Oh Gott, der war vielleicht ein Unsympath. Und so fürchterlich am Schwitzen. Wie ein Tier, puh...“

Angewidert wedelte die Bibliothekarin mit der linken Hand vor ihrer Nase hin und her.

„Was hat der sich aufgeregt, weil er die Papiere nicht einfach mal kopieren durfte. Er sei Projektleiter der Luminale! Als ob das hier irgendjemanden interessiert. Es ist generell verboten, Akten auf den Kopierer zu legen, selbst wenn die Oberbürgermeisterin das tun würde. Wen der alles sprechen wollte, um sich über mich zu beschweren. Unglaublich! Wenn Sie etwas kopiert haben wollen, müssen Sie eben für jede Seite einen Belegzettel ausfüllen. So sind nun mal unsere Vorschriften…"

Der Kommissar verdrehte die Augen.

„Hier, die Leihkarte des alten Mannes, der so geweint hat. Er hieß Schlosser. Stanislaus Schlosser. Er hatte ja bereits aus Braunschweig angerufen..."

Stefan zuckte zusammen.

„Was sagten Sie? Stanislaus Schlosser?"

„Ja?"

Krystyna Palizynska war überrascht.

„Kennen Sie ihn? Das war eine so arme Kreatur. Schrecklich aufgewühlt. Er war…", nachdenklich tippte sie mit dem Zeigefinger an ihre Nase und zog die Stirn kraus, „…am Dienstag, genau. Er war am Dienstag hier. Meine Güte, was für ein Häufchen Elend…"

„Entschuldigen Sie, aber ich muss telefonieren."

Hastig zückte der Kommissar sein Handy und stürmte aus dem Lesesaal.

„Sie dürfen hier im Haus kein Handy benutzen!", rief sie ihm nach. Hüstelnd räusperte sich der Mann aus dem Hintergrund des Lesesaals.

Stefan sah flüchtig im Display, dass Gerold offensichtlich schon zweimal versucht hatte, ihn zu erreichen. Außerdem hatte seine Frau auf den Anrufbeantworter gesprochen. Und etliche SMS waren eingegangen.

„So ein Mist!", fluchte er und tippte eilig die Kurzwahl fürs Präsidium.

„Was heißt, er ist weg?“ Stefan fluchte. „Nein, Silke, tut mir leid. Wo ist Schlosser hin? Wie, ihr habt seine Personalien nicht aufgenommen?“

Der Kommissar verdrehte erneut die Augen.

„Was? Wann die Polizei die Explora freigibt? Wie immer. Wenn wir fertig sind! – Lass Stanislaus Schlosser umgehend zur Fahndung ausschreiben. Das ist ein alter Mann, der kann noch nicht weit gekommen sein. Du hast doch die Nummer von der Palizynska, die soll ihn beschreiben. Und die Kollegin am Eingang, die mit ihm gesprochen hat. – Ja klar, auch das Video. – Nein, nein, ich komme gleich zurück, ich muss nur noch telefonieren. – Edith? Oh, die habe ich komplett vergessen.“

Eilig riss der Kommissar das schwere Holzportal des Instituts auf und stürmte zwei Stufen auf einmal nehmend über die Steintreppe zur Straße hinab. Reaktionsschnell umschiffte er eine ältere Frau im gedeckten Kostüm, die ihm entgegen kam. Erneut klingelte das Handy.

„Schatz, oh sorry. Nein, ich hab dich nicht vergessen, nein, kein Problem, es bleibt dabei. – Ja, ich beeile mich. Ja – ich dich auch.“

Genervt schloss Stefan den silbernen Passat auf und warf seine Jacke salopp auf den Beifahrersitz. Ein kurzer Blick in den Rückspiegel. Rasieren wäre sicher auch mal ein guter Plan.

„Gerold, seid ihr mit der Spurensicherung fertig? – Ja, ich hab schon von Silke gehört, dass es Druck gibt, die Explora für die Luminale freizugeben. – Der Kulturdezernent hat sich schon beim Thiel beschwert? Die wollen das Windrad Sonntagnacht zeigen? Lächerlich! Hast du ihnen gesagt, dass da oben erst mal jemand das ganze Blut aufwischen muss?“

Stefan spürte eine unbändige Wut in sich aufsteigen.

„Dir reicht, den Loft und die Dachterrasse zu sperren? Unten die Museumsräume kann man freigeben? Okay. Ich kümmere mich drum. Muss eh noch mal mit der Stiefenhagen reden. – Edith? – Junge, du stellst Fragen. Du kennst sie doch.

Wenn ich sie jetzt anrufe, steht sie heute Abend wieder auf der Matte…“

Stefan lachte.

„Ja, danke, dir auch. Wir telefonieren.“

Ängstlich wanderten die Augen von Schlosser über die kühl abweisende Fassade des Bunkers. Erneut stieg dieses grauenhafte Gefühl in ihm hoch. Er fühlte, wie sich sein Puls merklich beschleunigte. Traurig schloss er die Augen. Hatte er sich nach dieser schrecklichen Nacht im Sommer 45 nicht geschworen, nie wieder in diese Gruft zurückzukehren? Und jetzt? Er zögerte. Was, wenn der Junge längst mit dem Tresorschlüssel über alle Berge war? Ungelenk pickte eine graue Krähe gierig im Sand nach einem viel zu großen Stück Brot. Als Schlosser sich seufzend zur Explora umdrehte, hatte sich nichts verändert.

Das düstere Bollwerk aus Stahlbeton wirkte von außen wie ein surrealer Fremdkörper im behaglich eingerichteten Nordend. Es würde immer das Monument einer Zeit bleiben, die sich weder mit einer blumenberankten Pergola noch mit Terrakottatöpfchen voll Küchenkräuter vor aufgemalten Fenstern kaschieren ließ.

Unschlüssig blinzelte Schlosser in die Sonne. Kinderlachen erscholl aus einem Hinterhof. Die Welt rund um den Glauburgplatz wirkte so friedlich wie all die Tage zuvor, die er hier schon auf der Bank verbracht hatte.

Nur die beiden Polizisten, die sich vor der meterhohen Lenin-Büste am Haupteingang des Bunkers langweilten, irritierten den alten Mann. Vielleicht war sein Gang zum Präsidium ja doch nicht umsonst gewesen? Er grübelte. Hustend zog er den zerknitterten Trenchcoat enger. Er fühlte sich müde, zerschlagen und hungrig. Vielleicht wäre es vernünftiger, ins Hotel zurückzukehren, um im „Maingau“ eine warme Suppe zu essen. Was wollte er hier eigentlich noch? Die Luminale interessierte ihn nicht.

Doch seitdem er den Glauburgbunker in einem Fernsehbericht gesehen hatte, fühlte er sich magisch angezogen. Als er sich im Institut für Stadtgeschichte durch die Akten gewühlt hatte, war alles wieder da. Ida. Der Sommer 1945. Ihr spurloses Verschwinden im Keller. Er hatte so gehofft, dass es das Mädchen nur in seiner Einbildung gegeben hatte. Doch dann stand ihr Name schwarz auf weiß auf dem vergilbten Papier. Ida Karditzki. Seitdem hatte er das Gefühl, dass er sie gerade erst gestern durch seine Feigheit verloren hatte.

Mit zusammengekniffenen Augen fixierte er die rot-grüne Stahlbrille Lenins. Wie viele Menschen hatten Hitler und Stalin mit ihren Ideologien eigentlich auf dem Gewissen?

Plötzlich trat ein Mann in weißem Overall vor die Eingangstür des Bunkers. Dann nickte er kurz den beiden Polizisten zu. Zügig liefen alle drei dann die Steintreppe hinab und verschwanden hinter einer Mauer.

Schlosser seufzte. Seine Entscheidung war gefallen. Kies knirschte unter seinen Schuhen, als er sich widerstrebend zum Eingang der Explora aufmachte. Keuchend öffnete er die schwere Edelstahltür.

„Das Museum ist noch geschlossen", schallte ihm eine weibliche Stimme entgegen.

Schlosser zuckte zusammen.

„Entschuldigung", stammelte er und drückte sich an die Wand. Dabei streifte sein Mantel die grauen Steine des Fibonaccis, die sich klappernd umeinander drehten.

„Hallo? Was machen Sie denn da?"

Eine verhärmte Frau musterte ihn scharf über den Tresen neben der Kasse.

„Ich… ich..."

Schlosser zögerte.

„Mein Name ist Schlosser. Stanislaus Schlosser. Ich komme aus Braunschweig…"

Miriam stöhnte genervt.

„Setzen Sie sich doch bitte da drüben in die Cafeteria. Wir öffnen in fünf Minuten. Ich muss nur noch das Wechselgeld zählen."

Ihm missfiel ihre joviale Freundlichkeit, aber es war warm hier drin und sauber. Viel sauberer, als er den Bunker in Erinnerung hatte. Nur dieses beklemmende Gefühl im Brustkorb, als die Stahltür hinter ihm ins Schloss fiel, bereitete ihm Unbehagen.

„Danke schön."

Vorsichtig beobachtete er die Frau hinter dem Tresen, die fieberhaft irgendetwas in den aufgestapelten Päckchen, CDs und Papieren zu suchen schien. Über ihr flirrten Schwarz-Weiß-Bilder, die von einer Überwachungskamera aus dem Inneren des Museums eingespielt wurden.

„Interessant!", nickte Schlosser und deutete auf die Videos.

Die Frau schaute unwirsch hoch.

„Haben Sie einen Frankfurt-Pass?"

Schlosser wirkte ratlos.

„Also nein", sagte sie resigniert. „Das macht dann vier Euro."

Schweigend ließ Edith ihr Handy sinken. Ihr Blick schweifte über Wolfgang hinweg auf die Spree.

„Man kann es förmlich knistern hören, wenn du nachdenkst", lächelte er und streichelte zärtlich über ihre Hände.

„Kannst du nicht einmal abschalten?"

Wie aus weiter Ferne kehrte die Frau gedankenverloren in die Gegenwart zurück.

„Wärst du sauer, wenn ich jetzt zum Hotel zurückmöchte?"

Der Kommissar schüttelte den Kopf.

„Nein, kein Problem. Wo musst du hin?"

„NH Hotel am Potsdamer Platz."

„Also Anhalter Bahnhof."

Edith war irritiert.

„Das Hotel steht nicht dort, wo es der Name suggeriert. Das wollte ich damit sagen."

Wolfgang grinste.

„Dein Bett ist übrigens nur einen Steinwurf vom Gruselkabinett entfernt."

Edith war plötzlich hellwach.

„Dann könnten wir doch einfach mal vorbeischauen, oder?", schlug sie vor.

Spöttisch zuckte Wolfgang mit den Achseln.

„Es hat sich nichts, aber auch gar nichts geändert", stellte er lakonisch fest.

„Menschen ändern sich nicht wirklich", sagte Edith und hakte sich sichtlich amüsiert unter.

„Stiefenhagen? Ob ich den kenne? Oh nein! Nein, nein! Den will man nicht kennen!“

Die Frau an der Kasse im Bunker am Anhalter Bahnhof wehrte mit beiden Händen etwas Imaginäres, ja förmlich Bedrohliches ab.

„Hören Sie, ich hab zu tun. Möchten Sie eine Eintrittskarte kaufen?“

Sie wedelte mit einem Bündel bunter Tickets vor Ediths Nase, als wollte sie eine fette, penetrante Schmeißfliege verjagen.

„Der Typ ist für mich so tot wie Elvis es nie sein wird“, nuschelte sie mit gesenktem Kopf.

Edith zückte ihren Ausweis.

„Tannhäuser, Kripo. Wir haben da ein paar Fragen.“

Wolfgang verdrehte die Augen.

„Du kannst hier nicht…,“ zischte er. Schmerzverzerrt brach er ab, weil Edith ihm lächelnd auf den Fuß getreten war.

„Können wir Sie einen Moment sprechen, Frau…?“

„Friedwald. Marlies Friedwald“, sagte die Frau und musterte die Kommissarin argwöhnisch.

„Was ist mit dem Schwein? Ist er wirklich tot?“

Edith nickte.

Die Frau schaute ungläubig auf die beiden. Dann begann sie zu lachen, bis ihr die Tränen aus den Augenwinkeln liefen.

„Das ist die beste Nachricht, die Sie mir bringen konnten“, japste sie nach Luft. „Das nenn ich doch mal Gerechtigkeit!“

Mit hochrotem Kopf lehnte sie sich schnaufend in ihrem roten Samtsessel zurück.

„Entschuldigung, aber Sie hätten Stiefenhagen erleben müssen, dann würden Sie mich verstehen…“

„Hab ich“, nickte Edith zustimmend.

Marlies Friedwald sah die Kommissarin erstaunt an.

„Sie kennen ihn?“

„Ich hatte mit ihm zu tun, ja.“

Die Härte in Ediths Stimme war unüberhörbar.

„Und was wollen Sie jetzt von mir?"

Die Frau im Bunker musterte Edith misstrauisch von Kopf bis Fuß. „Glauben Sie, ich hab den Drecksack getötet?"

Sie lachte bitter auf.

„Da muss ich Sie enttäuschen. Ich war's nicht. Obwohl ich jede Menge Gründe gehabt hätte…"

Mit einer weit ausholenden Handbewegung zeigte sie auf den Eingang des Luftschutzbunkers.

„Er hat uns mit seinem Irrsinn fast in den Abgrund gerissen. Nein, ich muss mich korrigieren."

Sie stockte.

„Er hat mich damals ruiniert. Ich habe über zehn Jahre gebraucht, um mich von ihm sowohl psychisch als auch finanziell zu erholen."

Marlies Friedwalds Stimme bebte.

„Entschuldigen Sie, aber richten Sie dem, der das vollstreckt hat, meine vollste Hochachtung aus."

Sie lachte schrill auf, dann versagte ihr die Stimme.

„Wir könnten…"

Wolfgang versuchte, Edith am Arm beiseite zu ziehen, doch sie schüttelte ihn unwirsch ab.

„Haben Sie einen Moment Zeit, uns ein paar Fragen zu beantworten?"

Marlis Friedwald neigte skeptisch ihren Kopf beiseite. Dann nickte sie.

„Ich muss nur einen Mitarbeiter hier an die Kasse holen. Wir haben ja noch bis neunzehn Uhr auf, Sie verstehen?" Energisch drückte sie den Knopf der Sprechanlage.

„Fränki, kannst du bitte zum Eingang kommen?"

Es rauschte im Lautsprecher. Dann erscholl ein spitzer Schrei. Und irgendwo murmelte jemand ein gelangweiltes „Okay".

Um Wolfgangs vorwurfsvollem Blick zu entgehen, widmete Edith sich interessiert den Zeitungsausschnitten in der Glasvitrine neben dem Eingang. Plötzlich hörte sie Schritte. Eine martialisch geschminkte Mumie tänzelte elegant mit wehendem Mantel die Stufen herunter und reichte Edith formvollendet die Hand.

„Gestatten, Lupus. Meister Lupus."

„Körperkontakt ist eigentlich verboten", kommentierte die Frau seine freundliche Geste und holte mit verkniffener Miene eine lange Stablampe aus der Schublade.

„Kommen Sie. Wir gehen hoch in die Cafeteria."

Hinter dem grauen Eisentor waberte milchig-weißer Nebel in dichten Schwaden über den grau getünchten Betonboden. Nur die Notbeleuchtung wies den Weg zu zwei flackernden EXIT-Lampen am Ende des Ganges. Ein grässlicher Schrei, der in ein qualvolles Röcheln überging, ließ Edith zusammenzucken. Plötzlich kam ihnen eine dunkle Kutte schwankend entgegen, die mit dem meckernden Lachen, das Edith an eine hungrige Tüpfelhyäne erinnerte, kurz vor ihnen spurlos in der Wand verschwand.

„Ausgesprochen vertrauenerweckendes Personal", raunte Wolfgang Edith ins Ohr, während Marlies Friedwald einen schwarz getünchten Raum zu ihrer Rechten ausleuchtete. An den Wänden blitzten Graffiti von Fledermäusen, die lautlos auf die Eindringlinge herabzusegeln schienen. Hinter einem meterhohen Zaun mit scharfen Stahlspitzen erwarteten sie zwölf Henker in Kapuzen.

„Begrüßen Sie die ehrenwerten Mitglieder des Berliner Ku-Klux-Klans", kicherte Wolfgang. Doch Edith konnte dem schwarzen Mummenschanz im wabernden Nebel nur wenig abgewinnen. Irgendetwas stimmte hier nicht. Als sie sich umdrehte, glotzte sie plötzlich einer der Kapuzenmänner mit weit aufgerissenen Augen an. Als Edith mit einem Aufschrei zurückwich, griff er beherzt nach ihrem Arm.

„Erwin, lass das! Das sind Gäste", fauchte die Bunkerfrau den Kapuzenmann an, der sich grummelnd hinter die Henkerpuppen trollte.

„Ich mag unser Ku-Klux-Klan-Zimmer, es hat so eine tolle Atmosphäre", lachte Frau Friedwald. Dann zückte sie ihren Schlüsselbund, um die EXIT-Tür aufzuschließen.

„Wieso ist der Notausgang verschlossen?“

Wolfgang war irritiert.

„Wer hat denn gesagt, dass das hier ein Notausgang ist?“, bemerkte die Museumsbesitzerin mit gereiztem Unterton. „Nur weil das da oben steht? Sie sollten nicht alles glauben, was Sie sehen.“

„Welche Baubehörde genehmigt so einen Unfug?“ Wolfgang war sichtlich verärgert. Doch Edith zuckte nur mit den Schultern. Sie war fürs Erste erleichtert, die bizarre Welt der Mumien, Henker und Gespenster hinter sich zu lassen.

„Kaffee?“

Die Leiterin des Gruselkabinetts stellte die Stablampe vorsichtig auf einen verkratzten Resopaltisch aus NVA-Beständen.

„Nicht schön, aber pflegeleicht“, sagte sie und deutete auf das spartanisch anmutende Mobiliar. „Wir haben hier ja oft Berufsschulgruppen. Wenn Sie verstehen, was ich meine.“

Die Kommissarin nickte. Heißes Wasser zischte in der Espressomaschine. Löffel klapperten.

„Zucker? Milch? – Die Männer erhalten zwölfhundert Euro brutto im Monat für die Show. Das ist ein fairer Lohn für den Spaß, den wir hier haben.“

„Sie wollten uns etwas über Stiefenhagen erzählen“, erinnerte Edith sie kurz angebunden. Es nervte ungemein, dass diese verschrobenen Museumsleute sie immer erst durch ihre Ausstellungen lotsten, bevor sie bereit waren, ihre Fragen zu beantworten. Marlies Friedwald rührte gedankenverloren zwei große Löffel Zucker in ihre dampfende Tasse.

„Stiefenhagen ist ein böser Mensch“, sie stockte, „ähm, ja… gewesen. Glauben Sie mir. Er war durch und durch verkommen.“

Ihre Stimme klang wie eine düstere Prophezeiung.

„Ich habe nie verstanden, wie seine Frau das alles ausgehalten hat.“

„Sie kennen Lydia Stiefenhagen?“

Edith wirkte überrascht.

„Lydia?“

Marlies Friedwald runzelte die Stirn.

„Lydia? Mhm… ich habe so ein schlechtes Namensgedächtnis. Hieß sie wirklich Lydia?“

Nachdenklich musterte sie die Neonröhren an der grauen Betondecke.

„Na ja, ist jetzt auch egal. Es ist schon so lange her.“

Eine lange Pause dehnte sich in ihre Worte, während sie gedankenverloren ihren Kaffee an ihre Lippen setzte.

„Ich hab nie verstanden, warum diese kluge Frau so auf diesen eiskalten Egoisten fixiert war. Sie war intelligent, belesen, eine Persönlichkeit…“

Edith schaute Wolfgang fragend an.

„Sie war ja nach ihrem Studium im Kongo gewesen. Religionsethnologie, wenn ich mich recht erinnere. Dann lief ihr Vertrag in Frankfurt aus und sie ist nach Berlin gekommen.“

Edith gähnte.

„Entschuldigung. Sie wollten uns etwas über Stiefenhagen erzählen.“

„Lydia… “ Marlies Friedwald grübelte. „Also Lydia hat ja, bevor sie Stiefenhagen hier auf einer Vernissage kennengelernt hatte, sehr erfolgreich in Afrika geforscht. Wussten Sie, dass die Frauen der Bakongo, wenn sie anderen Frauen die Schwangerschaft neiden, ein Taschentuch zusammenknoten und das dann ihrer Intimfeindin auf die Türschwelle des Hauses legen?“

Marlies Friedwald senkte ihre Stimme. Verschwörerisch schaute sie sich um, ehe sie weitersprach.

„Stolpert die Schwangere achtlos über das verhexte Tuch, wird sich während der Geburt die Nabelschnur um den Hals ihres ungeborenen Kindes ziehen…“

Edith rutschte ungeduldig auf ihrem Stuhl hin und her.

„Die Frankfurter Ausstellung über Fetischismus in Afrika war Ende der 80er Jahre ja ein Riesenerfolg für Lydia gewesen. Sie hatte alle Zauberrituale rund um die verhexten Nagelfetische gekannt. Und dann verfällt sie selbst einem der größten Sadisten auf diesem Planeten. Stiefenhagen war so ein unglaubliches Schwein. Er hat Lydia immer nur ausgenutzt und alle Menschen um ihn herum gequält und gedemütigt! Mit seinen menschlichen Qualitäten hätte er unter den Nazis sicher problemlos in jedem KZ Karriere gemacht.“

Abgrundtiefe Verachtung verzerrte das von Alkoholexzessen schwer gezeichnete Gesicht der Museumsfrau. Dann wurde ihre Stimme erneut schrill.

„Ich hab Lydia immer gewarnt. Nein, ich habe sie angefleht! Immer wieder! Aber sie wollte dieses Scheusal unbedingt heiraten. Am Anfang dachte ich noch, es geht ihr um Sex. Aber das war es nicht. Sie war süchtig nach seinen Launen. Er war ihr Magier. Je schlechter er sie behandelte, umso rasender drehten sich ihre Gedanken um ihn. Das war so krank! Und Sie können nichts tun als hilflos mitanzusehen, wie jeder Tag, den die beiden miteinander verbringen, sie weiter und weiter an den Abgrund treibt!“

Fassungslos schüttelte sie ihren Kopf.

„Lydia war damals absolut sicher, dass er sich ändern würde, wenn sie einfach nur lange genug Geduld mit ihm habe. Das ist doch fatal, oder? Menschen ändern sich nicht. Wenn Sie viel Glück haben, passt sich so ein Sozialautist notgedrungen an seine Umwelt an. Aber ändern? So ein Blödsinn! Stiefenhagen ist sein Leben lang eine tickende Zeitbombe geblieben.“

Sie hielt inne und massierte sich mit schmerzverzerrtem Gesicht ihre Schläfen, als ob sie etwas Bösartiges aus ihrem Kopf vertreiben wollte. Plötzlich lachte sie auf.

„Das ist wirklich die beste Nachricht, die Sie mir bringen konnten. Verstehen Sie das bitte nicht falsch. Aber ich bin überglücklich, dass es dieses Schwein doch noch erwischt hat!“

Ein gütiges Lächeln umspielte ihren Mund.

„Es gibt doch noch Gerechtigkeit auf Erden“, seufzte sie und lehnte sich zufrieden zurück.

Ächzend erklomm Stanislaus Schlosser die Treppe in den ersten Stock. Seine Gelenke schmerzten. Nächstes Jahr würde er achtzig, aber seit knapp zwei Jahren schwanden seine Kräfte immer schneller. Nur sein Verstand blieb trotz des rapiden körperlichen Verfalls klar. Wobei die Vergangenheit zunehmend präsenter wurde als die Gegenwart, die ihn kaum noch interessierte. Im Prinzip hatte er mit seinem realen Leben abgeschlossen.

Rasselnd hob und senkte sich sein Brustkorb. Mit der Atemnot kehrte auch die seltsame Rechenaufgabe in seinen Kopf zurück, die er Ende der 50er Jahre mit seinen Schülern jedes Jahr aufs Neue hatte lösen müssen. Wie groß muss ein Luftschutzraum sein, damit zwanzig Personen drei Stunden Platz darin finden? Schlosser hatte die Frage innerlich als „Glauburgaufgabe" abgebucht, verbunden mit dem Gefühl, Ida jedes Jahr aufs Neue im Klassenraum zu spüren. Als ob sie ihn an die ungelöste Aufgabe seines Lebens erinnern wollte. Sechzig Kubikmeter Luft für zwanzig Personen, die wie Schafe vor dem Gang zum Metzger zusammengepfercht ihre Angst miteinander aushalten mussten.

Doch die Aufgabe hatte so gar nichts mit der damaligen Realität zu tun gehabt. Denn meist drängten sich fünfzig und mehr Männer, Frauen und Kinder in die engen Zellen, um ihr Leben zu retten. Vier Etagen Menschen hatte er damals in der Glauburg gezählt. Vier Etagen nackte Angst.

Als er sich jetzt im ersten Stock der Explora umschaute, erinnerte nichts mehr an die Enge der Vergangenheit. Die Seitenwände, die alle Stockwerke in kleine Parzellen geteilt hatten, waren herausgestemmt worden. Die Großzügigkeit des Raumes überraschte den alten Mann. Auch der hässlich graue Waschbeton war verschwunden.

An den Wänden rings herum hingen große bunte Holografien. „Fräulein X" entzifferte er ohne Brille mühsam die Buchstaben unter einer wunderschönen Frau mit weißem BH. Seltsam berührt durchquerte er die Ausstellungshalle. Eine Kuh namens „Zenzi Wahnsinn" musterte ihn aufmerksam mit großen Augen vor einem schneebedeckten Alpenpanorama. Was für eine hübsche heile Welt. Und winkte ihn da nicht ein fröhlich lachender Struwwelpeter aus einem schwarzen Kasten heran, damit er an seinem schwarzen Rad drehe? Langsam wurde die Figur größer und größer. Schlosser war sich bewusst, dass dies eine optische Täuschung war. Doch seine Augen signalisierten ihm eine andere Realität. Verwirrt blieb er stehen. Leise schnurrend rollte das Rad in die Ausgangsposition zurück.

Was hatte sich seine zertrümmerte Welt, die er im Sommer 1945 fluchtartig verlassen hatte, doch verändert. Im Prinzip existierte der Bunker nur noch als Hülle. Der innere Kern seiner ursprünglichen Bestimmung war dagegen komplett weggeflext worden.

Das Institut für Stadtgeschichte hatte den Wandel des Bunkers akribisch festgehalten. Was hatte er im Lauf der Zeit nicht alles beherbergt. Erst die Frankfurter Kreditanstalt für Wiederaufbau, dann das Städtische Leihhaus, später eine Landsmannschaft, verschiedene Musikgruppen, dann einen Karnevalsverein und jetzt eben ein Museum, das mit seinen surrealen Exponaten die eigene Wahrnehmung auf den Kopf stellte.

Eine Hustenattacke unterbrach seine Gedanken, und er krümmte sich erneut vor Schmerz. Sein abschweifender Blick fiel auf ein winziges Lüftungsfenster. Zumindest das war noch ein vertrauter Anblick.

Der Überdruck im Inneren des Bunkers verhinderte, dass Gas eindringen konnte. Der Preis dafür war, dass es nur einen einzigen Weg nach draußen gab. Wie hatte er die Gasschleuse gehasst. Was, wenn die einzige Tür zurück ins Leben sich nach einem Bombenangriff nicht mehr öffnen ließ? War das einer der Gründe, warum er bis heute nicht bei geschlossenen Fenstern schlafen konnte?

Seufzend schaute er sich um. Wo war verdammt noch mal der Junge abgeblieben? Zitternd hielt er sich am Geländer fest. Dann begann er erschöpft mit dem Abstieg zurück ins Erdgeschoss.

„Du hast alles vermasselt! Wirklich alles!" Lydia, die am Fuß der Treppe zur Ausstellung stand, war tief erbost. Schuldbewusst kaute Miriam auf ihrer Unterlippe.

„Es ist nicht meine Schuld…", jammerte sie. „Wir wollten doch…"

„Wir wollten, wir wollten… du wolltest es klären, nicht ich!", steigerte sich Lydia, die mit dem Rücken zu Schlosser stand, zunehmend in Rage.

„Und was haben wir erreicht? Nichts. Die Dachterrasse ist gesperrt und Arthur ist stinksauer. Die Luminale ohne Windrad. Hast du irgendeine Vorstellung davon, was das finanziell für die Explora bedeutet?"

„Lydia, ich habe dir doch schon gesagt, dass es mir unendlich leid tut. Ganz ehrlich. Wer konnte denn ahnen, dass die Polizei hier alles tagelang sperrt? Wenn am Montag sauber gemacht wird…"

„Wer konnte das ahnen? Wer?", äffte Lydia Stiefenhagen die eingeschüchterte Frau nach. „Es ist eine Katastrophe, Miriam, eine einzige Katastrophe! Wir müssen das Windrad am Sonntag zeigen. Und an diesem Drecksding klebt so schrecklich viel Blut."

Sie schüttelte sich vor Ekel. Plötzlich beugte sie sich vor und schlug wütend mit der Hand auf den Tresen.

„Wie konnte das nur passieren, Miriam? Wie? Sag es mir!"

Die zierliche Frau zuckte verstört zusammen.

„Ich weiß es nicht", beteuerte sie. „Lydia, ich hab so eine Angst. Die Polizei wird wiederkommen und uns noch viel mehr Fragen stellen."

„Lächerlich. Dieser kleine Kommissar ist doch eine einzige Lachnummer."

Mit einer energischen Handbewegung rückte Lydia ihren BH gerade. „Den wickel ich um jeden meiner Finger", grinste sie spöttisch. „Arthur hat beim Kulturdezernat schon mächtig Druck gemacht, damit die Polizei die Dachterrasse in den nächsten vierundzwanzig Stunden freigibt. Zur Not musst eben du da oben sauber machen! Das wirst du ja wohl noch können, oder?“

Miriam senkte ihren Blick und schwieg. Fahrig klemmte Lydia eine herausgefallene Nadel in ihre Haare.

„Ich gehe jetzt runter und ziehe mich um. Wie sehe ich aus?“

„Blendend“, murmelte Miriam und senkte ihre Augen.

„Reiß dich gefälligst zusammen. Einmal im Leben läuft es richtig gut für uns. Endlich sind wir mit der Explora auf Erfolgskurs. Du glaubst doch nicht ernsthaft, dass ich mich jahrelang in Gerhards Kriegsbunker einsperren lasse, um jetzt auf der Zielgeraden aufzugeben? Oh nein, ich nicht! Morgen früh wird da oben geputzt, hast du mich verstanden? Und am Sonntag dreht sich der Erneuerbare-Energien-Quatsch fürs Publikum. Das ist unser Geschäft, Miri. Darauf haben wir so lange hingearbeitet.“

Lydia Stiefenhagen klang entschieden.

„Interessiert dich überhaupt nicht, warum Gerhard tot ist?“

Die schmale Frau zog fröstelnd ihre Strickjacke um die herabhängenden Schultern. Dabei fiel ihr Blick auf einen Riss am Saum ihres bunten Folklorerocks.

„Ganz ehrlich? Warum sollte mich das jetzt noch interessieren? Macht ihn das wieder lebendig? Also! Wir müssen unsere Zeit nicht sinnlos mit solchen Überlegungen vergeuden. Das bringt gar nichts. So viel Ehre hat Gerhard auch nicht verdient, oder?“

Lydia Stiefenhagen zwinkerte der Frau zu.

„Wer sollte das nicht besser wissen als du, Miri? Alles wird gut, glaub mir.“

Sie lachte zynisch. In dem Moment klingelte das Telefon.

„Willst du nicht rangehen?“

„Vielleicht ist es für dich?“, entgegnete Miriam. Ihre Stimme klang trotzig. „Vielleicht ist es ja dein Schwanzwedler?“

Mit einem wütenden Aufschrei wischte die Blondine einen Stapel Postkarten vom Tisch. Entsetzt wich die Kassiererin zurück.

„Sag so etwas nie wieder, Miri! Sonst…“

Wollte Lydia ihr drohen? Zitternd hob sie ihre ausgemergelten Arme, um ihren Kopf notdürftig zu schützen. In dem Moment bemerkte sie den alten Mann, der peinlich berührt hinter Lydia auf der Treppe stand.

„Entschuldigen Sie“, stotterte er. „Ich, ich suche den Ausgang.“

Überrascht fuhr Lydia herum. Ihre funkelnden Katzenaugen weiteten sich. Zornbebend musterte sie den Alten von oben bis unten. Dann fuhr sie wütend herum.

„Warum hast du blöde Kuh nicht gesagt, dass jemand oben in der Ausstellung ist? Kannst du nicht besser aufpassen? Wofür haben wir denn all die verfluchten Monitore?“

Miriam zog zitternd ihren Kopf ein. Sie fühlte sich zutiefst beschämt.

„Ich hab ihn einfach vergessen“, wisperte sie verschüchtert.

Lydia Stiefenhagen verdrehte ihre Augen. Dann fasste sie sich und zeigte mit einem herzlichen Lächeln auf die große Stahltür.

„Entschuldigen Sie bitte. Hier ist der Ausgang!“

„Entschuldigen Sie“, stammelte der Alte. „Entschuldigen Sie vielmals.“

Schlosser verbeugte sich devot.

„Ich habe… ich bin… ich suche einen Jungen“, fuhr er leise fort. „Er war gestern mit mir auf dem Spielplatz. Dann ist er hier im Bunker verschwunden. Haben Sie ihn gesehen?“, brach es plötzlich aus dem alten Mann heraus. „Er heißt Daniel. Er war so nett…“

Als er die feindlichen Blicke der beiden Frauen bemerkte, versagte ihm die Stimme.

„Kino?“ Gedankenverloren blätterte Stefan in den Akten auf seinem Schreibtisch und lauschte in sein Telefon.

„Nein, nein, ich bin nicht sauer.“

Enttäuscht schaute er über den Computer zu Ediths verstaubtem Gummibaum am Fenster.

„Ich dachte, wir… Nein, nein, es ist alles okay.“

Was für eine altmodische Topfpflanze, dachte der Kommissar. In dem Moment fiel ihm ein, dass er Edith immer noch einen Rückruf schuldete. Was hatte Gerold gesagt? Auf dem Dach der Explora ist jemand absolut auf Nummer sicher gegangen?

„Ja Schatz, nein, ich bin nicht sauer.“

Gedankenverloren lauschte er der Stimme seiner Frau. Das Bild des toten Stiefenhagen drängte sich erneut brutal vor sein inneres Augen. Warum sollte er seiner Frau ein schlechtes Gewissen machen? Er war ja mit dem Tod von Stiefenhagen selbst gut beschäftigt.

„Der Kleine ist bei deiner Mutter… Gut! Dann…“

Enttäuscht drehte Stefan den Stift in seinen Händen. Irgendwie war er enttäuscht. Er hatte kaum aufgelegt, als das Telefon erneut klingelte. Das Display zeigte eine unbekannte Rufnummer an.

„Weber. Kripo Frankfurt. Guten Tag.“

„Ich bin's, Krystyna. Stör ich?“

„Krystyna?“

Stefan Weber runzelte nachdenklich die Stirn.

„Krystyna Palizynska, Institut für Stadtgeschichte.“

Die Frauenstimme klang äußerst belustigt.

„Ich habe wohl keinen nachhaltigen Eindruck bei Ihnen hinterlassen…“

„Oh, sorry! Nein. Ähm ja, also, nein, also Sie stören nicht!“

Ruckartig richtete sich der Kommissar auf.

„Können wir uns treffen? Ich muss mit Ihnen über die Glauburgakte sprechen. Es ist wichtig…“

Die Stimme des bildhübschen Bücherwurms klang wie Samt. Aber der Wortschwall, der folgte, war unbeschreiblich. Sätze im Stakkato, ohne Punkt, ohne Komma und ohne hörbar Luft zu holen. Anstatt im Karmeliterkloster stillschweigend Akten zu betreuen, hätte sie Politikerin werden sollen, schoss es Stefan durch den Kopf.

„Was ist denn so wichtig?"

„Ich hatte Ihnen doch erzählt, dass sich drei Leute für die Glauburgakte interessiert haben."

Stefan seufzte gelangweilt.

„Ja..."

„Die Frau hat eben angerufen und wollte heute Abend noch vorbeikommen. Sie hat mich förmlich angefleht, es sei wichtig. Aber wir haben ja schon geschlossen. Ich habe ihr jetzt für morgen früh um elf einen Termin gegeben. Da bin ich sowieso im Institut, weil ich Papiere fürs Depot fertig mache."

Der Kommissar schloss gelangweilt die Augen.

„Hatten Sie nicht gesagt, dass sich ein Mann für die Akte interessiert habe..."

„Es waren zwei. Zwei Männer. Und eine Frau, Herr Weber. Und die Frau... ähm... wo hab ich nur den Zettel... Hören Sie mir überhaupt zu?"

Stefan schaute genervt an die Decke. Sollte er ihr sagen, dass ihm dieser Vorwurf irgendwie bekannt vorkam?

„Na ja, ich dachte, wenn die Glauburgakte binnen einer Woche dreimal angefordert wird und dann im Glauburgbunker ein Mord passiert, dann ist das doch mehr als merkwürdig, oder?", trumpfte die Bibliothekarin auf.

Sie ist total niedlich, fuhr es Stefan durch den Kopf und grinste. Man schlägt einfach eine Akte auf. Und schon ist es da. Das Motiv.

„Und Sie kennen natürlich auch den Täter!"

„Sie nehmen mich nicht ernst!"

Krystyna klang sauer. Offensichtlich verfügte sie über hinreichend Erfahrung mit gelangweilt klingenden Männern am Telefon.

„Entschuldigen Sie, aber ich hab einfach viel zu tun. Meine Kollegin hat dieses Wochenende Urlaub."

„Ich habe schon bemerkt, dass Sie sehr beschäftigt sind. Schade..."

Stefan stutzte. Was hatte sie eben gesagt?

„Also ich hab mir nach dem Gespräch mit Ihnen die Akte angeschaut. Die ist wirklich interessant. Haben Sie Zeit und Lust, dass wir uns treffen?"

Stefan zögerte. Zeit hatte er eigentlich keine.

„Ich wollte heute Abend zur IHK zur Eröffnung der Luminale gehen."

„Oh, das ist eine tolle Idee, das passt."

Krystyna klang sichtlich erfreut.

Hatte er gesagt, dass er sie mitnehmen würde? Für einen Moment zögerte er. Aber was sprach eigentlich dagegen? Sie würde ihn sicher hemmungslos zutexten, mehr würde nicht passieren. Außerdem war sie verdammt hübsch.

„Also um 18 Uhr im ‚Starbucks' am Börsenplatz?"

Der Kommissar nickte.

„Abgemacht!"

„Wieso läufst du hinter mir her? Verschwinde gefälligst!“

Wütend drehte Max sich zu Omar um. Seit er die Tür seiner Wohnung hinter sich zugezogen hatte und an der Niederräder Landstraße in die 12 gestiegen war, folgte ihm der Junge wie ein Schatten. Um ihn abzuschütteln, war Max zwischen wild hupenden Autos quer über die Straße zum Hauptbahnhof gesprintet. Doch der Junge klebte wie Kaugummi an seinen Sohlen. Auch in der Rebstockbahn blieb Omar hartnäckig zwei Schritte hinter ihm.

„A man decides after seventy years, that what he goes there fore, is to unlock the door...” Doch die Stimme von Seal verfing sich unter den vorwurfsvollen Blicken von Daniels Freund nicht. Wütend riss sich der Fotograf die Hörer vom Kopf und stand genervt auf.

„Nächste Station: Nauheimer Straße“, kündigte die weibliche Computerstimme an. Max zog Omar mit einem Ruck an seiner Jacke hoch.

„Du steigst jetzt aus!“, drohte er unverhohlen. Doch der Junge fixierte grinsend die Hände des Mannes.

„Fass mich nicht an, du Schwuchtel.“

Zornig stieß Max den Jungen in den Sitz zurück. Mit einem arroganten Lächeln zog Omar sein hochgerutschtes Hemd wieder glatt. Doch die beiden Frauen, die dem Jungen gegenübersaßen, waren schockiert.

„Junger Mann, geht's noch...“

„Heute Morgen ging's noch!“, fuhr Max mit drohendem Unterton herum. Erschrocken drehte die Ältere ihren Kopf beiseite und schaute mit zusammengekniffenen Lippen aus dem Fenster.

„Wenn ihr euch prügeln wollt“, schimpfte die Jüngere, „dann müsst ihr hier aussteigen. Aber dalli!“

Und an ihre Freundin gewandt, verkündete sie fest entschlossen: „Ich hol jetzt den Fahrer, Elli.“ Dann drückte sie ihrer Freundin energisch die Handtasche in den Arm.

„Nächste Station: Kuhwaldstraße."

Die elektronische Ansage ließ Max aufhorchen. Hastig sprang er zur Tür. Omar folgte ihm unverdrossen. Kochend vor Wut blieb der Fotograf mitten auf der Voltastraße stehen.

„Was willst du von mir?"

Doch Omar schwieg.

„Max!!! Mahax!"

Eine Frau winkte wild gestikulierend vom Hof der Volta-Halle zu ihnen herüber. „Wo bleibst du denn?"

„Sie müssen mir helfen, meinen Freund zu finden. Er ist noch in der Explora."

Omar klang verzweifelt. Doch der Fotograf schüttelte ungläubig seinen Kopf.

„So ein Blödsinn. Ich hab zu tun. Verschwinde!"

„Daniel ist in Gefahr, glauben Sie mir", flehte der Junge.

„Ach Quatsch!" Max Wiatrowski winkte lachend ab. „Du guckst zu viel Fernsehen! Dein Freund ist Alkoholiker, der kreuzt wieder auf, wenn er nüchtern ist. Und jetzt auf Wiedersehen, mein Freund! Zieh Leine!"

Doch Omar klammerte sich verzweifelt an Max' Arm.

„Warum glauben Sie mir nicht. Daniel ist im Glauburgbunker!"

„Warum gehst du nicht zur Polizei und erstattest Anzeige?"

Max lachte höhnisch auf, doch der Junge machte keinerlei Anstalten, von ihm abzulassen.

„Die Polizei glaubt mir nicht. Sie müssen mir helfen."

Die dunkelbraunen Augen von Omar flehten Max an.

„Warum bist du so sicher, dass Daniel noch im Bunker ist?"

Max kniff ein Auge zu und musterte den Jungen. Omar machte im Gegensatz zu seinem verkorksten Neffen einen deutlich sortierteren Eindruck. Die Hand des Jungen zitterte leicht, als er dem Fotografen sein Handy entgegenstreckte.

„Ich hab seinen Standort in Google gecheckt. Seit wir gestern telefoniert haben, hat er sich nicht mehr vom Bunker entfernt."

Max betrachtete aufmerksam die bunten Markierungen im Display des Smartphones.

„Wir tracken uns mit den Handys. So kann jeder sehen, wo sich der andere gerade aufhält."

„Ihr seid wirklich lustige Kerle." Max schüttelte ungläubig seinen Kopf. „Erst überlasst ihr Google und Facebook freiwillig eure Bewegungsprofile, und wenn man euch damit findet, ruft ihr nach dem Datenschutz."

„Ich ruf nicht." Omar schüttelte verneinend seinen Kopf.

„Hören Sie! Daniel hat mir gestern am Telefon gesagt, er würde belauscht. Und dann habe ich letzte Nacht diese seltsame SMS von ihm bekommen! ‚Bin noch in der Explora. Geiler Blick auf die Skyline.'" Max war überrascht.

„Das verstehe ich jetzt nicht", wunderte er sich. „Als ich gestern aus dem Bunker kam, war Daniel verschwunden."

„Helfen Sie mir jetzt?", fragte Omar.

Max seufzte.

„Okay, aber erst heute Abend. Ich muss jetzt meinen Job machen."

Der Junge blieb skeptisch.

„Ich mache mir wirklich Sorgen, weil Daniel nicht mehr twittert."

Der Fotograf verdrehte die Augen.

„Es soll durchaus vorkommen, dass manchmal der Akku leer ist, Kollege."

Doch Omar schüttelte verneinend den Kopf. „Auf Daniel ist Verlass!"

„Jaaaa!" Max lachte amüsiert. „Davon konnte ich mich gestern überzeugen! Dein Freund ist ein Vollpfosten. Der bekommt nichts, aber rein gar nichts auf die Kette."

Omar schaute betreten zu Boden.

„Maximilian! Wo bleibst du verdammt noch mal? Wir müssen los!"

„Pass auf. Ich muss da jetzt rein. Wenn ich die Fotos vom VIP-Empfang in der IHK geschossen hab, fahren wir zusammen zur Explora. Ruf mich so um acht an, dann treffen wir uns. Okay?“

Omar lächelte zufrieden. Plötzlich zog Max den Jungen mit einem kräftigen Griff an sich heran.

„Damit das ein für alle Mal klar ist, mein Freund. Schwuchtel geht gar nicht. Haben wir uns verstanden?“

Omar nickte. Dann huschte ein erleichtertes Lächeln über sein Gesicht.

Ihr Charme ist umwerfend, dachte Stefan, als Krystyna ihn überschwänglich begrüßte.

„Darf ich Sie einladen? Kaffee? Latte?"

Die Bibliothekarin verzog ihren Mund zu einem amüsierten Grinsen.

„Fürs Erste reicht ein Kaffee", blinzelte sie. Dann ließ sie sich schwungvoll in einen der tiefen, grünen Polstersessel fallen und schob ihre schwarze Hornbrille lässig in die offenen Haare.

„Jeder Grottenolm hat mehr Dioptrien", entschuldigte sie sich. „Ohne mein Nasenfahrrad bin ich leider hoffnungslos verloren."

Sicher nicht, dachte Stefan und nickte verständnisvoll. Als er mit den dampfenden Bechern zurückkehrte, hatte sie bereits ein dickes Paket vergilbtes Papier auf ihre braune Umhängetasche gelegt.

„Dürfen Sie so eine Akte einfach mit nach Hause nehmen?"

„Ich verstehe Ihre Frage nicht", erwiderte sie mit amüsiertem Augenaufschlag.

Stefan prustete in seine Tasse.

„Haben Sie sich den Mund verbrannt?"

Krystyna musterte den Kommissar und grinste.

„Wenn Sie ehrlich sind, passe ich nicht in Ihr Bild, das Sie sich von einer Angestellten der Stadtverwaltung gemacht haben, oder?"

Stefan fühlte sich ertappt. Fahrig rührte er seinen Kaffee um.

„Der ist wirklich sehr heiß", nickte er.

„Verstehe."

Ihr Lächeln war entwaffnend. Konzentriert blätterte sie durch die vor ihr liegenden Papiere.

„Bunker in der Sturmflut der Flüchtlinge. Schicksale zwischen Ost und West. Frankfurt läuft über vor Menschen."

Mit spitzen Fingern hielt sie dem Kommissar einen vergilbten Ausschnitt der Frankfurter Rundschau vom 2. November 1945 vor die Nase.

„Die Zustände müssen damals katastrophal gewesen sein."

„Ähm, können wir das vielleicht etwas abkürzen?" Vorsichtig versuchte Stefan, sie davon abzuhalten, ihm die gesamte Dokumentation vorzulesen.

„Sind Sie immer so direkt?" Krystyna reagierte sichtlich pikiert.

„Als Kripobeamter sollte man ohne Umschweife auf den Punkt kommen", konterte er trocken. „Oder hab ich jetzt ein Seminar über die Geschichte der Frankfurter Bunker bei Ihnen gebucht?"

Missbilligend zog die Frau ihre linke Augenbraue hoch, was ihrem Gesicht einen interessanten Ausdruck verlieh. Dann blätterte sie seufzend in den Papieren.

„Also, am 12. Januar 1970 hat der Magistrat der Stadt Frankfurt verfügt, der Städtischen Darlehensanstalt im Glauburgbunker zu kündigen, um sie zum 31. August aufzulösen. Damit war die jahrelange Auseinandersetzung mit der Oberfinanzdirektion beendet."

„Und was hat die Oberfinanzdirektion mit dem Mord an Stiefenhagen zu tun?"

„Also doch Mord!", trumpfte Krystyna auf.

Am Nebentisch raschelte eine Zeitung. Stefan senkte seine Stimme.

„Wir ermitteln noch. Vielleicht war es ja auch ein Unfall. Also, was hat die Kündigung der Städtischen Darlehensanstalt mit Stiefenhagen zu tun?"

Ungeduldig schaute er zum Fenster.

„In den alten Mietverträgen ging es immer wieder um die Frage, wie die Kosten für den Tresor zu berechnen sind."

Stefan schaute überrascht auf die Frau, die fahrig durch die vergilbten Durchschlagpapiere mit unzähligen handschriftlichen Vermerken blätterte.

„Der Glauburgbunker wurde erst am 1. September 1945 von der Stadt Frankfurt an den Flüchtlingsdienst vermietet. Davor stand er unter der Verwaltung der US-Armee. Moment – hier, Captain Reardon. Ansonsten findet sich über die Zeit von Mai bis August wenig Erhellendes in den Unterlagen. Nur endlose Namenslisten von Flüchtlingen, die dort registriert wurden. Ab dem 1. September 1945 betrug die Miete dann monatlich 5.878 Reichsmark. Wasser und Strom für den Bunker wurden extra berechnet."

Stefan lauschte aufmerksam.

„Wer hat da wem was berechnet?", hakte er nach.

„Das ist unwichtig", winkte Krystyna ab. „Interessant ist doch etwas anderes."

Flüsternd beugte sie sich vor.

„Ab dem 16. November 1948 stand der Bunker der Städtischen Darlehensanstalt wieder als Pfandhaus zur Verfügung."

Triumphierend hielt sie ein vergilbtes Blatt, das irgendwie muffig roch, hoch. Angewidert rümpfte der Kommissar die Nase.

„Könnten Sie mich vielleicht aufklären?", fragte er.

„Ist es dazu nicht ein bisschen zu spät?", konterte die Frau lässig und schob ihre Brille auf der Nase zurück.

„Haben Sie nicht verstanden, was ich eben gesagt habe? Hier steht es schwarz auf weiß. Der Glauburgbunker steht ‚wieder' als Pfandhaus zur Verfügung. Das heißt, der Bunker hat auch schon vor 1945 als Pfandhaus gedient. Alles andere wäre, der Sprache der Verwaltung folgend, unlogisch. Liegenschaftsämter irren nicht!"

„Ach!"

Stefan schaute interessiert auf die gepflegten Hände seines weiblichen Gegenübers.

„Und das geht eindeutig aus den Unterlagen hervor?"

Krystynas Stimme klang zögerlich.

„In den Papieren fehlen die Bauunterlagen aus den 30er Jahren. Wo der Tresor damals eingebaut wurde, kann ich Ihnen wohl erst morgen sagen. Ich muss das in den Mikrofiches aufrufen. Drücken Sie die Daumen, dass die Akte elektronisch erfasst wurde. Das war ja früher immer auch eine Kostenfrage. Wenn ich sehe, was heute an digitalen Kopien allein bei Wiki-Leaks kursiert, werde ich richtig neidisch."

Stefan hatte berechtigte Zweifel, ob er auf diese Datenflut im Internet neidisch sein sollte.

„Wir sind vom Thema abgekommen."

Sie verzog ihre geschwungenen Lippen zu einem herzförmigen Schmollmund.

Wir, dachte Stefan und seufzte. Sie war bildhübsch und sehr sympathisch, aber leider auch extrem anstrengend.

„Ist nicht leicht mit mir, gell?", nickte Krystyna mitleidig. Der Kommissar fühlte sich ertappt.

„Am 3. Mai 1949 hat die Stadt für 1.700,66 DM neue Fenster in den Bunker einbrechen lassen. 1951 wurden das Schieferdach erneuert und die Kriegsschäden an der Einfassungsmauer beseitigt."

„Wahnsinnig interessant", spottete er. Dann blickte er ungeduldig auf seine Uhr.

„Falls ich etwas bemerken dürfte: Wir müssen in zehn Minuten los."

Krystyna nickte und fuhr unbeirrt fort.

„Der jahrelange Streit zwischen der Oberfinanzdirektion und dem Hauptzollamt Frankfurt über die Höhe der monatlichen Miete ist auch nicht relevant..."

Warum erzählt sie es dann in epischer Breite, fragte sich Stefan. Doch er rang sich ein fragendes „Hauptzollamt?" ab.

„Habe ich nicht gesagt, dass es auch um die Mietkosten für die Städtische Darlehensanstalt ging? Denen war der Einbau der neuen Tresortür wichtiger als die anderen Reparaturen rund um den Glauburgbunker. Die damalige Bundesfinanzverwaltung hatte ja 1957, nach dem Einbau der Fenster, die Miete auf 1.210 DM im Monat festgesetzt. Dagegen hat die Stadt Frankfurt erneut Widerspruch eingelegt, und nachdem die neue Tresortür eingebaut war, die Miete pauschal auf 1.000 DM pro Monat festgesetzt."

„Und in dem albernen Mietstreit zwischen der Stadt Frankfurt und der Bundesrepublik Deutschland liegt der Schlüssel zur Lösung dieses Falles?" Stefans Stimme klang ungläubig.

„Wer hat denn das gesagt?“

Die Bibliothekarin wirkte irritiert. „Ich glaube, wir verstehen uns nicht!“

„Ich bin leider kein begnadeter Frauenversteher“, konterte Stefan bissig.

„Tststs. Es geht doch gar nicht um die Kosten! Haben Sie mich nicht verstanden? Es geht in der Akte immer wieder um einen Tresor. Um ‚den‘ Tresor!“ Gedankenverloren starrte die Bibliothekarin aus dem Fenster auf die Frankfurter Börse.

„Ich habe fieberhaft alle Unterlagen durchforstet, um herauszufinden, wo der Tresor ursprünglich gestanden hat. Darum geht es.“

Stefan schüttelte fassungslos seinen Kopf. Was sollte ein verschollener Tresor aus der Nazizeit mit dem Mord in der Explora zu tun haben?

„Meinen Sie nicht, dass das etwas abwegig konstruiert ist?“, formulierte er vorsichtig.

„Wussten Sie, dass das deutsche Finanzwesen im Glauburgbunker seinen Neuanfang hatte?“, trumpfte die Bibliothekarin auf.

Weber runzelte fragend seine Stirn. Irgendwie war sie ihm immer mehr als einen Gedankengang voraus.

„Meine Güte, was wissen Sie eigentlich?“

Ungeduldig blätterte sie durch den Packen Papier.

„Wo ist es bloß…? Ah, hier!“

Mühsam entzifferte die Bibliothekarin die verwischten Buchstaben einer mit Kaffeeflecken verschmierten Durchschlagsseite.

„Genehmigung der Einrichtung der ersten Frankfurter Kreditanstalt im Glauburgbunker“, las sie langsam vor.

„Na, dämmert's?“

Ungestüm tippte Krystyna mit ihrem rechten Zeigefinger an Stefans Stirn. Hart umfasste er ihr Handgelenk.

„Hallo?“

Die Bibliothekarin errötete.

„Oh, Entschuldigung, es tut mir so leid... Das wollte ich nicht."

Beschämt blickte sie zu Boden. Ein Teil der Papiere auf ihrem Schoß war auf den Boden geflogen, als der Kommissar ihre Hand abrupt umklammert hatte.

„Oh nee..."

Bestürzt rang die Frau um Fassung.

„Es ist mir so peinlich, dass ich Sie so dumm angegangen habe. Ich weiß auch nicht...."

„Kein Problem, kann passieren."

Entspannt lehnte sich Stefan zurück und wartete, bis sie die Papiere aufgesammelt hatte.

„Also, ich vermute, das heißt, wenn man die Akte aufmerksam durchblättert," sagte Krystyna und schaute ihm vom Boden direkt nach oben ins Gesicht, „dann sprechen die Fakten dafür, dass es den Tresor schon in der Nazizeit gegeben haben muss. Immerhin sind für den Glauburgbunker besonders strenge Sicherheitsauflagen verfügt worden. Nur Hauptquartier für Stemmermann ist einfach zu wenig."

Stefan musterte die Frau.

„Was wollen Sie damit sagen?"

„Ach, ich rege mich immer wieder schrecklich darüber auf, dass in Frankfurt nach 1945 dieselben Leute gleich wieder in den Schreibstuben saßen, die kurz vor der Stunde null abgetaucht waren. Finden Sie das nicht auch frustrierend?"

Geschichte vergeht nicht, dachte Stefan und fokussierte mit zusammengekniffenem Auge die Bronzeskulpturen von Bulle und Bär auf dem Börsenplatz. Die Bibliothekarin folgte seinem Blick.

„Was denken Sie?"

Stefan zuckte mit den Achseln.

„Hätten wir damals anders reagiert?"

„Ich bewundere Menschen wie Alfred Teves", nickte Krystyna. „Der hat ja noch lange nach 1933 seine jüdischen Mitarbeiter vor diesen grässlichen Nazischergen beschützt."

Der Kommissar blickte interessiert auf.

„Wobei ihm seine Schusseligkeit fast den Kopf gekostet hat", nickte die Frau. „Zum 30. Jahrestag der ATE hat ein Windstoß sein Redeskript verweht. Und da er kein NSDAP-Mitglied war und noch dazu ein ziemlich schlechtes Namensgedächtnis hatte, begrüßte er die Honoratioren der Stadt Frankfurt einfach im Namen August Hitlers."

Ein Grinsen huschte über Stefans Gesicht.

„August Hitler. Oh Gott."

„Die örtlichen Parteibonzen fanden das überhaupt nicht lustig. August statt Adolf. Das muss 1936 ein unglaublicher Affront gewesen sein. Teves hatte immenses Glück, dass die Nazis seine Fabrik als kriegswichtig eingestuft hatten. Nur deshalb haben sie sich mit ihm arrangiert."

Sie hatte eine wundervolle Stimme. Stefan wurde das Gefühl nicht los, dass er ihr stundenlang würde zuhören können. Wie viele Nächte hatte Scheherazade damals für ihren Prinzen gebraucht?

„Es gibt in der Glauburgakte viele Hinweise, dass der Bunker nicht nur wegen der ranghohen Nazis absolut bombensicher gebaut wurde."

„Das klingt nach einer hübschen Verschwörungstheorie!" Doch Krystynas missbilligender Blick ließ Stefan verstummen.

„Wenn Sie kein Interesse haben, können wir gerne gehen."

Sie klang beleidigt.

„Oh, nein, nein, kein Problem. Erzählen Sie ruhig weiter."

Hektisch wühlte sie in dem Stapel Papier auf ihren Knien, während die Gedanken des Kommissars zu Edith abschweiften. Er hätte sie längst anrufen müssen.

„Ah, da ist es!"

Vorsichtig hielt sie eine durchscheinende, maschinenbeschriebene Seite gegen das Licht.

„Hier, der Vermerk aus der Magistratsakte 47/89. Jüdischen Händlern wird der Zutritt zur städtischen Darlehensanstalt verboten."

„Und was hat das mit dem Glauburgbunker zu tun?“, fragte Stefan.

„Um der ‚allgemeinen Volksstimme Rechnung zu tragen’“, las sie mit gesenkter Stimme, „hat die städtische Rechtsstelle am 3. Oktober 1933 empfohlen, Juden von Versteigerungen in der Städtischen Darlehensanstalt auszuschließen. So wie das bereits in München und Köln praktiziert wurde. Dagegen legte der Frankfurter Händler Moses Haar mit der Begründung, er sei kein Jude, sondern lediglich polnischer Abstammung, Einspruch ein. Der damalige Stadtrat Menzel, der für den geordneten Betrieb der Darlehensanstalt verantwortlich war und seine Tophändler nicht verlieren wollte, hat daraufhin die Behörden angewiesen, ‚nur die Elemente, die schädigend wirken’, vom Handel auszuschließen.“

Krystynas Augen sprühten vor Empörung.

„Sprache ist verräterisch, finden Sie nicht?“

Stefan nickte.

„Aber es kommt noch besser. Anstatt die Sache in Frankfurt auf sich beruhen zu lassen, hat Menzel eine geharnischte Beschwerde nach Berlin an das Reichswirtschaftsministerium geschickt. Er war ja gelernter Verwaltungsfachmann und wollte die Sache an höchster Stelle sauber geklärt wissen. Man wusste ja damals nie, wer einen bei passender Gelegenheit bei der Polizei oder der Gestapo denunzieren würde. Doch nachdem Reichsinnenminister Frick 1934 die sogenannten Ariergesetze erlassen hatte, wurde es kompliziert.“

Krystyna setzte die Kaffeetasse an. Stefan musterte sie nachdenklich.

„Menzel hatte damals ein großes Interesse an Händlern, die ordentlich Steuern und Abgaben zahlten. Für ihn war die Zahlung von Gewerbesteuer nicht zwingend an die in seinen Augen unverständliche Rassefrage gekoppelt.“

„Typisch Frankfurt“, lachte der Kommissar. „Pecunia non olet.“

Die Bibliothekarin nickte verständnisvoll.

„Da haben die seelenlosen Apparatschiks in Berlin die geschäftstüchtigen Frankfurter Krämerseelen wohl gehörig unterschätzt."

„Und dann?"

„Menzel hat die Ariergesetzgebung einfach durch eine sogenannte Zuverlässigkeitsprüfung für alle Frankfurter Händler ausgehebelt und seinen Frankfurter Händlern eigene Legitimationskarten ausgestellt. Hat aber nicht lange funktioniert. Er wurde anonym angezeigt, weil er mit den jüdischen Händlern ‚Kippe gemacht' hätte."

„‚Kippe gemacht'?"

Stefan runzelte die Stirn.

„Na, bestechlich sein. Kleine Geschenke erhalten doch in nahezu jedem Gewerbe die Freundschaft", stellte Krystyna achselzuckend fest.

„Der damalige Frankfurter Oberbürgermeister Krebs, der ja überzeugtes NSDAP-Mitglied war, schrieb, um die Dinge im Sinne seines Dezernenten gütlich zu klären, einen entsprechenden Brief an den Deutschen Gemeindetag. Die sollten sich dafür einsetzen, dass der Arierparagraf in der freien Wirtschaft keine Anwendung fände. Die Vorschrift sei der wirtschaftlichen Entwicklung von Städten wie Frankfurt ‚äußerst abträglich'."

Stefan lachte.

„Nicht schlecht für einen überzeugten Nazi, oder?"

„Na ja, Krebs sah das wohl unternehmerisch. Frankfurt ist ja seit Jahrhunderten freie Reichs- und Handelsstadt. Da kann man sich so krude Rassefragen einfach nicht leisten. Was glauben Sie denn, wie diese Stadt heute ohne Migranten ökonomisch funktionieren würde?"

Ungehalten schüttelte Krystyna den Kopf.

„Aber es sollte für die Händler noch schlimmer kommen. Im Februar 1937 erließ das Reichswirtschaftsministerium neue Vorschriften für goldhaltige Gegenstände, und der Preis für Alt- und Bruchgold wurde auf 3,20 Reichsmark pro Gramm festgesetzt."

„War das viel? Oder wenig?" Weber schaute die Bibliothekarin fragend an.

„Kann ich so auf die Schnelle nicht sagen. Aber es hat den Frankfurter Oberbürgermeister dann doch dermaßen erbost, dass er seiner obersten Heeresleitung einen geharnischten Brief nach Berlin geschickt hat. Die willkürlich gewählten Preisvorschriften, so Krebs, würden einen enormen volkswirtschaftlichen Schaden für den Handel in Frankfurt bedeuten. Das haben sich seine Parteigenossen im Reichswirtschaftsministerium natürlich nicht gefallen lassen und ihm Anfang Dezember 1937 entsprechend massiv gedroht!"

Krystyna hielt Stefan ein zerknittertes Schriftstück mit Adler und Hakenkreuzstempel unter die Nase: „Die Angestellten von Menzel nehmen in nicht unerheblichem Umfang an Versteigerungen während ihrer Dienstzeit teil!", hatte jemand handschriftlich am Rand des Schreibens vermerkt. Direkt neben einem großen „Heil Hitler!" und der Unterschrift „Probandt, Wirtschaftsministerium, Gruppe Einzelhandel."

Stefan schluckte.

„Und was hat das jetzt mit Stiefenhagen zu tun?"

„So ist die Frage falsch gestellt", korrigierte ihn Krystyna. „Wundert Sie nicht, dass dieser denkwürdige Schriftverkehr zwischen der Stadt Frankfurt und dem Reichswirtschaftsministerium in der Glauburgakte abgeheftet wurde?"

„Der Luftschutzbunker wurde aber erst 1940 gebaut", wandte Stefan ein.

„Warum wollen Sie mich nicht verstehen?"

Ungehalten stampfte die Frau auf.

„Geht das auch etwas leiser?" Die Frau am Nebentisch hüstelte missbilligend. „Ich möchte Ihre seltsamen Nazigeschichten eigentlich nicht mithören müssen."

„Meine Chefin steht auf Fakten, nicht auf Verschwörungstheorien!", bemerkte Stefan eindringlich. Als er auf seine Uhr schaute, erschrak er.

„Wir müssen los, sonst ist der Börsensaal zu voll", drängte er.

„Ich bin ja gleich fertig", beruhigte ihn Krystyna. „Ab Januar 1937 mussten die Händler des Städtischen Pfandhauses akribisch auflisten, wer wie viel Alt- und Bruchgold verkauft hatte. So sollte kontrolliert werden, ob Juden sich Bargeld verschaffen würden. Gegen diese Verordnung hat zwar 1938 der Deutsche Gemeindetag protestiert. Doch die Überwachungsstelle für Edelmetalle in Berlin hat den Antrag als unbegründet vom Tisch gewischt. Anfang August 1940 regelte dann ein weiterer Erlass aus dem Reichswirtschaftsministerium, dass ‚Schmuckstücke aus Judenvermögen in geeigneter Weise zur Versteigerung zu bringen seien'."

Krystyna hielt Stefan einen Brief vom Reichswirtschaftsministerium, der direkt an Krebs gerichtet war, hin. „‚Die Ihnen übersandten Gegenstände veräußern Sie in öffentlichen Versteigerungen. Die Gebühr beträgt vier Prozent des Erlöses. Die Tatsache, dass die Verkäufe von Schmuck meist aus jüdischem Besitz stammen, ist streng vertraulich. Heil Hitler!'"

Stefan schluckte und schloss die Augen.

„So hat man Unrecht per Gesetzgebung zu Recht erklärt!", insistierte Krystyna. „Das Frankfurter Hauptamt hat sich gebeugt und die Städtische Darlehensanstalt schriftlich angewiesen, täglich außer samstags entsprechende Versteigerungen unter strikter Beachtung der Berliner Preishöchstverordnung anzusetzen."

Fahrig blätterte sie durch die Unterlagen.

„Hier – die erste Abrechnung. ‚Es wurden uns zunächst zweitausend Wertgegenstände wie Brillantringe, Nadeln und Anhänger überstellt und rund 140.000 Reichsmark bei Versteigerungen erzielt'."

Triumphierend schaute Krystyna zum Kommissar auf.

„Und jetzt sind wir bereits im Jahr 1941, und so langsam ergibt ein Tresor im Glauburgbunker Sinn, meinen Sie nicht?"

Stefan schwieg betreten.

„Berührt Sie das nicht?", fragte die Frau.

„Doch schon. Allerdings bin ich überrascht, dass dieses Unrecht so penibel dokumentiert wurde."

Krystyna lachte bitter auf.

„Sie sind doch Beamter. In Deutschland ging die Planung dieses monströsen Verbrechens seinen ganz legalen verwaltungstechnischen Gang. In Berlin hatte man einen ausgeklügelten Plan, wie Juden zu enteignen sind. Meinen Sie, ein einfacher, kleiner Verwaltungsmitarbeiter hätte einen Erlass aus Berlin einfach ignoriert? Was glauben Sie, wie viele Beamte heute den Mut haben, gegen eine unsinnige Verwaltungsvorschrift aufzubegehren? Wollen Sie wie die vier Frankfurter Steuerfahnder per Staatsgutachten einfach für verrückt erklärt werden? Wie wollen Sie etwas aufklären, wenn in Frankfurt konfiszierte Schmuckstücke in München, die aus München in Hamburg und die aus Köln in Berlin versteigert wurden? Viele dieser seltsamen Handelslisten sind ja im Krieg verbrannt. Wie sollte ein Jude, der die Schrecken des Holocaust überlebt hatte, hinterher beweisen, wo sein geraubtes Eigentum versteigert worden war? Null Chance!"

Krystyna wirkte zornig.

„Natürlich haben damals auch viele deutsche Mitbürger verstanden, wie man günstig an wertvolle Schmuckstücke gelangt. Sie waren doch bei den zahllosen Versteigerungen die Profiteure ihres verbrecherischen Staates."

Nachdenklich schaute Stefan auf die Flut von Schriftstücken zu Krystynas Füßen.

„Die Frage ist, wo hier in Frankfurt Gold und Schmuck von Juden während des Zweiten Weltkrieges versteigert wurden", insistierte die Frau. Dabei schaute sie dem Kommissar direkt in die Augen. „Sie glauben gar nicht, wie sehr mich der Satz, ‚der alte Tresor wurde nach dem Krieg für die Frankfurter Kreditanstalt instand gesetzt' elektrisiert hat", seufzte sie. Dann wandte sie sich zum Fenster.

„Wussten Sie, dass der Tresor im Glauburgbunker nach 1945 von der KfW genutzt wurde?"

„Sie meinen ‚die' KfW?"

„Ja, genau die. Die Kreditanstalt für Wiederaufbau. Der Tresor im Glauburgbunker ist quasi die Wiege des deutschen Finanzwesens. Und nun raten Sie mal, wen die Alliierten 1945 an die Führungsspitze der KfW berufen haben?“

„Keine Ahnung.“ Stefan wirkte ratlos.

„Abs! Hermann Josef Abs!“

Krystyna pustete sich eine Haarsträhne aus der Stirn.

„Ausgerechnet der Banker, der als Vorstandsmitglied der Deutschen Bank bis 1945 für die Arisierung jüdischer Unternehmen und Banken mitverantwortlich war.“

„So war das wohl damals.“ Stefan zuckte mit den Achseln.

„Ja, praktisch eine bruchlose Karriere. Obwohl Abs während des Zweiten Weltkrieges im Aufsichtsrat der IG Farben saß, als das Bunawerk bei Auschwitz gebaut wurde“, trumpfte die Bibliothekarin auf.

Stefan schaute auf seine Uhr und seufzte. Was, wenn der Mord auf dem Dach des Glauburgbunkers wirklich etwas mit seiner ursprünglichen Bestimmung aus der Nazizeit zu tun hatte? Noch vor einer Stunde hätte er aus tiefster Überzeugung gewettet, dass Stiefenhagen Opfer eines bizarren Killers geworden sei. Die dicken Nägel, die jemand durch die blutverschmierte Gaze getrieben hatte, sprachen eine sehr klare Sprache. Irgendwie fehlte ihm Edith. Sie konnte Motive immer so klar erkennen. Ihr Kopf sortierte Indizien und Motive wie andere Menschen Puzzleteile. Trotz ihrer misanthropischen Art verfügte sie über eine ausgezeichnete Menschenkenntnis.

„Wussten Sie, dass Abs mit Beuys befreundet war?“, unterbrach die Frau Stefans Gedankengänge.

„Nein.“

„Ich dachte, Sie interessieren sich für Kunst?“

„Oh, nur weil ich die Luminale besuche oder in der Explora ermittele, heißt das noch lange nicht, dass ich davon Ahnung habe.“

Krystyna lachte.

„Also kein Weekend?“

„Wochenende? Was ist das?“

Verständnislos schüttelte der Kommissar seinen Kopf.

„Das ist eines der bekanntesten Kunstwerke von Beuys. ‚Ich kenne kein Weekend.'"

Stefan wirkte irritiert.

„Wir reden gerade mal wieder aneinander vorbei, nicht wahr?"

„Wer weiß?", zwinkerte die Frau und schob die Brille von der Nase in ihr braunes Haar.

„Er hat für ‚Ich kenne kein Weekend' eine Maggiflasche und ein Reclam-Heft von Kants ‚Kritik der reinen Vernunft' in einen schwarzen Aktenkoffer montiert und das Exponat dann Abs für die Kunstsammlung der Deutschen Bank vermacht."

Der Kommissar seufzte.

„Und ich dachte schon, Sie wären daran interessiert, wie es um mein Wochenende bestellt ist."

Krystyna winkte lässig ab.

„Das kann ich mir lebhaft vorstellen. Beuys hat übrigens mit Absicht eine Maggiflasche gewählt. Für ihn ging es neben der Kant'schen Vernunft auch immer um Magie."

Magie. Maggi. Ritualmord. Soßenflaschen mit Reclam-Heften in schwarzen Aktenkoffern. Stefan wirkte verunsichert. Was hatte ihm das Gespräch mit Krystyna jetzt an neuen Erkenntnissen gebracht? Außer, dass sie ihm auf sehr charmante Art seine Geschichts- und Bildungslücken klargemacht hatte?

„Überlegenheit sieht wohl immer nur von unten aus wie Arroganz", stellte er nüchtern fest. „Können wir jetzt aufbrechen."

Mit Schwung zog er sie aus dem Sessel. Ihre Nähe fühlte sich gut an.

„Können wir uns nicht duzen?" Ihre fragenden Augen strahlten ihn an. „Ich heiße Krystyna."

„Sehr erfreut. Stefan", erwiderte er und hielt ihre Hand eine Sekunde zu lang fest.

„Hast du Lust, nachher mit mir irgendwo noch eine Pizza essen zu gehen?", schlug er spontan vor.

„Gerne!" Und Krystynas Augen strahlten.

„Wie gefällt dir Berlin?“ Wolfgang sah zu Edith, die sehr nachdenklich neben ihm im Aufzug zum „Solar“ stand. Seitdem sie den Gruselbunker verlassen hatten, hatte die Kommissarin geschwiegen.

„Haben dir die Erschrecker die Sprache verschlagen?“

Die Augen von Edith wanderten über den Martin-Gropius-Bau Richtung Brandenburger Tor.

„Das hat schon was“, entfuhr es ihr einsilbig.

Wolfgang musterte sie verständnislos.

„Hast du Hunger? Willst du was essen?“

Als ob sie aus einer völlig anderen Welt zurückkehrte, musterte sie Wolfgang von oben bis unten.

„Sorry, ich bin gerade mit meinen Gedanken ganz woanders.“

„Das sieht man. Du guckst, als ob dir ein Alien ins Wohnzimmer gebeamt wurde – hallo, Frau Kollegin? Willkommen auf der Erde!“

Edith senkte ihren Blick.

„Was für ein abgrundtiefer Hass“, stellte sie kopfschüttelnd fest. Nachdenklich strich sie sich ihre Haare aus dem Gesicht.

„Entschuldige, aber mir darfst du jetzt keinen Vorwurf machen, dass dir deine illegale Aktion den Appetit verdorben hat. Es hätte ein wunderschöner Tag werden können mit uns“, stellte der Mann bedauernd fest.

Edith beschloss, den Vorwurf schweigend zu ignorieren. Langsam glitten die Aufzugstüren im 18. Stock auseinander und gaben den Blick auf eine breite, schwarz verspiegelte Bar und meterhohe Panoramafenster frei. Unter ihnen pulsierte lautlos der Verkehr durch die Stresemannstraße. Hinter der zerbombten Ruine des Eingangsportals vom Anhalter Bahnhof reckte sich das gezackte Dach des Tempodroms in einen atemberaubenden Sonnenuntergang. Und als ob ihre Gedanken ihn gesucht hätten, rückte der schmutzig-graue Luftschutzbunker vom Gruselkabinett unbarmherzig in ihr Blickfeld. Was für ein skurriler

Ort, wo IHK-zertifizierte Henker scherzend ihr Unwesen trieben. Wolfgang griff nach Ediths Hand.

„Was ist? Etwas nicht in Ordnung?“

Sie schüttelte den Kopf.

„Klappt leider nicht immer, den ganzen Müll aus meinem Kopf zu verdrängen. Die Geschichte geht mir irgendwie an die Nieren. Seit der Explora bin ich dieses beklemmende Gefühl nicht mehr losgeworden.“

Edith lauschte für einen Moment dem Stimmengewirr in der Bar.

„Diese alten Luftschutzbunker sind doch grauenhafte Zeugen einer noch viel grauenhafteren Zeit, findest du nicht? Man ist in diesen hässlichen Kästen irgendwie unentrinnbar gefangen.“

„Die meisten Menschen waren damals im Bombenhagel heilfroh, wenn sie in so einem Kasten Schutz gefunden hatten.“

„Meine Mutter auch“, nickte Edith. „Trotzdem versteh ich nicht, was einen heutzutage umtreibt, freiwillig in so einem Kasten zu hausen. Zwei Meter Beton über dir. Zwei Meter Beton unter dir. Das ist wie lebendig begraben.“

„Warum sollte ich an solche Spinner irgendwelche Gedanken verschwenden? Niemand wird dazu gezwungen, da drin zu leben. So groß ist die Wohnungsnot in Deutschland nun auch wieder nicht“, lachte Wolfgang und legte den Arm fürsorglich um Ediths Schulter.

„Du kannst schreien, schreien, schreien, und keiner hört dich“, seufzte die Kommissarin. „Das ist doch furchtbar!“

„Entspann dich“, lächelte Wolfgang. Dann drückte er ihr vorsichtig einen Kuss auf den Mund. Als sie protestieren wollte, verschloss er ihre Lippen mit seinem Zeigefinger. Edith seufzte.

„Du bringst alles durcheinander“, protestierte sie.

„Ich bring nichts durcheinander, was nicht schon durcheinander ist“, lachte er und zog sie an sich. Sie fühlte sich gut an. Er genoss das Licht und die Atmosphäre, die die untergehende Sonne im „Solar“ hervorrief.

„Küss mich doch mal!“, forderte er sie auf.

„Was möchten Sie trinken?“ Ungerührt legte der junge Barkeeper zwei schwarze Servietten auf die marmorierte Steinplatte und schaute die beiden erwartungsvoll an.

„Ähm, ja…“

Edith hüstelte.

„Zwei Bier“, bestellte Wolfgang und legte seinen Arm sanft um Ediths Taille.

„Das war jetzt wirklich sehr aufmerksam von dem jungen Mann“, flüsterte er ihr ins Ohr. Sie kicherte wie ein verliebter Teenager. Seine Hand fuhr über ihr Haar und streichelte sie sanft im Nacken.

„Geht doch“, grinste er.

Warum eigentlich nicht, dachte Edith. Dann lehnte sie sich an den Mann und schloss ihre Augenlider.

„Freuen Sie sich auf hundertfünfzig Lichtprojekte aus fünf Kontinenten“, begrüßte der IHK-Präsident die mehr als 600 Gäste im Ludwig-Erhard-Saal, der aus allen Nähten platzte. „Die Biennale des Lichts wird den Puls unserer Stadt sichtbar machen. Die Luminale ist hiermit feierlich eröffnet.“ Als er sein Glas erhob, brandete lautstark Applaus auf.

Stefan schob Krystyna entschlossen nach vorne. Doch sie waren offensichtlich viel zu spät. Oben am Pult mühte sich gerade der Kurator, durch das Stimmengewirr hindurch zu dringen.

„Die 15 Kuben vor unserer Tür stehen für unterschiedliche Datenquellen und Messpunkte. Es sind die Spuren unserer Stadt im World Wide Web. Ihre Konversation im Web wurde mit Wirtschafts-, Verkehrs- und Wetterdaten gemischt und draußen auf dem Börsenplatz für Sie als ‚Puls der Stadt‘ visualisiert.“

Stefan versuchte, sich auf den Redner zu konzentrieren, doch im allgemeinen Gemurmel verstand er lediglich Bruchstücke.

„…besondere Atmosphäre… Bahnhöfe, Museen, Galerien, Denkmäler, Industriebauten, Plätze und Parks…“

Krystyna zuckte hilflos mit den Achseln.

„Verstehst du, was er sagt?“

Stefan schüttelte verneinend den Kopf.

„Es ist viel zu laut hier. Lass uns rausgehen!“, winkte er ihr zu.

„…Licht bewegt, verwandelt Atmosphären, hellt Stimmungen und Gefühle auf…“

Der Kurator mühte sich sichtlich, durch das lauter werdende Gemurmel zu dringen. „Lichtinstallationen entdecken öffentliche Räume, die sonst ein Schattendasein fristen…“

Plötzlich weiteten sich Krystynas Augen.

„Da! Der da!“

Der Kommissar, der sich bereits zum Gehen gewandt hatte, zuckte zusammen.

„Da vorne! Der!“

Aufgeregt deutete Krystyna auf einen massigen Mann direkt vor der Bühne, der sich zum Applaus aus der ersten Reihe erhoben hatte.

„Was ist mit ihm?“

„Das ist von Schwanenwede. Dieser Mister Wichtig, der bei mir im Archiv war, um die Glauburgakte zu kopieren.“ Krystyna schlug sich mit der Hand an die Stirn.

„Klar doch, er hatte ja gesagt, er sei Projektleiter der Luminale. Wie konnte ich das vergessen?“

„Was wollte der Projektleiter der Luminale im Archiv für Stadtgeschichte?“

„Was?“

Krystyna legte die Hand an ihr Ohr, um ihn besser verstehen zu können. Erneut brandete Applaus auf.

„Was hat dieser Spinner im Archiv für einen Aufriss gemacht, um die Akte zu kopieren?“

„Lass uns nach draußen gehen, hier ist es zu laut!“

Stefan versuchte, den Mann, auf den Krystyna gedeutet hatte, durch die Menge hindurch zu fixieren. Plötzlich dreht sich die blonde Frau neben ihm um und begrüßte mit einem strahlenden Lächeln die Umstehenden. Stefan war wie vom Donner gerührt. Lydia Stiefenhagen hatte sich in bemerkenswerter Geschwindigkeit von ihrem neuen Status als bemitleidenswerte Witwe erholt.

„Wie heißt er?“, schrie Stefan.

„Arthur von Schwanenwede, warum?“

„Kennen Sie… ähm, kennst du auch die blonde Frau da vorne an seiner Seite?“

Krystyna starrte mit zusammengekniffenen Augen in die Menge.

„Wen meinst du?“

Stefan versuchte, sich über die hin und her drängende Menge einen Überblick zu verschaffen. Doch Lydia war verschwunden. Oder hatte er sich einfach nur geirrt?

„Lass uns nach draußen gehen. Hier ist es zu voll. Ich verstehe kein Wort."

Krystyna nickte und folgte dem Kommissar durch die Sicherheitsschleuse auf den Börsenplatz. Doch auch vor der IHK drängten sich Hunderte von Menschen zwischen Fotografen und Fernsehteams, um einen Blick auf die in schwarze Tücher verhüllten Blöcke zu erhaschen.

„Warum wollte von Schwanenwede die Glauburgakte einsehen?"

„Vielleicht weil der Glauburgbunker an der Luminale teilnimmt?", vermutete Krystyna. „An die Explora ist eine riesige Twitter-Wall geschraubt worden, auf die nachts die Botschaften aus der ganzen Welt übertragen werden. Die Energie dafür kommt von einem Windrad auf dem Dach", rief sie ihm zu.

„Das Windrad auf der Explora wird nicht laufen", schüttelte Stefan seinen Kopf.

„Bitte? Ich verstehe dich nicht...?"

Krystyna schaute ihn mit großen Augen fragend an.

„Er hieß Max“, sagte Wolfgang und runzelte nachdenklich die Stirn. „Maximilian Wiatrowski.“

„Wer?“ Edith verstand nicht.

„Na, der Freund von diesem Oliver. Der damals Stiefenhagen hier krankenhausreif geprügelt hat.“

Wolfgang kniff die Augen zusammen. Dann zeigte er auf die erleuchtete Portalruine des Anhalter Bahnhofs.

„Da hinten hat er Stiefenhagen damals abgepasst, als er aus dem Bunker kam. Dort, wo heute die Stele an die Deportationen der Juden ins KZ Theresienstadt erinnert.“ Die Kommissarin lehnte sich nachdenklich an den Mann.

„Das meinte ich vorhin, als ich sagte, dass Berlin ein einziger Gedenkstein ist.“

Wolfgang streichelte ihr sanft über den Rücken.

„Siehst du die beiden da oben?“

Er deutete auf zwei Bronzefiguren zu beiden Seiten der zerstörten Uhr oberhalb des Eingangsportals.

„Sie symbolisieren Tag und Nacht.“

Dann küsste er Edith zärtlich auf den Mund. Entspannt schloss sie die Augen. Plötzlich schoss der Kommissarin ein Gedanke durch den Kopf.

„Ich glaub, ich hab Wiatrowski gestern in Frankfurt gesehen“, entfuhr es ihr.

Wolfgang seufzte.

„Das ist jetzt nicht dein Ernst, oder? Du spinnst!“

Kopfschüttelnd ließ er sie los.

„Kannst du nicht einmal abschalten, Edith? Einmal!“

Wolfgang klang zutiefst frustriert, doch die Kommissarin war nun hellwach.

„Stiefenhagen hat sich gestern von Wiatrowski verabschiedet. Ich hab’s genau gehört! Ist ja kein Name wie Müller oder Schmidt“, insistierte sie.

„Das glaub ich jetzt nicht. Was soll der in Frankfurt machen? Das bildest du dir ein!“

Wolfgang zuckte genervt mit den Achseln.

„Er hätte ein Motiv", überlegte Edith. „Hast du noch die alte Akte?"

Der Kommissar öffnete langsam den Reißverschluss seiner Jacke.

„Moment – heute mal nicht als Exhibitionist. Sorry, ich muss Sie leider enttäuschen, Frau Kommissarin. Eine Akte hab ich heute nicht dabei."

„Du nimmst mich überhaupt nicht ernst", beklagte sie sich.

„Edith, komm zu dir."

Wolfgang war stocksauer.

„Du kommst hier nach Berlin, um dich mit mir zu treffen und dir die Stadt anzusehen. Und was passiert? Du hattest kein Recht, Marlies Friedwald im Gruselbunker zu befragen. Wie die geguckt hat, als du ihr deine Visitenkarte hingelegt hattest und ihr klar wurde, dass du gar nicht von der Berliner Polizei bist. Das war so megapeinlich, meine Liebe. Und jetzt soll ich, weil es dir gerade in den Sinn kommt, flott ins Präsidium marschieren, um dir eine alte Ermittlungsakte zu besorgen. Geht's noch?"

Er war zutiefst empört.

„Weißt du was? Du fährst jetzt mal schön wieder nach Hause und schickst mir eine offizielle Anfrage um Amtshilfe aus deinem Frankfurter Präsidium. Und dann überlege ich mir ein paar Tage oder Wochen, ob das alles noch Sinn macht."

Erbost schüttelte er ihre Hand, die sich besänftigend auf seinen Arm gelegt hatte, ab.

Edith war zerknirscht.

„Ich dachte… Ich wollte… Es tut mir leid, Wolfgang, ganz ehrlich. Ich hab ihn ja nur ganz kurz gesehen. Vielleicht irre ich mich ja?"

Wolfgang zog Edith an sich heran und schaute ihr tief in die Augen.

„Kannst du nicht einmal abschalten? Einmal? Ein einziges Mal?", bettelte er.

Edith schaute betreten zu Boden und schwieg. Resigniert ließ er sie los. Dann zückte er sein iPhone und seufzte.

„Du hast Glück, dass Wiatrowski nicht Müller oder Meier heißt. Er arbeitete damals als freier Fotograf. Vielleicht kennt ihn ja Google?“

Edith blickte erstaunt auf das hell erleuchtete Display, das in der Dunkelheit der Nacht ein Bild nach dem anderen aufbaute. Wolfgang grinste.

„Wozu brauchen wir in Zeiten von Facebook und WikiLeaks noch Akten?“, bemerkte er ironisch. „Hier, da ist er doch – freier Fotograf! Warte mal, im Impressum steht, dass er in Frankfurt lebt! Ist er das?“

Mit einem fragenden Blick hielt Wolfgang der Kommissarin sein Handy hin. Ein triumphierendes Lächeln umspielte ihre Lippen.

„Bingo!“

Spontan küsste sie ihn auf den Mund und lachte befreit auf.

„Kannst du mir einen Gefallen tun?“, lächelte sie verführerisch. Wolfgang strahlte.

„Alles, was du willst, meine Liebe.“

„Kannst du bitte mal mit deinem Handy nachschauen, wann der nächste Zug nach Frankfurt fährt?“

Daniel blinzelte vorsichtig in das diffuse Licht in der Gasschleuse. Was war das für ein schnarrendes Geräusch gewesen? Er hatte jedwedes Gefühl für Zeit und Raum verloren. Wie lange war er hier schon gefangen? Einen Tag? Eine Nacht? Irgendwann hatte er aufgehört zu schreien. Es war einfach sinnlos geworden.

„Rauchen verboten! Hinsetzen! Ruhe halten!“

Sie haben damals vergessen, in fetten roten Lettern an die Wand neben der Stahltür „Sterben“ zu schreiben, schoss es ihm spontan durch den Kopf. Er würde hier unten sterben, da war er sich mittlerweile sicher. Aber würde er sich einfach seinem Schicksal ergeben, bis es so weit war? Warum suchte ihn niemand? Tiefe Verzweiflung ergriff ihn. Plötzlich bemerkte er, dass ein Lichtstrahl durch das winzige Bullauge oben in der Tür in die Schleuse fiel. Dann öffnete sich knirschend die Stahltür. Für einen Moment war Daniel irritiert.

„Hilfe!“, stammelte er verzweifelt. „Helfen Sie mir, bitte.“ Panisch vor Angst versuchte er, sich an den Brettern, die am Regal neben ihm lehnten, hochzuziehen. Krachend stürzte er mit den Hölzern auf den Boden zurück. Ein höhnisches Lachen begleitete seinen verzweifelten Versuch, sich wieder aufzurichten. Als er mühsam ins Gegenlicht blinzelte, nahm er einen blonden Schatten wahr, der ein Bündel hineinschob. Dann schloss sich die Tür, und der Hebel mit den Worten „Panzerlit Offenbach“ rastete in der alten Position wieder ein.

Daniel spürte Entsetzen und Schmerz. Seine Atmung fing erneut an zu rasen. Plötzlich sah er im Dämmerlicht, dass sich das Bündel stöhnend bewegte. Vorsichtig drehte der Junge das Menschenpaket um. Es war Stanislaus Schlosser.

Für eine Sekunde verspürte er eine abgrundtiefe Erleichterung. Er war nicht mehr allein in dieser unterirdischen Betonhölle. Vorsichtig löste er das braune Paketband von den Lippen des alten Mannes, der sein Schaffen mit weit geöffneten Augen verfolgte. Als er ihn befreit hatte, sank sein Kopf erschöpft zurück. Dann senkten sich seine Lider. In dem Moment bemerkte

Daniel das kleine blutende Rinnsal aus dem linken Ohr des alten Mannes.

„Du darfst nicht sterben“, murmelte der Junge, der mit zitternden Fingern versuchte, die Verschnürung um den Trenchcoat aufzulösen.

„Du darfst nicht sterben, Stanislaus!“, schrie er ihn an. „Nicht sterben! Hörst du mich! Du darfst mich hier nicht wieder alleinlassen!“

Tränen strömten über das Gesicht von Daniel. Stanislaus huschte ein sanftes Lächeln über sein Gesicht. Dann formten seine Lippen mühsam zitternd einen Satz.

„Du lebst!“

„Ja. Ja. Ja! Ich bin okay“, versicherte ihm Daniel und versuchte, so viel Zuversicht wie möglich in seine Stimme zu legen. Doch es misslang. Sein letzter Satz endete in einem jämmerlichen Piepsen.

„Wir sind in der Gasschleuse?“, flüsterte der Alte.

Daniel nickte.

„Ja. Ja! Aber ich hab Ida nicht gefunden“, schluchzte er. „Und den Tresor auch nicht! Der Schlüssel ist weg, Stanislaus. Ich hab’s vermasselt!“

„Nicht schlimm, überhaupt nicht schlimm“, wisperte der Alte, dem das Sprechen sichtlich schwer fiel. „Ich bin so froh, dass ich dich wiedersehe.“

Der Alte drückte Daniel kraftlos die Hand.

„Wir kommen hier raus, Stanislaus, das schwöre ich dir.“

Schlosser öffnete die Augen und schaute an die Decke.

„Meine Brille…“

„Die finden wir, keine Sorge. Die finden wir. Oder noch besser, wir kaufen eine neue. Wir schaffen das!“

Daniel wollte ihm Mut zusprechen. Doch er spürte, wie der alte Mann in seinen Armen immer flacher atmete. Tränen rollten über das Gesicht des Jungen.

„Stanislaus, du darfst jetzt nicht gehen!“ Verzweifelt versuchte der Junge, den ausgemergelten Körper des Alten aufzurichten. Doch ihm fehlte schlicht die Kraft.

„Ich schaffe es nicht“, heulte der Junge.

„Keine Sorge, Jungchen. Ich bleibe bei dir“, flüsterte der Alte. Dann schloss er langsam seine Augen.

„Krystyna. Hallo! Das ist ja eine nette Überraschung.“

Der Kommissar strahlte. „Nein, du störst nicht, ich bin schon unterwegs nach Sachsenhausen zu unserem Rechtsmediziner.“

Krystynas Stimme klang sehr angenehm. Sie war einfach eine interessante Frau. Der gestrige Abend war unglaublich schnell verflogen. Wie lange war er schon nicht mehr spontan abends mit Freunden Pizza essen gegangen? Anschließend hatte er sie nach Fechenheim gefahren. Sie sollte nicht allein mit der 11 nachts durch Frankfurt fahren, hatte er ihr gesagt.

„Schon fit?“

So spät war es gestern Abend auch nicht gewesen, dachte er.

„Ich hab gestern noch lange über uns nachgedacht“, sagte sie.

Ich nicht, dachte Stefan. Ich war einfach zu allem zu müde. Aber er rang sich ein interessiert klingendes „schön“ ab. Dann drehte er das Radio leiser, um sie besser zu verstehen. Der Termin bei Ullrich war für elf Uhr angesetzt. Und der Rechtsmediziner hatte heute Morgen am Telefon so freundlich geklungen wie eine afrikanische Großkatze, der ein Springbock mit dem Huf auf den Schwanz getreten war.

„Ich bin schon seit zehn Uhr hier“, plapperte Krystyna munter weiter. „Aber die Mikrofiches helfen uns nicht weiter. Die Pläne aus der Bauphase des Glauburgbunkers wurde leider nicht digitalisiert.“

Stefan seufzte und schaute auf die Uhr. Das würde sicher ein ziemlich anstrengender Samstag. Gott sei Dank wollte Silke später ins Büro kommen, um den Schriftkram zu erledigen.

Der Blick in die Zeitungen heute Morgen am Kiosk ließ für den Tag nichts Gutes erwarten. Die Schlagzeile „Tod im Licht der Luminale“ war keine wirklich gelungene PR für die Messe, hatte er spontan gedacht. Aber wer weiß, vielleicht würde die Story ja genau das Gegenteil bewirken und jetzt erst recht viele Besucher in die sogenannte „Hauptstadt des Verbrechens“ locken?

Gewundert hatte ihn auch nicht, dass BILD Frankfurt schon Fotos vom Dachgarten der Explora hatte. Wobei man nur das Windrad über die Grünpflanzen herausragen sah. Schon interessant, wie schnell Nachbarn bereit sind, ihr Dachfenster zu öffnen

„Ist was nicht in Ordnung?"

Krystyna klang besorgt.

„Doch, alles bestens. Warum?"

„Och, du wirkst so einsilbig", beklagte sie sich.

Stefan war sichtlich amüsiert. Erst plappert sie wie ein Wasserfall und dann beschwert sie sich, dass man sie ausreden lässt. Seltsame Logik. Die Ampel an der Eschersheimer Landstraße sprang auf Rot. Noch war der Verkehr übersichtlich.

„Die Akte der Städtischen Darlehensanstalt von 1870 bis 1972 ist allerdings digitalisiert worden. Da hab ich ein paar interessante Hinweise gefunden."

Sie klang aufgeregt.

„Interessiert dich das?"

„Och ja."

Der Kommissar gähnte und reckte sich. Sein Nacken fühlte sich schrecklich verspannt an. Dann sprang die Ampel auf Grün.

„Die Städtische Darlehensanstalt war während des Zweiten Weltkriegs offiziell Ankaufsstelle für Juwelen und Edelmetalle von Juden. Bis Mai 1939 haben sie allein aus dem Stadtgebiet rund 10.000 Ablieferungen verzeichnet."

Stefan schaute gelangweilt in den Rückspiegel. Ediths Anruf gestern Abend war im Geräuschpegel von „Das Leben ist schön" untergegangen. Als er auf dem Rückweg aus Fechenheim versucht hatte, sie in Berlin zu erreichen, war ihr Handy bereits abgeschaltet gewesen. Dann würde er sie eben nach dem Besuch in der Rechtsmedizin anrufen. Er gönnte ihr die freien Tage in der Hauptstadt von Herzen.

„Hörst du mir eigentlich zu?", unterbrach Krystyna seine Gedanken.

„Ja. Ja, klar! Warum?“, nickte er und überlegte, ob er sich auf dem Weg nach Sachsenhausen noch einen Kaffee gönnen sollte. Zeit hatte er ja genug.

„Die Akte von der Städtischen Darlehensanstalt ist noch frustrierender als die Glauburgakte“, seufzte die Bibliothekarin ins Telefon.

Selbst schuld, dachte Stefan. Wer wollte 65 Jahre nach dem Ende des Zweiten Weltkrieges diese alten Geschichten überhaupt noch hören?

„Hier waren damals unglaublich viele Menschen beteiligt, um sich an der Not der Juden zu bereichern“, klagte sie. „Da wurden sogar Ankaufsreisen für die Frankfurter Museen genehmigt. Besonders erwähnt wird immer wieder ein Doktor Holzinger. Als dessen Einberufung zur Wehrmacht drohte, wurde er vom Reichserziehungsministerium als Sachverständiger für die Überprüfung beschlagnahmten jüdischen Kunstbesitzes als unabkömmlich eingestuft. Und was hat die amerikanische Militärregierung nach 1945 mit Holzinger gemacht? Sie haben ihn als Direktor der Museen in Großhessen mit der Rückerstattung der Museumsstücke beauftragt, an deren Aneignung er während der NS-Zeit einen nicht unwesentlichen Anteil gehabt hatte. Ich fasse es nicht. Das ist doch unbegreiflich!“

Krystyna klang zutiefst empört. Doch Stefan zuckte nur mit den Schultern.

„War das nicht nach dem Krieg überall so gewesen?“

„Ist das eine Entschuldigung?“, fuhr sie ihn barsch an.

„Nein, nein“, beschwichtigte er sie. „Du musst mir jetzt auch nicht wieder an die Stirn tippen. Die Zeiten waren halt damals so.“

„Ich kann das nicht akzeptieren“, entgegnete Krystyna betroffen. Dann schwieg sie. Stefan war irritiert.

„Hallo? Bist du noch da?“

„Ja, ja, keine Sorge. Ich höre dir zu“, antwortete sie.

„Lass uns doch über etwas anderes reden“, schlug er vor.

„Ich weiß nicht", zögerte sie. „Ich sitz hier wieder vor diesem riesigen Papierberg Unrecht und weiß nicht, wohin damit. Wenn ich allein lese, dass die Gestapo 1941 die beschlagnahmten Gegenstände von Juden hat versteigern lassen, dann ist in Frankfurt der Hausrat der Bewohner einer mittleren Kleinstadt öffentlich unter den Hammer gekommen. Und all diese Termine wurden von den Frankfurter Gerichtsvollziehern ordentlich im Frankfurter Volksblatt und im Frankfurter Generalanzeiger angezeigt. Wieso will das niemand mitbekommen haben?"

Stefan schwieg.

„Hallo, hörst du mir zu?", fragte sie vorsichtig.

„Ja, ja, ich höre", nickte er.

„Ich bin einfach nur sprachlos", stellte Krystyna fest. „Das muss doch die ganze Stadt mitbekommen haben, was hier los gewesen ist!"

Stefan seufzte. Ihn interessierte die NS-Vergangenheit im Moment herzlich wenig. Im Display blinkte ein zweiter Anruf.

„Krystyna, sorry, ich muss auflegen. Ich ruf zurück", versprach der Kommissar.

„Okay, ich muss ja um elf auch noch mit…"

„Versprochen!" sagte er und legte auf.

„Ich dachte, du bist in Berlin?“ Ullrich schaute überrascht auf, als Edith Tannhäuser die Tür zum Institut aufschob.

„Ich auch“, antwortete sie kurz angebunden.

„Ah, jetzt weiß ich, was ich die letzten Wochen schmerzlich vermisst habe“, nickte der Rechtsmediziner und beugte sich über das mintfarbene Leinentuch, das die Leiche von Stiefenhagen bedeckte. „Stefan müsste eigentlich jeden Moment...“

„Morgen!“

Überrascht blieb der Kommissar in der Tür stehen.

„Was machst du denn hier? Ich dachte, du bist in Berlin?“

„Sie hat sich ohne uns gelangweilt.“

Die Stimme des Arztes klang ironisch, doch die Kommissarin würdigte ihn keines Blickes.

„Vertreibst du nachts auch wilde Tiere“, gähnte sie herzhaft.

Stefan war irritiert.

„Wie meinst du das jetzt?“

„Sie will wissen, ob du nachts schnarchst“, grinste der Rechtsmediziner lakonisch und zog das Tuch von Stiefenhagens Oberkörper.

„Der hat mir mein freies Wochenende versaut!“

Ullrich schüttelte missbilligend den Kopf. „Aber nicht uninteressant. Der oder die Täter müssen ihn wirklich abgrundtief gehasst haben.“

„Dann wollen wir mal dafür sorgen, dass du möglichst schnell wieder auf deine Datsche in den Taunus kommst“, stellte Edith kurz angebunden fest. „Was weiß ich noch nicht aus den Frankfurter Zeitungen, was ihr mir sagen könnt?“

Stefan schüttelte ungläubig seinen Kopf.

„Ich kann es immer noch nicht fassen, dass du schon wieder hier bist. Wir hätten das auch ohne dich...“

„Ja, klar. Du wolltest mich übrigens anrufen!“, bemerkte sie spitz.

„Hast du vergessen, dass du drei Tage Urlaub hast?“, erwiderte der Kommissar sichtlich ungehalten. „ICH respektiere dein Privatleben!“

„Falls ich etwas bemerken dürfte…“, mischte sich der Rechtsmediziner mit erhobenem Zeigefinger ein.

„Nein!“, unterbrach ihn die Kommissarin schroff. Stefan seufzte und schwieg.

„Das ganze PR-Spektakel für deine Luminale war jetzt wohl für die Katz“, bemerkte Edith spitz.

„Och, falls ich jetzt etwas anmerken dürfte: Das sehe ich viel entspannter als ihr! Gänsehautfeeling in der Hauptstadt des Verbrechens, da kommen eher mehr als weniger Gaffer zu dieser Luminale“, mischte sich der Arzt ein. Dann wandte er sich dem Toten zu. „Wollen wir mal? Hier hat sich jemand richtig viel Mühe mit dem Kollegen auf dem Tisch gegeben.“

Monoton begann er, die biometrischen Merkmale des Toten herunterzuleiern. „Männlich, ein Meter fünfundneunzig, fünfundsechzig Jahre, Leberzirrhose im Endstadium. Leichenstarre voll ausgeprägt. Tod durch stumpfe Gewalteinwirkung. Vermutlich mit einem Holzscheit – zumindest haben wir in seinen Haaren mehrere Splitter gefunden.“

Stefan stutzte.

„Ich dachte, er ist durch die Nägel…“

Ullrich schüttelte lakonisch seinen Kopf.

„Nee, nee. Das war eher so was wie die Grabbeigabe. Er war schon tot, als jemand die Nägel in ihn hineingetrieben hat. Da muss wohl jemand richtig sauer gewesen sein“, nickte der Arzt betrübt.

Edith blickte auf den toten Stiefenhagen. Der einst stolze Kaiser-Wilhelm-Bart klebte blutdurchtränkt auf seinen Wangen.

„Man hatte ihm mit Paketband den Mund verklebt. Der Schädelbruch war zwar tödlich, aber er scheint bis zum Ende einen massiven Überlebenswillen gehabt zu haben. Freiwillig ist der nicht aufs Schafott gestiegen.“

Der Kommissar schaute erstaunt auf.

„Wie meinst du das, Felix?“

„Sagte ich das nicht? Stiefenhagen war Alkoholiker. Er hatte Leberzirrhose. Endstadion. Drei, vielleicht vier Monate, dann wäre er auch so gestorben.“

Ediths Blick schweifte zur Neonbeleuchtung über dem leblosen Körper.

„Tod im Licht der Luminale“, resümierte sie.

„Interessant sind die Nägel, da muss sich wohl jemand bei einem Schreiner oder Dachdecker bedient haben“, sagte Ullrich und hielt einen zehn Zentimeter langen daumendicken schwarzen Nagel ins Licht.

„Gerold hat mir gesagt, dass ihn das Arrangement an eine Ausstellung im Völkerkundemuseum erinnert habe“, wandte der Kommissar ein. „Habt ihr schon mal was vom Nagelfetischismus der Bakongo gehört?“

Edith war überrascht. Wo hatte sie das schon einmal gehört? Vier Stunden Schlaf und vier Stunden Fahrt in einem ungemütlichen ICE waren einfach zu wenig, um klar zu denken.

„Gerold sagte, die Bakongo schneiden ihren Gefangenen das Herz bei lebendigem Leibe aus der Brust und lassen es dann in der Bauchhöhle ihres Nagelfetischs verwesen. Für jeden auf diese Art und Weise getöteten Feind treiben sie anschließend einen daumendicken Nagel in ihre Opferfiguren.“

„Das gefällt mir“, nickte Ullrich anerkennend. „Die haben zumindest einen klaren Plan.“

Langsam zog er das Tuch bis zu Stiefenhagens Bauchnabel. Über dem Herz von Stiefenhagen klaffte ein tiefer blutiger Riss.

„Das würde Sinn ergeben“, nickte er.

„Wenn es so wäre, warum haben der oder die Täter den Akt nicht zu Ende geführt?“

Edith schaute die beiden Männer fragend an.

„Das musst du den Täter fragen“, entgegnete Ullrich. „Mich hat dieser Irrsinn schon die Hälfte meines wohlverdienten Wochenendes gekostet“, bemerkte er trocken.

„Wir werden das beim Täter natürlich in Rechnung stellen“, versicherte Edith.

Stefan holte tief Luft. Er spürte, wie ihn die vier tiefen Löcher, die die Nägel in den Leib von Stiefenhagen gerissen hatten, erneut blass werden ließen.

„Hat er sich nicht gewehrt?“, fragte er und schluckte. Der Geruch in der Pathologie war wie immer unerträglich. Ullrich nickte.

„Doch, es gibt sogar eine ganze Reihe von Kampfspuren. Hier“, der Arzt zeigte auf die Unterarme des Toten, „hat er rechts und links frische große Hämatome. Auch unten, am linken Knie und in der Leiste. Und eine dicke Schramme über der linken Schläfe. Da hat ihm vermutlich jemand die Brille vom Kopf geschlagen.“

Ullrich deutete auf die Fotos vom Dach der Explora.

„Ach, was ich vergessen habe. Auf seinem Röntgenbild sind bereits verheilte Rippenbrüche zu erkennen. Der scheint sich wohl öfters geprügelt zu haben.“

„Die alten Brüche hat er von Wiatrowski“, stellte Edith nüchtern fest.

„Wer zum Teufel ist das?“ Stefan war überrascht.

„Der Freund eines ehemaligen Mitarbeiters von Stiefenhagen in Berlin. Du hast Wiatrowski am Donnerstag gesehen, als wir zusammen in der Explora waren“, sagte Edith und fixierte das Röntgenbild. „Ich hab Silke auf dem Weg vom Bahnhof bereits eine SMS geschickt. Da benötigen wir wohl einen Haftbefehl.“

„Gerold hat mir gesagt, dass er neben der Leiche auch eine Axt gefunden hat. Mit einem halben Dutzend Fingerabdrücken.“

Stefan nickte. Irgendwie ging ihm das trotzdem alles zu schnell.

„Kannst du sagen, wann Stiefenhagen gestorben ist?“

Edith blinzelte gähnend ins Licht. Bedächtig wog der Rechtsmediziner seinen Kopf.

„Gestorben ist er laut Temperaturmessung zwischen Mitternacht und allerspätestens drei Uhr morgens. Aber es war mehr ein Tod in Etappen. Der entscheidende Schlag, der ihm den Schädel zertrümmerte, ist viel, viel früher passiert. Ungefähr zwischen fünfzehn und sechzehn Uhr. Danach hat man ihn langsam ausbluten lassen. Aber um sicherzugehen, muss ich ihm dafür den Kopf aufsägen."

„Jetzt? Hier?" Stefan schluckte.

„Wo denn sonst? Bei dir im Präsidium auf'm Schreibtisch?", grinste der Mediziner und griff nach einer silbernen Stahlsäge auf einem Tablett.

„Och, das ist reizend. Aber ich hab im Zug schon gefrühstückt", erwiderte Edith.

„Ihr seid echt krank", schimpfte der Kommissar.

„Was ist mit dir? Hast du schlechte Laune? Nur weil die schon wieder zurück ist?", wunderte sich der Arzt und deutete mit der Säge auf Edith.

„Wir haben am Donnerstag so um fünfzehn Uhr die Explora verlassen. Das heißt, kurz danach ist Stiefenhagen gestorben, oder? Meinst du, die Nachbarn haben etwas gesehen?"

„Das heißt, er wurde nicht durch das Windrad getötet?", hakte Stefan nach.

„Nö, das Ding hat nur das Blut in alle Winde zerstäubt. Als er für den finalen Akt an den Mast gebunden wurde, war er meines Erachtens schon verloren."

Ullrich setzte seine Brille ab und schaute betrübt über den toten Museumsdirektor.

„95 Kilo sind kein Pappenstil. Da braucht man schon etwas Kraft, um ihn hochzuwuchten und in Gaze einzuspinnen. Oder eine unglaubliche Wut. So wie der hier aussieht", vorsichtig zog er das Tuch über die Leiche von Stiefenhagen, „hatte jemand mit ihm einen richtig großen Deckel offen. Aber so zerstört, wie seine Leber aussieht, hat er es sich auch nicht leicht gemacht."

„Nicht nur seiner Leber", bilanzierte Edith bitter. „Kannst du den Bericht nachher an Silke schicken? Ich brauche ihn für die Pressekonferenz."

„Pressekonferenz?"

Stefan war überrascht.

„Na, ein bisschen was müssen wir den Journalisten schon erzählen", zuckte Edith genervt mit ihren Schultern. „Du glaubst doch nicht, dass die Presse artig abwartet, bis wir ungefähr wissen, wer das hier gemacht hat..."

„Falls ich noch etwas bemerken dürfte: Ihr solltet auf der Dachterrasse nach dem Holzscheit suchen, mit dem Stiefenhagen der Schädel eingeschlagen worden ist."

Der Arzt stützte sich mit der Säge auf den Oberkörper der Leiche.

„Och nee, das ist nicht dein Ernst, Felix. In der Explora liegen Hunderte von Holzscheiten rund um den Kamin auf dem Dach. Und sicher Tausende davon unten im Hof", seufzte Stefan.

„Na, dann wünsche ich frohe Verrichtung beim Mordpuzzle", grinste der Mediziner und zog das Tuch vom Kopf des Toten. „Kann mir mal jemand helfen, ihn auf die Seite zu drehen? Ich muss da jetzt von hinten ran. – Kennt ihr übrigens die Geschichte von der Lammkeule?"

Stefan schüttelte verneinend den Kopf.

„Meinst du die Kurzgeschichte von Roald Dahl, wo die Frau mit der tiefgefrorenen Lammkeule ihren untreuen Gatten erschlägt und anschließend die frisch gebratene Keule den beiden Polizisten, die die Mordwaffe suchen, dann zur Stärkung serviert?", fragte Edith.

Stefan Weber schloss seine Augen.

„Ihr seid echt pervers", stöhnte er, als der Rechtsmediziner zu kichern begann.

„Stefan, Edith und ich haben einfach die gleiche Wellenlänge. Nicht wahr, meine Liebe", grinste der Mediziner.

„Küsschen, Küsschen!", lachte sie.

„Ja?" Müde öffnete Max die Tür. „Tannhäuser, Kripo Frankfurt. Das ist mein Kollege Weber. Dürfen wir reinkommen, Herr Wiatrowski?"

„Geht es um die Luminale?"

Max blinzelte überrascht ins Sonnenlicht.

„Dürfen wir reinkommen?"

Der Fotograf öffnete widerstrebend die Tür.

„Kommen Sie wegen Stiefenhagen?"

Edith war sichtlich überrascht.

„Sie wissen, dass er tot ist?"

Max nickte und drehte sich um.

„Ich arbeite als Fotograf für die Luminale. Da gab es gestern Nacht beim Empfang in der IHK verständlicherweise nur ein Thema."

Gähnend schlurfte er zum Wohnzimmer und ließ sich ächzend auf die Couch fallen. Dann griff er nach der Schachtel Gauloises.

„Stört es Sie, wenn ich rauche?"

„Was, wenn ich ja sage?", erwiderte Edith.

„Gut", nickte der Mann und zündete sich langsam eine Zigarette an. Dann inhalierte er tief und blies nachdenklich den Rauch an die Decke.

„Ich hab ihn nicht umgebracht."

Wiatrowski fixierte Ediths Augen mit einem durchdringenden Blick. „Auch wenn ich tausend Gründe gehabt hätte, diesen Wahnsinnigen endgültig aus dem Weg zu räumen. Dieser Mann ist ein einziger Albtraum. Ich danke dem, der das besorgt hat, auf Knien. Schmatz, schmatz, schmatz!" Wild küsste er die Faust, die die brennende Zigarette umklammert hielt, und lachte zynisch auf.

Diese Geschichte besteht irgendwie aus vielen Déjà-vus, dachte Edith. Hatte Marlies Friedwald nicht ähnlich begeistert reagiert?

„Wo waren Sie am vergangenen Donnerstag? So zwischen zwei und vier?", fragte Stefan.

Max lachte bitter auf.

„Wenn Sie mich so direkt fragen – auf dem Dach der Explora. Ich hatte meinen Rucksack dort vergessen."

„Und?" Stefan musterte ihn durchdringend.

„Ich hatte Streit mit Stiefenhagen. Was normal ist. Dann bin ich wieder gegangen."

„Das war alles? Wir haben Ihre Fingerabdrücke an der Axt auf dem Dach der Explora gefunden", bemerkte die Kommissarin.

„Sie wollen mir jetzt nicht ernsthaft den Mord an diesem Drecksack anhängen, oder?"

Max schüttelte fassungslos seinen Kopf. Plötzlich öffnete sich die Tür.

„Was ist denn hier los?"

„Darf ich vorstellen, mein Lebenspartner, Jürgen Aspen. Jürgen, die Leute sind von der Kripo Frankfurt. Mordkommission, oder?"

Ungläubig ließ der Mann seinen Rucksack auf den Boden sinken.

„Was ist passiert, Max?"

„Der Museumsdirektor von der Explora wurde ermordet."

„Und was hast du damit zu tun?"

Max' Freund war sichtlich erregt.

„Ihr Freund muss mit uns zum Präsidium kommen. Er steht unter dringendem Tatverdacht."

Der Fotograf fing schallend an zu lachen.

„Das glaub ich jetzt nicht. Das ist nicht Ihr Ernst. Das können Sie mir nicht anhängen." Ungläubig schüttelte der Fotograf seinen Kopf.

„Sie hatten in Berlin schon einmal Streit mit Stiefenhagen?"

„Davon hast du mir ja gar nichts gesagt!" Die Stimme von Jürgen klang mehr als vorwurfsvoll.

„Hak es ab. Hakt es alle ab! Das ist alles längst verjährt!" Wütend drückte Max seine Zigarette im Aschenbecher aus. „Steh ich unter Verdacht, weil ich schwul bin? Sagen Sie's. Die Schwuchtel war's!" Zorn blitzte in seinen Augen.

„Nein, Sie stehen unter Verdacht, weil Sie zur Tatzeit am Tatort waren. Und weil Rache immer ein plausibles Motiv ist."

Edith schaute dem Mann ruhig und gefasst in die Augen.

„Moment, Moment, das versteh ich jetzt nicht."

Jürgen sank stöhnend auf den Stuhl neben Edith. „Wir wollten doch heute Nachmittag zur Eintracht. Ich hab doch Karten…" Sein Blick war fassungslos.

„Was haben Sie Donnerstagnachmittag in der Explora gemacht?"

Edith musterte Max durchdringend.

„Sagte ich bereits, ich hatte meinen Rucksack mit der Kamera auf der Dachterrasse vergessen. Da hat Stiefenhagen mich bedrängt… Wir haben ein bisschen gerangelt. Mehr nicht. Das können Sie mir glauben!" In Max Stimme schwang eine leichte Unsicherheit.

„Er hat Sie… bedrängt?"

„Na ja, er hat versucht, mich zu provozieren. So wie immer." Der Fotograf stockte, als ob er in sich hineinlauschen würde. „Ich lass mir mein Leben von diesem Verrückten nicht noch mal kaputtmachen. Einmal hat mir gereicht."

„Max, du darfst jetzt nix mehr sagen. Du hast das Recht auf einen Anwalt", unterbrach ihn sein Freund.

„Was soll der Scheiß, Jürgen. Glaub mir doch. Ich war es nicht", versicherte er und seufzte.

„Wir haben Ihre Fingerabdrücke auf der Axt gefunden, mit der Stiefenhagen angegriffen wurde", erwiderte Edith.

„Woher haben Sie meine Fingerabdrücke?"

Max war offensichtlich überrascht. Aber auch Stefan schaute erstaunt zu Edith. Bluffte sie?

„Sie haben Stiefenhagen vor 15 Jahren nach dem Tod Ihres Freundes Oliver zusammengeschlagen und lebensgefährlich verletzt…"

„Aha, daher weht der Wind. Löschen Sie eigentlich nie etwas? Ich hab meine Strafe verbüßt. Die Sache ist schon lange verjährt." Wiatrowski stockte. „Hören Sie, der Neffe meines

Freundes ist verschwunden. Wir sind vorgestern zusammen zur Explora. Seitdem habe ich nichts mehr von ihm gehört. Ich hab ihn gestern Nacht mit seinem Freund gesucht. Er geht leider nicht mehr an sein Handy."

„Davon hast du mir ja gar nichts erzählt?"

Entsetzt funkelte Jürgen seinen Lebenspartner an.

„Na, dein Gesicht hätte ich gerne gesehen, wenn ich dich heute Nacht um drei geweckt hätte, um dir das zu sagen. Ich war mir sicher, dass Daniel aufkreuzt, wenn er wieder nüchtern ist."

Max stand seufzend auf.

„Der Junge hat ein Alkoholproblem", entschuldigte er sich gegenüber Edith. „Okay, ich bin sicher, dass sich das alles klärt. Ich muss aber heute Abend wieder fotografieren", wandte er ein und zeigte auf seine ausgebeulte Jogginghose. „Darf ich mir noch etwas Vernünftiges anziehen?"

„Klar", nickte Edith und wandte sich zum Gehen.

„Du bist so still“, bemerkte die Kommissarin. „Ich bin einfach nur müde“, antwortete ihr Kollege und zog den Zündschlüssel ab. Nachdenklich schaute er auf die Uhr. Es war jetzt kurz vor eins. Wenn Edith in der Explora den Tatort besichtigt hatte, stand die zweite Vernehmung von Wiatrowski an. Ein erholsames Wochenende sah anders aus.

„Du bist sauer, oder?“, hakte Edith nach.

„Nein. Wie kommst du bloß darauf? Außerdem machst du ja eh, was du willst“, setzte er resigniert nach.

„Also doch“, seufzte sie und lehnte sich zurück.

„Wie sollen wir als Team funktionieren, Edith, wenn du immer alles einfach so über den Haufen wirfst?“, beklagte er sich bitter.

„Wie soll unser Job funktionieren, wenn du nicht erreichbar bist“, giftete sie zurück.

Stefan senkte seinen Kopf. Im Prinzip hatte sie recht.

„Du hättest mir wenigstens auf den Anrufbeantworter sprechen können, dass du früher als geplant nach Hause fährst. Ich hätte dich auch gerne abgeholt! Na ja, so hat sich zumindest Felix prächtig über unseren gelungenen Auftritt im Institut amüsiert.“

Edith holte tief Luft.

„Was ist mit dir los? Bist du frustriert?“, setzte sie nach.

„Nein!“ wimmelte Stefan barsch ab. Für eine Sekunde dachte er an Krystyna. Und an ihr wunderschönes Lachen gestern Abend.

„Ich hab mich erst heute Nacht entschieden, den ersten Zug nach Frankfurt zu nehmen. Das war so nicht geplant“, entschuldigte sie sich.

„Ich wüsste in meinem Urlaub etwas Besseres zu tun als mir wegen einem Mord das Gehirn zu zermartern.“

Wütend schüttelte der Kommissar seinen Kopf.

„Woher willst du wissen, dass ich das getan habe?“ Der spitze Unterton in ihrer Stimme war nicht zu überhören. Dann gähnte Edith herzhaft.

„Egal, ist jetzt eh Schnee von gestern. Wir sollten uns, bevor wir da jetzt reingehen, besser kurz abstimmen, oder was meinst du?"

Stefan nickte und schaute gedankenverloren über den Glauburgplatz auf die Explora. Täuschte er sich oder fixierte ihn der mächtige Torwächter aus Bronze durch die Gläser seiner rotgrünen 3D-Brille?

„Friedlich sieht irgendwie anders aus", murmelte Stefan. Dann zog er mit Schwung die schwere Edelstahltür zum Glauburgbunker auf.

„Das ist ja unglaublich! Ich werde mich beim Polizeipräsidenten beschweren. Das wird Konsequenzen für Sie haben, glauben Sie mir!“

Arthur von Schwanenwede fuchtelte wild mit seinen fleischigen Händen vor Ediths Gesicht herum. „Die Explora wird heute noch geöffnet! Basta!“

Doch die Kommissarin blieb ungerührt.

„Setzen Sie sich bitte! Ihr Gezappel macht mich nervös.“

Mit einer saloppen Geste bedeutete sie ihm, sich wieder hinzusetzen. „Wir sind leider mit der Spurensicherung auf der Dachterrasse noch nicht so weit, dass wir sie freigeben können.“

„Oh nein, das geht auf keinen Fall. Wir müssen dieses Windrad zeigen, das ist das Leuchtturmprojekt der Luminale“, widersprach ihr von Schwanenwede vehement. „Wir werden Sie verklagen. Der Schaden, den Sie hier gerade anrichten, ist immens. Haben Sie ungefähr eine Ahnung davon, was Sie durch Ihre seltsame Art zu ermitteln gerade an Kosten für uns verursachen?“, drohte von Schwanenwede, dessen Gesicht puterrot angelaufen war. Unablässig rann ihm der Schweiß über die fettglänzende Stirn in den bulligen Stiernacken. Doch Edith blieb unbeeindruckt.

„Hat er ungefähr eine Ahnung, was es kostet, wenn er sich weiter so über uns äußert?“

Die Kommissarin sah ihren Kollegen kopfschüttelnd an und drehte sich aufreizend langsam zur Fensterfront im Loft um. Nur das weit entfernte Heulen eines Martinshorns drang kaum vernehmbar nach oben. Friedlich glitzerten die Bankentürme der Mainmetropole in der Frühlingssonne.

„Das ist wirklich ein grandioser Ausblick. Da kann man Sie nur für beneiden“, stellte sie anerkennend fest.

Lydia holte tief Luft.

„Ich dachte, Sie suchen Gerhards Mörder?“, protestierte sie entrüstet.

„Ja, ja klar. Wo waren Sie übrigens vorgestern Nachmittag? So zwischen drei und sechs?“

„Ich bin Projektleiter der Luminale, was glauben Sie, habe ich am Tag vor der Eröffnung getan? Mich da oben auf der Dachterrasse im Liegestuhl gesonnt?“

„Entschuldigung, aber ich hatte Frau Stiefenhagen angesprochen“, fiel Edith ihm mit einem sanften Lächeln ins Wort. Irgendwie war ihr dieser Mann genauso sympathisch wie der tote Stiefenhagen. Dieser Bunker gebar offensichtlich eine obskure Gestalt nach der anderen. Verunsichert rutschte die Blondine auf ihrem Stuhl hin und her. Edith entging nicht, dass sie verzweifelt Blickkontakt zu dem vor Wut schäumenden Mann suchte.

„Ich hab unten im Museum gearbeitet. Was sonst? Die Explora ist Aussteller. Haben Sie vielleicht eine entfernte Vorstellung davon, wie viele Termine ich vorbereiten muss?“

Lydia hob ihren Kopf und sah Edith provozierend an.

„Sie war hier oben. Im Klo. Mit dem da!“

Wie ein Schwert durchschnitt die zitternde Stimme von Miriam die sonnendurchflutete Idylle über dem Glauburgplatz. Mit ausgestrecktem Zeigefinger deutete Miriam auf Arthur. Wütend sprang Lydia auf.

„Was erzählst du da für einen Unsinn, Miri? Das ist nicht wahr!“

„Moment, was sagten Sie da eben?“

Stefan drehte sich interessiert zu der heftig atmenden Frau vor dem schwarzen Samtvorhang.

„Miriam lügt. Sie hat schon immer gelogen. Ihr ganzes Leben ist eine einzige Lüge!“, schrie Lydia aufgebracht. „Miri, was tust du? Das ist doch nicht wahr! Sag, dass das nicht wahr ist!“

„Er hat die Axt aufs Dach geschleppt!“, flüsterte sie mit gesenktem Blick. Arthur begann schallend zu lachen. Doch alle anderen schwiegen betreten und starten auf Miriam, die heftig zitternd in der Ecke stand.

„Er hat die Axt aufs Dach geschleppt“, wiederholte sie monoton. „Ich hab’s gesehen. Danach hat er Lydia im Klo gef…, gef…“

Stotternd brach die Stimme der Frau ab. Mit zitternder Hand deutete sie auf den schwarzen Stoff.

„Es gibt ein Video davon. Da drin!"

„Ich bring dich um!"

Wie ein wildgewordener Stier stürzte sich Arthur plötzlich auf Miriam, die schreiend unter dem unerwarteten Angriff zusammenbrach.

„Oh mein Gott, Arthur! Tu's nicht!"

Lydia sank weinend zu Boden, während Stefan seine Pistole zückte.

„Nicht schießen! Er war's nicht!", schluchzte sie hemmungslos. „Er war es nicht!"

„Herr von Schwanenwede! Lassen Sie sofort die Frau los, sonst…!", drohte der Kommissar.

Widerstrebend ließ von Schwanenwede von der zitternden Miriam ab.

„Sator arepo tenet opera rotas!", murmelte Miriam.

„Herr von Schwanenwede, Sie sind verhaftet."

Ein Anflug von Bedauern schwang in Ediths Stimme mit. Stefan ließ langsam seine Waffe sinken. Schnaufend rappelte sich der massige Mann hoch. Dann zuckte er resigniert mit den Schultern.

„Es tut mir so leid. Es tut mir wirklich schrecklich leid. Dieser wahnsinnige Druck!", beteuerte der Projektleiter und kniff die Augen zusammen. Edith musterte den Mann, der gedankenverloren das zerknitterte Hemd in seine Hose zurückstopfte.

„Tut mir leid, Lydia, ich hab alles versucht, um die Explora zu retten. Für dich…" Mit einem tiefen Seufzer ließ er die massigen Hände sinken.

„Ich weiß einfach nicht mehr, wo mir der Kopf steht. Es tut mir so leid", beteuerte von Schwanenwede.

Stefan steckte die Waffe zurück ins Holster.

„Was haben Sie eigentlich am Mittwoch im Institut für Stadtgeschichte in der Glauburgakte gesucht?", fragte er einer inneren Eingebung folgend.

Lydia musterte den Kommissar mit großen Augen und schüttelte verneinend ihren Kopf. Doch von Schwanenwede winkte müde ab.

„Lass gut sein, Lydia. Ich kann das alles erklären."

„Dürfen wir Sie bitten, mit uns ins Präsidium zu kommen?"

Edith machte eine Handbewegung zur Tür.

„Ja, klar. Kein Problem. Darf ich Sie um etwas bitten?"

Von Schwanenwede schaute Edith ernsthaft an.

„Bitte keine Handschellen. Mir ist vorhin die Sicherung durchgebrannt. Sie haben mein Wort, dass das nicht noch mal passiert. Ich kann für die Luminale nicht noch mehr schlechte Presse gebrauchen." Seine Stimme klang angeschlagen. „Die Pressemeute da unten wartet doch nur auf frische Beute."

„Hab ich es nicht gesagt, dass Edith uns spätestens heute vermisst?“, triumphierte die Assistentin und stellte ihre Kaffeetasse schwungvoll vor Stefan auf den Tisch. „War wohl nicht so prickelnd in der Hauptstadt.“

Ironisch lächelnd blickte die Kommissarin über Silke hinweg auf die Pappeln in der Adickesallee und schwieg.

„Erzähl doch mal, wie war es mit deinem Freund? Romantisch? Spann uns doch nicht so auf die Folter!“

Neugierig beugte sich die Assistentin über den Tisch.

„Edith hat in Berlin einen Gruselbunker besucht. Aber die Frankfurter Explora hat ihr besser gefallen“, bemerkte Stefan mit einem bissigen Unterton.

„Willst du mich veräppeln?“ Ungläubig musterte Silke ihren Kollegen. „Edith, sag, dass das Blödsinn ist, was Stefan gerade erzählt!“

„Na ja, es ist schon irgendwie die Kurzfassung“, lachte sie verschmitzt. „Nee, im Ernst, es gibt schon noch mehr zu erzählen. Aber wir sollten jetzt erst mal Wiatrowski, von Schwanenwede und die Stiefenhagen verhören. Habt ihr nicht auch das Gefühl, dass mindestens einer zu viel ist?“

Stefan nickte zustimmend.

„Interessante Konstellation. Wobei die Ehefrau mit ihrem Geliebten meines Erachtens das stärkere Motiv hat. – Ach übrigens, als ihr bei Felix in Sachsenhausen wart, hat eine Nachbarin von Stiefenhagen angerufen. Sie hat heute Morgen in der Neuen Presse vom Mord am Museumsdirektor gelesen. Und jetzt haltet euch fest. Sie hat wohl den Angriff auf Stiefenhagen am Donnerstagnachmittag fotografiert. Das wäre nicht das erste Mal gewesen, dass da oben auf dem Dach die Fetzen geflogen wären…“, bemerkte Silke beiläufig.

„Und das sagst du uns erst jetzt?“, unterbrach sie der Kommissar barsch.

„Geht’s noch? Ich hab Wochenende. Sei froh, dass ich heute ins Präsidium gekommen bin. Vielleicht könntest du in Zukunft deine Sätze mit ‚liebe Silke‘ und dem Wörtchen ‚bitte‘

einleiten. Und am Ende möchte ich ‚vielen Dank, herzallerliebste Kollegin, das hast du toll gemacht' hören."

Die Assistentin schnaubte vor Wut.

„Sorry, so war das nicht gemeint, okay?", entschuldigte sich Stefan und trommelte nervös mit einem Bleistift auf die Tischplatte.

„Die Frau heißt Rita Wegener, ist 57 und Lehrerin. Wohnt in der Dachwohnung im gegenüberliegenden Eckhaus von der Explora. Sie verfügt wohl über eine umfangreiche Dokumentation, was seit knapp zwei Jahrzehnten um den Luftschutzbunker passiert ist. Die hat schwer gezetert, dass der Anbau ihre Lebensqualität massiv beeinträchtigt habe. Deshalb fotografiere sie akribisch alle Maßnahmen und dokumentiere alle Events. Aber es wäre sinnlos geworden, Stiefenhagen anzuzeigen. Die Stadt hätte nie etwas unternommen. Ihr Mitleid mit dem Mann halte sich deshalb auch in sehr engen Grenzen…"

„Die Nächste mit Motiv", seufzte Edith.

„Deutschlehrerin?", hakte Stefan nach.

„Mhm", Silke blätterte durch ihren Notizblock. „Hab ich mir nicht notiert. Ich hab sie aber gefragt, ob sie uns ihre Fotos mailen oder vielleicht faxen könnte. Da war sie total empört. So ein neumodisches Zeug käme ihr nicht ins Haus.

„Also Deutschlehrerin", bemerkte Edith. „Willkommen im Frankfurter Nordend. Es macht wohl Sinn, wenn ich da mal vorbeifahre, bevor wir uns hier mit unseren drei Verdächtigen weiter unterhalten, oder? Kannst du mir bitte die Adresse geben?"

Silke reichte der Kommissarin das Papier.

„Bei der Gelegenheit kann ich mir dann ja auch mal den Tatort anschauen", überlegte Edith. „Das ist dann ein Aufwasch."

„Der Staatsanwalt hat übrigens allen Haftbefehlen stattgegeben", ergänzte die Assistentin.

„Scheint ja doch noch was zu werden mit dem Wochenende."

Entspannt lehnte sich der Kommissar in seinem Stuhl zurück.

„Da hast du recht. Scheint, als ob Frankfurt sich vergangene Nacht dem Zauber der Luminale hingegeben hat. Es war total ruhig in der Innenstadt. Noch nicht mal ein Einbruch. Sind anscheinend zu viele Touristen mit Kameras unterwegs. Außer einem toten Junkie in einem Hotel am Hauptbahnhof und dem Brand im Institut für Stadtgeschichte ist heute Morgen nichts…"

Stefan schaute sie entgeistert an.

„Wann hat es dort gebrannt?"

„Na, so vor einer Stunde. Lief über Funk. Nicht mitbekommen?"

Stefan angelte nervös nach seinem Handy. Fahrig tippte er die Wahlwiederholung von Krystynas Nummer. Es klingelte. Viermal. Fünfmal. Dann sprang ihr Anrufbeantworter an.

„Scheiße!", fluchte er und schnappte sich seine Jacke.

„Was ist denn mit dem los?"

Irritiert schüttelte Edith ihren Kopf.

„Hey, warte. Wenn du zurück in die Stadt fährst, kannst du mich doch sicher an der Explora absetzen, oder?"

Dicke Kumuluswolken segelten friedlich am Himmel Richtung Osten. Der Offenbacher Wetterdienst hatte für den gesamten Tag angenehme Frühlingstemperaturen vorhergesagt. Allerdings erwarteten sie für die kommende Nacht lediglich sechs bis acht Grad.

„Nehmen Sie eine warme Jacke mit, wenn Sie sich heute Nacht die Luminale ansehen. Aber es lohnt sich", hatte der Radiomoderator vom hr ihnen gerade eben noch empfohlen.

Vom Spielplatz her war heftig zeterndes Kindergeschrei zu hören, und in den großen Glasfenstern des Lofts spiegelte sich der strahlendblaue Himmel. Im Vergleich dazu wirkte die graue Silhouette des Luftschutzbunkers bedrohlich und abweisend. Zwischen Lenin und Spiderman dominierte ein riesiger Bildschirm die Front der Explora. Doch Edith war skeptisch, ob über den Bildschirm in den kommenden Nächten auch nur eine der geplanten Twitter-Botschaften übertragen werden würde. In diesem Moment klingelte ihr Handy.

„Tannhäuser."

„Frau Tannhäuser? Hier ist Friedwald. Marlies Friedwald. Erinnern Sie sich?"

Edith war verblüfft. Was für eine lustige Frage.

„Ich hab vergangene Nacht lange darüber nachgedacht, was sie mir gestern gesagt haben. Es geht um Lydia…"

Die Kommissarin lauschte der Berlinerin aufmerksam.

„Sind Sie sich wirklich sicher?", fragte sie.

„Absolut!", versicherte ihr die Frau am anderen Ende der Leitung.

„Vielen Dank. Sie haben mir damit sehr geholfen."

„Tut mir leid, aber das Museum bleibt heute geschlossen. Mir ist das hier mit den Journalisten und den aufdringlichen Gaffern über den Kopf gewachsen. Ich kann nicht mehr!“

Miriams Stimme klang verweint, als sie Edith das Tor zur Explora öffnete. Ihr Händedruck war feucht und kraftlos.

„Ich wusste mir nicht mehr anders zu helfen. Es ist mir auch egal, ob ich von der Messe oder irgendeiner Projektleitung in Regress genommen werde, weil wir heute geschlossen haben. Wegen mir hätte das Spektakel da oben auf dem Dach niemals stattfinden müssen. Dieses Windrad hat alles durcheinander gewirbelt.“

Edith musterte die verhärmte Frau, die einsam und verloren am Fibonacci lehnte.

„Ich würde mir gerne den Dachgarten ansehen. Könnten Sie mich nach oben begleiten?“

Miriam nickte.

„Ich muss nur schnell den Ersatzschlüssel für den Aufzug aus der Kasse holen. Meiner wurde am Donnerstag wohl gestohlen.“

Klappernd schlossen sich die silbernen Flügeltüren des winzigen Lastenaufzugs hinter der Kommissarin und der Museumsmitarbeiterin. Ein leichter Ruck ließ das Gefährt erzittern, dann setzte es sich langsam in Bewegung. Edith schluckte. Die Sekunden, die sich das Gefährt schabend durch die Betondecken quälte, erschienen ihr endlos. Wie beim ersten Mal, als Stiefenhagen sie unvorhergesehen mit Stefan auf diese Höllenfahrt geschickt hatte. Immer wenn der Aufzug eine Etage durchquerte, vibrierten die winzigen Halogenlämpchen an der Decke. Miriam schien dieses beklemmende Gefühl kaltzulassen. Als ob sie die Gedanken der Kommissarin erraten hätte, lächelte sie ihr aufmunternd zu.

„Man gewöhnt sich daran.“

Niemals, dachte Edith. Nicht in hundert kalten Wintern.

Mit einem Ruck blieb der Aufzug stehen. Quietschend öffneten sich die Flügeltüren und gaben den Blick auf das unveränderte Chaos von Stiefenhagens Wohnung frei. Nichts hatte sich seit ihrem ersten Besuch verändert. Der übervolle Schreibtisch aus Stahl und Glas, Akten, Staub, Bananenkisten, die von zahllosen Flecken schwer gezeichneten Orientteppiche. In der Mitte das zerwühlte Doppelbett, flankiert von schmutzigem Geschirr. Die Neonlampe, die den mit Schminkutensilien, Aschenbechern und einem Styroporkopf mit blonder Perücke absurd überladenen Schleiflacktisch immer noch unbarmherzig ausleuchtete, war die einzige Lichtquelle in dem abgedunkelten Raum.

„Sie sagten heute Morgen etwas von einem Video?“, fragte Edith und setzte ihren Fuß vorsichtig auf den schmalen Trampelpfad, der zu dem zerschlissenen Ledersessel führte. Miriam nickte und bückte sich nach einer Fernbedienung auf dem Boden.

„Es waren ja doch viele Fremde hier im Haus. Und Gerhard war immer sehr misstrauisch. Wenn sich hier im Museum etwas gerührt hat, haben die Bewegungsmelder die Videoüberwachung gestartet. So hat er sich sicher gefühlt. Wollen Sie das Band von Lydia und von Schwanenwede im Loft sehen?“

Edith wirkte für einen Moment unschlüssig. Was für ein seltsamer Mensch, der Museum wie Privatwohnung inklusive Mitbewohner einer 24-stündigen Rundumvideoüberwachung unterworfen hatte.

„Hat Sie das nicht gestört?“

„Was?“

„Die Videoüberwachung?“

Edith blinzelte ins Licht. Für eine Sekunde wirkte Miriam verunsichert. „Die Frage hat sich mir, wenn Sie mich so fragen, irgendwie nie gestellt!“

Wie das so ist mit der Wahrnehmung in einem hermetisch versiegelten Bunker, dachte Edith und ließ ihren Blick langsam über das verwahrloste Zimmer schweifen.

Miriam hatte unterdessen den Monitor angeschaltet. Unscharf flackerten wortlose Schwarz-Weiß-Sequenzen über den

Bildschirm, doch Edith konnte eindeutig von Schwanenwede erkennen, wie er mit der Axt in der Hand in den Loft trat und mit Lydia in der Toilette verschwand. Plötzlich sah sie einen Schatten im Film.

„Könnten Sie das noch mal zurückspulen?“

Miriam drückte auf die Fernbedienung und der Bildschirm erlosch.

„Was ist jetzt passiert?“

„Ich weiß es nicht. Ich kann das nicht so gut bedienen.“

Irritiert blickte die Frau zu Edith auf.

„Ich hätte gerne das Band!“, sagte die Kommissarin.

Miriam nickte.

„Der Rekorder steht aber unten, hinter der Kasse“, gab sie zu bedenken.

„Läuft uns ja nicht weg“, lächelte Edith. Dabei blieb ihr Blick an dem vertrockneten Rosenstrauß in der silbernen Bodenvase hängen, der von zwei hüfthohen Holzskulpturen voller Nägel flankiert wurde.

„Interessant!“

„Die sind echt“, strahlte Miriam mit sichtlichem Stolz.

„Nagelfetische der Bakongo?“ fragte Edith.

Miriam war überrascht.

„Woher wissen Sie das? Kennen Sie sich damit aus?“

Edith schüttelte verneinend ihren Kopf.

„Ich nicht, aber Marlies Friedwald. Von der soll ich Sie übrigens herzlich grüßen.“

Miriam Brucher stand wie vom Blitz getroffen inmitten des Stiefenhagen'schen Chaos. Dann verengten sich ihre Augen zu kleinen misstrauischen Schlitzen.

„Was hat Ihnen diese elende Hexe erzählt? Sie hat sicher gelogen! Dieses Miststück hat schon immer alle belogen.“

Zornig stapfte Miriam mit ihrem Fuß auf. Dann begann sie hysterisch zu lachen.

„Frau Brucher, ich muss Sie bitten, zum Präsidium mitzukommen.“

„Oh nein, ich nicht. So läuft das nicht!", schrie sie schrill lachend auf und riss den schwarzen Samtstoff, der den Loft von Stiefenhagens Wohnung trennte, mit einem energischen Ruck beiseite. Für eine Sekunde war Edith vom hellen Sonnenlicht, das in das Dämmerlicht hereinflutete, geblendet. Dann schwang der Vorhang wie das Pendel einer alten Uhr zurück.

„So ein Mist!"

Fluchend zückte die Kommissarin ihr Handy. Doch das Gerät bekam keinen Empfang. Hatte nicht Stiefenhagen vorgestern noch voller Stolz erzählt, dass man in der Explora abhörsichere Tagungen ausrichten könne? Die Mauern des Luftschutzbunkers erwiesen sich als undurchdringlich. Und ohne Schlüssel für den beklemmenden Lastenaufzug war ihr der Rückzug nach unten abgeschnitten. Edith lauschte. Alles blieb seltsam still. Es blieb ihr nichts anderes übrig, als Miriam hinter den schwarzen Vorhang in den Loft zu folgen.

Sonnenstrahlen fielen durch die meterhohen Fenster in den luxuriösen Kubus, der perfekt in das Dach des alten Luftschutzbunkers integriert war.

Was hatte Stiefenhagen hier vor zwei Tagen noch wortreich versichert? Er liebe seine Frau. Deshalb habe er dieses fantastische Loft mit italienischem Marmor, glänzendem Edelstahl und erlesenen Designerstühlen kreiert. Nichts ist, wie es scheint, schoss es Edith durch den Kopf, und sie lauschte in die doppelstöckige Halle.

„Frau Brucher? Kommen Sie bitte! Wir werden Ihnen helfen", rief sie mit lauter Stimme. Doch es blieb totenstill. Als sie sich umschaute, blieb ihr Blick an einer großformatigen Zeichnung von M. C. Escher hängen; „treppauf, treppab" war so widersprüchlich wie die Menschen in diesem alten Kriegsbunker. Suchend sah sie sich um. Plötzlich spürte sie einen leichten Windhauch. War Miriam Brucher aufs Dach geflohen? Zumindest würde sie dort oben Handyempfang haben, überlegte Edith.

„Frau Brucher?", rief sie. „Lassen Sie uns reden! Ich kann Sie sehr gut verstehen."

Ein wütendes Gurgeln durchbrach die Stille. Plötzlich stand Miriam zitternd vor Wut oben an der Treppe.

„Bleiben Sie, wo Sie sind! Oder es passiert ein Unglück!", schleuderte sie ihr in höchster Erregung entgegen.

„Frau Brucher, lassen Sie uns reden. Ich weiß, dass Ihnen Unrecht geschehen ist", versuchte Edith die Frau zu beruhigen. Langsam setzte sie einen Schritt nach dem anderen auf die Stufen.

„Sie sollen nicht näherkommen! Sonst…", drohte Miriam und verschwand erneut. Edith holte tief Luft und setzte ihr zwei Stufen auf einmal nehmend nach. Als sie den obersten Absatz erreichte und sich umdrehte, überwältigte sie für einen Moment das gigantische Panorama, das ihr die großzügig geschnittene Dachterrasse auf die Frankfurter Skyline bot. Ein leichter Wind fuhr durch die Blätter unzähliger Yuccapalmen, Feigen-, Oliven- und Hibiskusbäume, über die sich ein schlankes Windrad mit silbernen Rotorblättern erhob. Leise knatterte das rot-weiße Absperrband der Polizei zwischen den Pflanzen im Wind. Wo in diesem undurchdringlichen Dschungel war die Frau bloß hin verschwunden?

Edith zückte ihr Handy.

„Stefan? Ja! Ich brauche sofort ein Einsatzkommando in der Explora? Sofort! Was? Nein! Verletzt? Oh mein Gott! Ja, Miriam Brucher. Beeilt euch! Ich bin mit ihr allein hier oben auf der Dachterrasse."

Angespannt ließ sie das Telefon langsam sinken. In der mächtigen Eiche neben dem Bunker hörte sie Vögel zwitschern. Eine riesige Couchlandschaft lud vor einem mannshoch gemauerten Kamin zum friedlichen Verweilen ein. Neben der übervollen Aschekiste waren Hunderte von Holzscheiten bis an die Unterkante der Zinnen gestapelt.

Sie seufzte. Darin das passende Scheit für Stiefenhagens Kopfverletzung zu finden, würde sportlich werden. Diese zauberhafte Insel mit ihrem mediterranen Flair über den Dächern von Frankfurt wirkte auf den ersten Blick ausgesprochen erholsam. Als sie das Rascheln hörte, duckte sich die Kommissarin intuitiv zur Seite. Nur wenige Zentimeter neben ihr schlug der eiserne Feuerhaken knallend ins Parkett.

„Ich werde Sie töten! Genau wie dieses Schwein, das mein Leben ruiniert hat."

Abgrundtiefer Hass verzerrte Miriam Bruchers Gesicht. Zornig holte sie zum zweiten Angriff aus. Doch Edith war diesmal vorbereitet und wich geschickt aus. Blitzschnell ergriff sie ein Holzscheit neben dem Kamin und stieß es der Angreiferin in den Bauch. Stöhnend sackte Miriam auf die Knie. Edith ergriff ihren Arm und drehte ihn auf den Rücken, bis der Feuerhaken zu Boden fiel.

„Sie tun mir weh! Lassen Sie mich los!"

Schluchzend lag Miriam am Boden.

„Ich hasse Sie! Ich hasse euch alle!"

„Es ist vorbei, Frau Brucher! Haben Sie mich verstanden?"

„Hier, Ihre Fotos. Schön, dass Sie doch noch Zeit für ein Gespräch gefunden haben."

Edith Tannhäuser reichte Max Wiatrowski eine Fotografie, die eindeutig zeigte, wie er Stiefenhagen auf der Explora mit der roten Axt bedrohte.

„Tut mir leid, aber ich war durch die Luminale die ganze Woche blockiert", entschuldigte sich der Mann. Dann musterte er betroffen das Foto.

„Meine Güte. Ich hab nur versucht, ihn wegzuschubsen... Ich hab ihm gesagt, er soll mich in Frieden lassen. Doch er wollte mich fertigmachen. Ich hab mir nicht mehr zu helfen gewusst. Bei unserem Gerangel ist seine Brille zu Bruch gegangen. Als er sich danach bückte, sah er plötzlich so hilflos aus. Und schrecklich alt. Da war mir klar, dass es vorbei ist."

Mit gerunzelter Stirn schaute Max Wiatrowski über den Spielplatz zum Luftschutzbunker, der den Glauburgplatz wie ein unüberwindbares Bollwerk Richtung Norden abriegelte. Dann hielt er sich die Ohren zu und schaute zu Boden.

„‚Missgeburt' hat er mir nachgeschrien. ‚Elende Missgeburt'."

„Sie wissen, dass Sie ohne die Fotos von Frau Wegener ein Problem bekommen hätten", bemerkte Edith. Dann hielt sie ihm eine weitere Aufnahme hin. Sie zeigte Stiefenhagen immer noch ohne Brille, wie er mit einem genüsslichen Grinsen seinen Kaiser-Wilhelm-Bart glatt strich. Vorne im Bild stand mit dem Rücken zur Fotografin eine blonde Frau, die hilflos ihre Arme in den Himmel reckte hatte.

Wiatrowski war verblüfft.

„Was macht Lydia Stiefenhagen da?"

„Das ist nicht Lydia. Das ist Miriam. Miriam Brucher. Sie trägt eine Perücke."

Wiatrowski schaute die Kommissarin ungläubig an.

„Bitte?"

„Sie wollte so sein wie Lydia", versicherte ihm die Kommissarin. „Es war der verzweifelte Versuch, Stiefenhagen zurückzugewinnen. Aber er muss sich über sie so dermaßen lustig gemacht haben, dass sie in ihrem unbändigen Zorn nach einem Holzscheit griff, als er seine Brille aufheben wollte. Das hat sie so zumindest unserer Psychologin erzählt."

Max schüttelte ungläubig seinen Kopf.

„Ich kann mich an die Frau überhaupt nicht erinnern. Alles drehte sich in Olivers Erzählungen immer nur um ihn – um dieses Monster, das alle so schrecklich quälte."

Plötzlich brach seine Stimme. Ungelenk scharrte Wiatrowski mit seiner Stiefelspitze vor der Bank im Kies. „Ich hätte bis letzte Woche meinen Kopf verwettet, dass das Kapitel Stiefenhagen für mich abgeschlossen ist. Dieser Mann hat so ein unglaubliches Talent, andere fertigzumachen. – ‚Talentfrei' sei ich, hat er da oben zu mir gesagt."

Der Fotograf lachte bitte auf. „Als ich ihm vergangenen Donnerstag in der Explora gegenüberstand, dachte ich im ersten Moment, er hat sich verändert."

„Menschen ändern sich nicht wirklich", bemerkte Edith lakonisch. „Aber ich kann Sie verstehen. Ich hatte mit ihm ja auch das Vergnügen. Wenn auch nur kurz..."

„Stiefenhagen behauptete von sich, er sei ein Menschenfreund!"

Edith lachte ironisch.

„Wie das manchmal so ist mit der eigenen Wahrnehmung."

Max klang zornig. Seine Augen blitzten.

„Ich hab nie begriffen, warum die Menschen um ihn herum sich das alles haben gefallen lassen."

„Vielleicht akzeptiert man das, wenn man so lange hermetisch abgeschlossen in einem Bunker lebt? Vielleicht haben wir einfach nur unterschätzt, welch enormen Schutz diese meterdicke Betonhülle solch gebrochenen Persönlichkeiten bietet?"

Ihr Blick fiel auf den bronzenen Torwächter am Eingang des Museums.

„Ich befürchte, dass Stiefenhagens Lebensleistung jetzt untergeht. Lydia will das Haus verkaufen", sinnierte die Kommissarin. „Und Miriam wird leer ausgehen."

Wiatrowski reagierte für einen Moment verständnislos.

„Stiefenhagen hatte Miriam ja nie geheiratet. Sie lebten wohl nur nach irgendeinem afrikanischen Ritus zusammen. Er hat mit ihrem Geld, das sie als Forscherin verdient hatte, die Explora mitfinanziert. Miriam hat gutgläubig versäumt, sich im Grundbuch eintragen zu lassen. Sie hatte ihm vertraut, dass sie ihre Exponate irgendwann einmal im Museum würde ausstellen dürfen. Das war sein Versprechen gewesen."

„Was eine Lüge war?"

Max schaute Edith frontal in die Augen.

„Korrekt. Er hatte ja schon in Berlin die Affäre mit Lydia begonnen, als er sich mit Marlies Friedwald überworfen hatte. Miriam hat wohl immer gehofft, dass sie ihn mit ihrem Geld und ihrer Geduld zurückgewinnen würde."

„So blöd sind Menschen doch sonst nur im Film, oder?"

Der Fotograf schüttelte ungläubig seinen Kopf.

„Stiefenhagen hat Miriam hier in Frankfurt dann endgültig in den Keller verbannt. Aber auch mit Lydia lief es die letzten Jahre wohl nur noch, sagen wir mal, suboptimal. Der ganze Stress mit den Nachbarn, der Umbau der Explora, der irre viel Geld verschlungen hat, der Alkohol, um zumindest nachts Ruhe zu finden. Da kam auch für ihn eine Menge zusammen. Das Windrad für die Luminale war sein Rettungsanker, um die finanziellen Probleme mit der Explora in den Griff zu bekommen."

Edith lächelte.

„Ich hab übrigens Ihre Arbeiten von der Luminale gesehen. Das sind tolle Fotos geworden, meine Hochachtung."

„Oh, danke."

Max wirkte sichtlich verlegen.

„Ich bin Ihnen zu tiefem Dank verpflichtet. Sie wissen schon, wegen Daniel. Auch wenn er sicher noch lange brauchen wird, um über dieses Trauma hinwegzukommen."

„Er hat wirklich viel Glück gehabt, dass Miriam uns gezeigt hat, wo sie die beiden eingesperrt hatte. Wir hätten den Jungen und den alten Mann sicher niemals in der Gasschleuse des Bunkers gesucht."

Edith griff nach Wiatrowskis Hand.

„Sie müssen Daniel jetzt helfen. Es ist nicht seine Schuld, dass Schlosser da unten unter seinen Händen verstorben ist. Unser Rechtsmediziner hat eindeutig Herzversagen festgestellt. Niemand hätte dem alten Mann mehr helfen können. Sorgen Sie und Ihr Lebensgefährte dafür, dass der Junge nach dem Krankenhaus Abstand von den grauenvollen Stunden im Bunker gewinnt."

„Dafür wird schon Omar sorgen. Sein Freund ist die ganze Woche nicht mehr von seiner Seite gewichen."

Max lehnte sich erleichtert zurück. Sonnenstrahlen spiegelten sich in den meterhohen Fenstern des Kubus im Dach des alten Luftschutzbunkers. Plötzlich verdunkelte sich sein Blick.

„Mir tut diese Frau furchtbar leid."

„Das muss sie nicht. Sie ist schwer krank. Mein Kollege musste gestern die blonde Perücke hier abholen und zu ihrer Therapiestunde bringen. Frau Brucher hat diese dann wohl stundenlang hingebungsvoll gebürstet und Zaubersätze gemurmelt. Sie will ihre Kräfte sammeln, sagt sie, um davonzufliegen."

Max schloss die Augen.

„Ist das nicht grausam?"

Edith zuckte mit den Schultern.

„Kommt vor. Wir tragen doch alle noch Reste des Neandertalers mit uns im Hinterkopf herum. Da kann schon mal was aus dem Takt geraten."

Ein Mann mit Pferdeschwanz und Jeans schob einen Kinderwagen an die Bank gegenüber und setzte ein heftig protestierendes Kleinkind in den Sandkasten.

„Schön spielen, Tobi", lachte er den Blondschopf an, der glucksend mit seiner Schaufel auf den Sand schlug.

„Vielleicht hätte es ja funktionieren können...", gab Max zu bedenken.

Edith klappte ihre Handtasche auf. Wo war nur ihre Sonnenbrille?

„Was hätte funktionieren können?“, fragte sie erstaunt. „Dass Stiefenhagen zu Miriam zurückfindet? In welcher Welt leben Sie denn? So verhärmt und verbittert Miriam am Ende war… Wobei ich mich gewundert habe, welche Kräfte sie mobilisiert hat, um Stiefenhagen an den Mast zu binden. Fünfundneunzig Kilo sind für so eine schmale Person schließlich kein Pappenstil. Da muss sich ein unglaublicher Hass in ihr aufgestaut haben. Sonst hätte sie niemals die Kraft gefunden, ihn wie einen Schmetterling in Gaze einzuspinnen. Wobei ich mich frage, ob er noch mitbekommen hat, wie sie den ersten Nagel mit der Axt in ihn hineingetrieben hat.“

Der Fotograf schüttelte sich vor Ekel.

„Wie kann man nur so grausam sein?“

„Lesen Sie keine BILD-Zeitung?“

Edith schüttelte ungläubig ihren Kopf.

„Stiefenhagen muss Miriam wohl nach Ihrem Gerangel mit ihm erzählt haben, dass er keine Angst habe, weil er sowieso sterben würde. Er hatte ihr ja bis zu dem Zeitpunkt verschwiegen, dass er Leberzirrhose im Endstadium hatte. Als er ihr jedoch sagte, dass er nach der Luminale sein Testament zugunsten Lydia ändern würde, hatte er sein Schicksal besiegelt. Seltsam, nicht? Lydia wollte er trotz ihrer Affäre mit von Schwanenwede abgesichert wissen. Miriam war ihm dagegen völlig egal. Da muss bei ihr im Kopf irgendetwas explodiert sein. Schließlich steckte ja ihr Lebenswerk und ihre Existenz in diesem Bunker. Sie hatte alles für ihn geopfert. Doch ihre Verzweiflung hat Stiefenhagen kaltgelassen. Ja, er muss sich über sie wohl entsetzlich lustig gemacht haben. Sie solle nur mal in den Spiegel schauen, wie lächerlich sie aussehe. Sie sei ein altes, hässliches Weib, das mit ihrem absurden Voodookram einfach nur in ihr Kellerloch zurückkriechen solle. Dann hat er der verzweifelten Frau die Perücke vom Kopf gerissen und sie ihr höhnisch lachend vor die Füße geworfen. Als er sich nach seiner Brille bückte, hat sie mit letzter Kraft zugeschlagen.“

Max schloss die Augen.

„Irgendwie kann ich die Frau verstehen“, flüsterte er.

Edith nickte zustimmend.

„Nachdem Lydia zur Preview gegangen war, ist Miriam aufs Dach zurückgekehrt, hat das Holzscheit im Kamin verbrannt und Stiefenhagens Mund und Hände verklebt. Dann hat sie ihm bis Mitternacht wohl beim qualvollen Sterben zugesehen und ihr Werk vollendet.“

Max schloss die Augen.

„Können Sie verstehen, dass er mir keine einzige Sekunde leid tut?“

Edith blinzelte in die Sonne. Irgendwo in den mächtigen Kastanien zwitscherten Vögel. Ein paar Jugendliche erstürmten den Platz vor dem Basketballkorb. Der Mikrokosmos des Glauburgplatzes wirkte ausgesprochen friedlich. In dem Moment klingelte das Handy der Kommissarin.

„Entschuldigen Sie.“

„Kein Problem, ich muss sowieso aufbrechen. Jürgen wartet.“

„Wolfgang… Ja, alles gut. Ob es mir gefallen hat?“ Edith lachte herzhaft. „Kann ich dich später vom Büro zurückrufen?“

Gähnend erhob sich der Fotograf von der Bank und reckte sich. In den Glasfenstern des Lofts spiegelte sich der strahlendblaue Frühlingshimmel. Als Edith ihr Handy absetzte, drehte sich Max erneut zu ihr um.

„Entschuldigung, ich wollte Sie nicht stören.“

„Kein Problem.“

„Können Sie mir erklären, warum Miriam versucht hat, die Frau in der Bibliothek zu töten?“

„Krystyna Palizynska? Wir vermuten, Miriam wollte nach dem Mord alle Spuren, die einen Verdacht auf sie gelenkt hätten, beseitigen. Das war ihr mit der Axt ja auch weitestgehend gelungen, da diese ja von Lydias Geliebten von Schwanenwede nach oben auf die Terrasse geschleppt worden war. Das hatte sie über die Überwachungskamera beobachtet. In Kombination mit Lydias Affäre wäre der Projektchef der Luminale übrigens nur sehr schwer aus einem Indizienprozess herausgekommen. Mord hat ja fast immer etwas mit gescheiterten Beziehungen zu tun. Miriam hat wohl vermutet, dass sie nur ihre eigene Recherche im Institut für Stadtgeschichte nicht plausibel würde erklären können. Das wäre im Verfahren eventuell ihr wunder Punkt gewesen. Deshalb musste die Akte und Krystyna verschwinden. Es hätte zwar immer noch hinreichend Indizien gegeben, die Miriam belastet hätten, aber ob das ausgereicht hätte, ihr den Mord nachzuweisen? Das Holzscheit war ja verbrannt."

„Tobi, nicht essen!"

Der Vater des Jungen im Sandkasten war aufgesprungen und fischte eine Zigarettenkippe aus den Fingern des empört zeternden Kleinkindes.

„Wenn Sie knapp 15 Jahre von der realen Welt völlig abgeschottet in einem Bunker leben, dann sortiert sich Ihre Wahrnehmung von der Welt sicher auch anders."

Edith hob ihren Kopf und ließ ihren Blick langsam über den Glauburgbunker und das Display neben dem Spiderman schweifen.

„Ich mag übrigens kein Internet und den ganzen neumodischen Technologiekram", erklärte sie. „Aber wenn es das Zeug während der Nazizeit gegeben hätte, wäre die Propagandamaschinerie von Goebbels sicher nicht so erfolgreich gewesen."

Max schüttelte sich.

„Das ist doch grauenhaft, finden Sie nicht?"

„Menschen sind so. Also nicht alle, aber einige schon…"

Edith blinzelte nachdenklich in die Sonne.

„Stiefenhagen hatte Lydia und Miriam ja von den missglückten Umbauarbeiten im Keller erzählt. Der Schacht, den die Installationsfirma durch puren Zufall freigelegt hatte, war in Stiefenhagens alten Bauplänen nicht verzeichnet gewesen. Lydia hatte dann die Idee, im Institut für Stadtgeschichte in den alten Unterlagen nachzuforschen. In ihrer Gier hat sie von Schwanenwede dafür instrumentalisiert."

„Dann stimmt die Geschichte, die dieser Schlosser meinem Neffen erzählt hatte, also doch?" Max wirkte irritiert.

Edith nickte.

„Ja. Offensichtlich wurden kurz vor oder nach der Kapitulation im Frühsommer 1945 im Keller notdürftig Wände eingezogen, die das Geheimnis des Bunkers versiegeln sollten. Mein Kollege hegt ja die Vermutung, dass dort unten sicher noch mehr Unterlagen zur Arisierung jüdischen Vermögens einbetoniert wurden. Durch die Verlegung der neuen Rohre konnte man durch den neuen Schacht plötzlich Teile des geheimnisumwitterten Tresors sehen."

Max war verblüfft.

„Das ist jetzt nicht Ihr Ernst, oder?"

„Doch. Hier im Bunker hatte nach dem Krieg die erste Frankfurter Bank, die Frankfurter Kredit- und Darlehensanstalt, ihr Domizil bezogen. Später wurde der Bunker von der Stadt Frankfurt erst an eine Landsmannschaft und dann an einen Getränkehandel vermietet. Anfang der Sechzigerjahre eröffnete der Karnevalsklub ‚Die Nordendler' hier seine Klubräume. Als Stiefenhagen 1995 den Bunker kaufte, um seine Museumspläne zu verwirklichen, hat er die Karnevalsleute rigoros vor die Tür gesetzt, was ihm dann die schrägen Drohbriefe eines Doktor Faust bescherte. Aber das hat ihn alles nicht beeindruckt. Er wollte die Explora zum Science-Museum umbauen, und das ist ihm ja offensichtlich gelungen."

Die Kommissarin sah Max aufmerksam an.

„Waren Sie schon mal in der Ausstellung? Kann ich Ihnen nur empfehlen. Auch wenn das, was dort gezeigt wird, nicht so ganz mein Ding ist."

Edith setzte ihre Sonnenbrille ab.

„Wie schön. Der Frühling lässt sich wohl nicht mehr aufhalten." Wohlig seufzend lehnte sie sich zurück. „Ich weiß gar nicht, wie viele Bunker die Nazis damals in Frankfurt gebaut haben. Meine Assistentin sagte, es müssen wohl über vierzig gewesen sein."

„Wenn Sie das interessiert, lässt sich das im Internet sehr einfach recherchieren. Ich hab übrigens in Berlin solche ‚lost places' für eine Dokumentation fotografiert. Es sind die letzten stummen Zeugen einer barbarischen Zeit."

„Davon hat Krystyna Palizynska meinem Kollegen wohl auch vorgeschwärmt. Sie war übrigens überzeugt, dass der Bunker niemals allein zum Schutz ranghoher Frankfurter Nazis so bombensicher gebaut worden sei."

Edith stoppte und richtete für einen Moment ihren Blick in den sonnigen Frühlingshimmel. „Mit ihrem Vernichtungsfeldzug im Institut für Stadtgeschichte hat Miriam Brucher leider alle Unterlagen zerstört."

„Sehen Sie noch eine Chance, die Wahrheit über den Glauburgbunker herauszufinden?"

Maximilian schaute Edith fragend an.

„Wollen Sie in den Kellern des Bunkers mal auf gut Glück ein paar Probebohrungen durchführen? In zwei Meter dickem Stahlbeton auf Verdacht rumstochern? Da wünsche ich frohe Verrichtung."

Edith lachte und stand auf.

„Ich muss jetzt zurück ins Präsidium. Es ist letzte Woche doch noch viel liegen geblieben", entschuldigte sie sich.

„Da hab ich's besser als Sie. Ich geh gleich mit meinem Freund zur Eintracht."

Verblüfft musterte ihn die Kommissarin.

„Auch Schwule interessieren sich heutzutage für Fußball", grinste er augenzwinkernd. „Gott sei Dank ist die Zeit, wo wir mit einem ‚Rosa Winkel' durch die Gegend spazieren mussten, ja vorbei."

„So ein Blödsinn", entfuhr es Edith und tippte ihm an die Stirn.

Max Wiatrowski zückte lachend sein iPhone.

„Mögen Sie den Song ‚Crazy'?" fragte er die Kommissarin.

„Die Stadt ist schon verrückt genug.“, lächelte Edith. Dann warf sie einen letzten Blick auf den Glauburgbunker und wandte sich zum Gehen.

Die Autorin

Hanna Hartmann wurde 1960 in Bad Kreuznach geboren. Nach dem Studium der Publizistik in Mainz war sie u. a. als Flugbegleiterin bei der Deutschen Lufthansa und als PR-Managerin in der IT-Wirtschaft tätig. Die Mutter von zwei Söhnen lebt heute in Frankfurt-Sachsenhausen und ist eine bekannte SPD-Politikerin im Rhein-Main-Gebiet. Mit „Darling" hat sie ihren ersten Roman im Societäts-Verlag vorgelegt.